文春文庫

極悪専用

大沢在昌

文藝春秋

目次

極悪専用　7
六〇三号室　57
日曜日は戦争　99
つかのま の……　145
闇の術師　187
最凶のお嬢様　225
黒　変　259
二〇一号室　305
元日の来訪者　341
緊急避難通路　373
解　説　薩田博之　409

極悪専用

極悪専用

1

西麻布《にしあざぶ》のクラブをでたとき、俺は御機嫌だった。

その日のクラブは、週末のイベントナイトでもないのに、妙に混んでいた。一年のうち何回か、こんな日があるもんだ。なぜだか知らないが、皆んな妙に浮わついちまっていて、いいことがあるんじゃないかって盛り場にでてくるのさ。それで飲み屋だのクラブをのぞくと、やっぱり人がいっぱいいて、これは何だかおもしろいことになるんじゃないのと期待が盛り上がる。

そういうノリってのは、伝染しやすいところがあって、かるーく、クサかバッでもやったみたいに全員がいい感じになるんだ。

会社が低空飛行でヤケ気味のキャビンアテンダントを二人、読者モデルとかふかしてる女子大生ひとり、それにこいつはとりあえずのキープ素材で、店いきたくないとくだ巻いてたキャバ嬢をひとり、クラブでゲットした。即おもち帰り可能だったのは、キャビンアテンダントのお姐《ねえ》さんがただが、俺にはビジネスの予定があって、夜中に時間ができたら合流する約束をした。

ビジネスというのは、知り合いの中国人留学生が国からもって帰ってきたバツを千錠ほど、別のクラブでセキュリティをやってるナイジェリア人につないでやることだった。バツは、MDMAって合成麻薬の錠剤だ。俺の勘じゃ、留学生が密輸した千錠のうち、三分の一から半分は、イミテーション、ただの砂糖のかたまりだ。でなけりゃ、一錠百円なんて、とんでもなく安い値段で卸すわけがない。もっとも最初は三百円とかいってたのを、知り合いのやくざにぶち殺させると威《おど》して値切ったのだけどな。

十万渡して千錠ふんだくったが、こんな代物をいつまでも手もとにおいておくほどバカじゃないから、

「イイ金儲《かねもう》ケナイ？」

としょっちゅう訊いてくるアホナイジェリア人に五十万で売り飛ばすことにした。そいつの知り合いにイラン人がいて、そこそこの値で買ってやるといっているらしい。

コインパークに止めてあったポルシェに乗りこむと、俺は携帯を開いた。ナイジェリア人との約束まであと十分だ。そいつがいるクラブは六本木だから、五、六分もあれば店の前まで乗りつけられる。その場でキャッシュとブツを交換すりゃ、即四十万の儲けだ。

携帯が鳴った。番号を見て舌打ちした。このポルシェの持ち主、メイからだった。盛りを過ぎたAV女優なんだが、ポルシェを買ってくれたパパの会社がヤバいことになっ

てるんで返してくれってうるさい。そんなの知ったことじゃないっての。鍵をよこしたお前がアホなんだ。

留守電に切りかわるのを待って、俺はナイジェリア人の携帯を呼びだした。

「ハイハイ」

「今からそっち向かう。金用意して待ってろよ」

「ハイハイ、オッケーヨ」

エンジンをかけてパーキングをでた。タクシーの空車をかわし、田舎者のタルいメルセデスにパッシングをくらわして、一気に六本木の交差点まで駆けあがる。そこから先は空車渋滞でちょっと時間がかかった。飯倉片町の交差点の少し手前に、ナイジェリア人がいるクラブはある。

ドンキの前は、そいつらの仲間がやたらたまっていて、うっとうしいったらない。外国人の多いクラブは、大使館関係のワルガキの巣窟《そうくつ》で、これが俺もあきれるほどタチが悪いんだ。やりたい女にはクスリを盛るわ、親の肩書きであちこち飲み食いして料金は踏み倒すわ、ヤバくなったら、パパに泣きついて本国にとんずらするわ。

メイとも、そいつらにクスリを盛られて輪姦《まわ》されそうになったのを助けてやったのが縁で知りあった。そのときのことを恨んでいるらしい、大使の馬鹿息子がいるとかで、最近俺は六本木に近づいてなかった。

クラブの前で車を止めると、約束したハッサンの姿が見えた。年のわりに老け顔で、ハッサンじゃなくてオッサンだろうって、俺はいつもからかってる。

窓をおろし、

「おーい、オッサン」

と、俺は呼んだ。「SECURITY」とプリントされた黒いTシャツを着たハッサンが、店の入口の前で手を振る。

バカじゃねえのか。手を振るくらいなら、さっさとこいっての。

だがハッサンは動かない。俺は舌打ちしてハザードを点け、ポルシェを降りた。千錠のブツは、ロボットの形をしたm&m'sのチョコレートボックスに入れて、助手席にころがしてある。

ハッサンに近づき、首を傾けた。

「こっちこいって」

だがハッサンは動かない。白い歯をむきだして、ただにたにた笑ってるだけだ。

「オッサン！」

半分キレて、俺は怒鳴った。そのとき、妙な連中に囲まれていることに気づいた。ガタイがよくて、喪服みたいなスーツを着た男四人だ。歩道に散らばっていたそいつらが、突然俺をとり囲んだんだ。

マッポ《警官》か。一瞬、緊張した。マッポなら別にどうってことはない。MDMAを見つけられても、知らない、ポルシェに初めからあったってとぼけてやる。なにせ名義は、メイのパパだから、どうってことはない。国会議員の息子だか甥っ子らしいから、うまくもみ消すだろう。

「望月拓馬《もちづきたくま》だな」

喪服その一がいった。俺は初めてそいつに気づいたフリをした。

「誰ですか」

そのとき、俺のポルシェの前にぴたっとメルセデスが止まった。さっきパッシングをくらわしたS600だ。

「話がある。つきあってくれ」

その一は俺の腕をつかんだ。

「忙しいんです。今度、今度にして下さい」

俺はその手をふり払った。サツじゃない。そして、

「ちょっと、ちょっと!」

と怒鳴った。メルセデスから降りてきた別の喪服野郎が、勝手にポルシェのドアを開け、チョコレートボックスをもちだしたからだ。

「四の五のいわずにこい。さもないとここでぶっ殺す」

いきなり背骨を固いもので突つかれた。喪服その二が、俺の背中にぴったり寄り添っている。

やくざ者か。たかがバツくらいでやけにおおげさだが、ここはしかたがない。こいつ

らあとで痛い思いをするだろうが、道で騒いでお巡りでもきたら厄介《やっかい》なので、俺はいう通りにすることにした。

「どこいくの」

「あの車に乗れ」

その一がメルセデスを示した。俺はため息を吐《つ》いた。

「俺の車は？　このままじゃもってかれちまうよ」

「心配するな。こっちでやっとく」

「あ、国会議員の倅《せがれ》のだから、傷とかつけないでね。あとがうるさいから」

その一と二があきれたように顔を見合わせた。

「口の減らねえガキだ」

押されるまま、メルセデスの後部席に乗りこんだ。ハッサンをふり返る。あの野郎、あとでボコる。ひとりじゃ無理だろうから、仲間集めてボコりにいく。

俺を乗せ、メルセデスは発進した。

「どこいくの？　あんたらの事務所？」

うしろに三人は、いくらS600でも狭い。誰も返事をしなかった。

俺はちょっと不安になった。

「あのさ、いいけど俺のこと、知ってる？」

「うるさい」

いきなりその二が裏拳《うらけん》で俺の口を叩《たた》いた。唇が歯にあたって切れ、俺は声をあげた。

「痛てっ。何すんだよ」

「黙ってろ」

俺は口もとをおさえた。こいつら絶対許さねえ。指詰めさせてやる。

メルセデスは東京タワーの方角に向かって走った。事務所にしちゃ遠い。地回りが縄張りを荒されて怒るなら、一番近い事務所に連れていく筈《はず》だ。

芝公園のかたわらを過ぎ、増上寺の向かいにあるビルの地下駐車場に入った。組事務所に連れていかれるものだと思っていたが、看板も何もでていない、ふつうのビルだ。

「降りろ」

俺は逆らわないことにした。また殴られても嫌だし、あとでこいつらをギャフンといわせるには、今はいう通りにしておくほうがいい。

エレベータでビルの八階にあがった。廊下を歩き、つきあたりの観音開きの扉の前に立つ。代紋も何も掲げられていない。小さな会社の社長室という感じだ。

その一がノックをした。

「どうぞ」

声がした。扉が中から開かれた。グレイのスーツを着て、髪を七・三に分けた、もろ、リーマンみたいな男が立っている。その向こうに大きなデスクがあって、タキシード姿のおっさんがすわっていた。パーティの帰りなのか、バタフライをゆるめてドレスシャツの片方の襟からたらしている。六十くらいで、顔が少し赤い。

「きたか」

おっさんがいって、銀色のシガレットケースをデスクの上からとりあげた。中からだした煙草をとんとんとシガレットケースに打ちつける。くわえると、七・三男がさっとにじり寄って火をつけた。

煙を吐き、おっさんはじっと俺を見つめた。黒目が大きくて迫力がある。やくざというより、やり手の金貸しみたいだ。

「落ちついてるな」

俺をにらみつけていたが、いった。俺はその一をふりかえった。

「喋《しゃべ》っていいかい」

その一は俺のかたわらで、うしろに手を組んだまま頷《うなず》いた。

俺はおっさんに目を戻した。

「あんたが誰かは知らないけど、今夜のこれは、すげえマズったと思うよ」

おっさんの表情はかわらなかった。じっと俺をにらんだまま、間をおいて、

「なぜだ」

と訊《たず》ねた。

「俺をさらって、怪我させた」

「それのどこがマズい？」

ちょっと嫌な予感がした。俺は息を吐いた。ここは妙な駆け引きはしないほうがよさそうだ。

「望月塔馬《とうま》って知ってる？」

まさか知らないわけはない。この国でうしろ暗い商売をしていて、ちょっとでもキャリアがあれば、知らない筈がないのだ。

「俺の祖父《じい》ちゃんなのだけど」

ふつうはぶっ飛ぶ。土下座して、申しわけありませんでしたってなもんだ。本当のところ、祖父ちゃんがなんでそんなに恐《こわ》がられているのか、俺にはよくわからない。でも政治家もやくざも、祖父ちゃんには逆らえないようだ。

だが、おっさんの表情はかわらなかった。

「それで？」

といっただけだ。

別の喪服野郎が、ポルシェからもちだしたチョコレートボックスを、おっさんのデスクの前においた。おっさんはロボットの胸についたボタンを押した。デスクの上にばらばらと、白やピンク、青の錠剤がころがった。それを無表情に見ている。

「あのう、知ってますよね。望月塔馬」

おっさんは目を上げた。まるで表情はかわってない。

「望月先生は、私の恩人だ」

ほっとして膝から力が抜けそうになった。何だよ、このクソオヤジ。びっくりしたじゃないか。

「じゃ、帰っていいっすよね」

俺は口調をかえた。

「そうはいかん」

おっさんは首をふった。

「なんで」

俺が訊き返すと、おっさんは立ち上がった。デスクを回りこみ、俺に歩みよってくる。そして五十センチまで近づいたところで止まった。

「望月先生は困っておられる。お前のようなクソガキが、世間のルールを無視してあちこちで人に迷惑をかけても、先生の孫ということで大目に見られている。先生はまったく望んでいないのに、だ」

「説教、すか」

俺はおっさんをにらんだ。だったらさっさとすませてくれ、だ。さっきのキャビンアテンダントが待ってる。

「鼻柱が強いのは、先生のうしろ楯《だて》があるからか。それとも世の中をまったくわかっていない馬鹿だからか」

「あんたに関係ないだろう。確かに俺はワルガキかもしれないが、この世界がまともじやないって、俺に教えたのは祖父ちゃんだ」

「先生が。どう、教えた？」

「世の中は見かけ通りじゃない。政治家も役人も、皆んな手前《てめえ》の権力やカネのために生きてる。弱みを握られりゃ利用されるか蹴落とされるかだ。教わったわけじゃないけど、ガキの頃から祖父ちゃんを見てたらわかる。テレビでは威張りくさってる政治家がもみ手をしてすり寄ってくるのだから」

「では、そいつらに先生が何をしてやっているかを知っているか」

「そんなの知るわけない。土下座したり、米つきバッタみたいにぺこぺこしてるのを見ただけさ」

おっさんはあきれたように首をふった。

「たったそれだけでお前は世の中がわかったというのか。健康で何ひとつ体に不自由のない男が、定職にも就かず、クスリをやって、次から次に女に手をだし、裏稼業でも最も蔑《さげす》まれるようなこきたない銭儲けをする、その理由が、ただそれだけのことか」

「あんたには関係ねえだろう！」

さすがに俺はキレた。おっさんは顔色ひとつかえず、

「おい」

と右手をのばした。七・三男が歩みよると、スーツの下からとりだしたものをのせた。拳銃だった。俺は体が固まった。

おっさんは感触を確かめるように、拳銃を何度か握り直した。

「先生はいわれた。お前が、本当にクズなのか、確かめてほしい。自分の前では、いい子ぶっているし、孫だという甘い気持もあって目が曇る。そして、クズだとわかったら、ためらうことはない。殺して捨ててくれ、と」

「嘘だ」

俺の声は震えていた。

「嘘ではない。私は約束した。先生に大恩ある身だ。殺すときは、この私が自らの手でやる、と」

「冗談じゃねえよ。そんなことで殺されてたまるかよ」

銃口が額に押しつけられた。冷たい鉄の塊に触れ、俺の顔は凍った。冷気は顔から首、首から胸、胸から腹へと伝わっていく。動くことはおろか、口をきくこともできなくなった。

おっさんの目には何の迷いもない。

「覚悟はいいか」

俺は小さく首をふることしかできなかった。悲しくもないのに涙がでてきた。

「目をつぶれ」

意地だった。つぶってたまるか、だ。俺は逆に思いきりみひらいてやった。涙がぽたぽたと落ちる。

「先生の孫だ。失われた先生の気持を思うと、いたたまれんな」

おっさんはつぶやいた。もう頭はまっ白で、何も考えられない。

不意に銃口が下げられた。

「先生には叱《しか》られるかもしれん。が、お前にチャンスをやる」

何をいってるんだ。助けてくれるってことか。おっさんは俺の目をのぞきこんだ。

「死にたくないか」

俺は頷いた。あたり前じゃないか。

おっさんは不意に視線をそらした。何かを考えているようだった。

やがてつぶやいた。

「白旗《しろはた》のところで助手の口があったな」

そして七・三男を見た。

「連れていけ。白旗には俺から話をしておく」

「承知しました」

左右から腕をつかまれた。俺は全身が痺《しび》れていて、子供のようにもちあげられ体の向きをかえさせられた。

おっさんは俺をもちあげている男たちにいった。

「目隠しを忘れるな。それと暴れたり、逃げようとしたら殺せ。責任は俺がとる」

2

メルセデスの中で俺は吐いた。アイマスクをつけさせられたせいじゃない。車酔いも少しはあったが、それ以上に恐ろしかったからだ。恐怖が吐きけをもよおさせるというのを、初めて知った。

車に乗せられる前、俺は財布と携帯、煙草やライターまでとりあげられた。吐いたことでは、殺されも殴られもしなかった。ただ用意されてたらしいビニール袋を顔に押しつけられただけだ。

「吐くなら、ここに吐け」

という喪服その一の声が耳もとでした。つまりこいつらの前で、恐怖で吐く人間は、俺が最初じゃないということだ。

四、五十分、たぶん一時間にならないくらい、車は走った。やがてどこかの建物の中に入り、止まった。建物の中とわかったのは、タイヤが床の上をすべるキュルキュルという音がしたからだ。

アイマスクがむしりとられた。

「降りろ」

俺はいわれるまま車を降りた。どこかの駐車場だった。いろんな車が並んでいる。やけに高級車が多い。メルセデスだけじゃなくフェラーリやランボルギーニもある。他にもハマーやキャディラック、クラシックカーみたいな外車も止まっていた。

やけに明るい駐車場だ。天井からやたらと照明がぶら下がっている。それに盗難防止用か、監視カメラが壁のあちこちにすえつけられていた。

「歩け」

駐車場を歩いた。「関係者専用」と書かれたスティールの扉があった。そのかたわらのカメラつきのインターホンをその一が押した。

カチッという音がして、扉の錠が外れた。扉を開くと、今度はやけに狭くて薄暗い通路がのびている。人ひとりがやっとの幅だから、俺は前後をはさまれて進んだ。

通路は途中で何度も直角に折れた。まるで遊園地の巨大迷路だ。一本道だから迷うことはないだろうが、なんでこんな造りになっているのか不思議だった。

通路の途中に、また扉があった。その中は、コンクリートがむきだしの小部屋で、壁ぎわに小さな木製の机と椅子がおかれている。大昔の勉強机のように粗末な机と椅子だ。そこに男がひとりすわっていた。灰色の作業衣のような服を着け、机に向かって何か書きものをしている。

まるでゴリラのような体つきだ。上半身が異様にでかく、まくった袖からのぞいた腕は太くて毛むくじゃらだった。

「連絡がいっている筈だ。連れてきた」

その一がいっても、ゴリラは書きものをやめなかった。背中を向けたまま、手を動かしている。コリコリ、という音が聞こえた。それくらい静かだった。

俺は、喪服野郎たちが妙に緊張していることに気づいた。

部屋の扉と、ゴリラがすわる机まで四、五メートルは離れている。だが扉を抜けた場所から、喪服野郎たちは、ほとんど足を踏みだそうとしない。

「ほいへへ」

ゴリラが向こうをむいたままいった。おいてけ、といったようだと俺は気づいた。

「わかった。あとは任せる。詳細は聞いているだろうから何もいわん」

ゴリラは左手を掲げ、肩ごしにふった。喪服野郎たちが部屋をでていった。俺はその場にとり残された。

扉が閉まっても書きものは終わらなかった。俺はどうしていいかわからず、ただつっ立っていた。本当はすわりたかったが、そうしなかったのは、喪服野郎たちが、このゴリラを恐がっていたように感じたからだ。もしかすると、めちゃくちゃ凶暴な男で、少しでも気に入らないことがあると相手の腕とかを引っこ抜くような怪物かもしれない。

書きものが終わった。ゴリラが鉛筆をおき、広げていたノートを閉じた。肩ごしに見えたその頁《ページ》には、細かい字がぎっしりと並んでいた。

椅子を引く。コンクリートと椅子の足がこすれる、キィイという音がした。

立ちあがったゴリラがこちらを向いた。眉毛が一本もなかった。小さな目が瞬《まばた》きもせず、俺を見すえた。

両頰にすごい傷跡があった。唇をはさんで、横一文字に左右を走っている。口をま横に裂かれたようだ。その傷のせいで、口がきちんと閉じられず、息の抜けた喋りかたになるのだ、と俺は気づいた。

「お前が誰だかは知らん。俺にはどうでもいい」

ゴリラはいった。実際は、ほまへかられらかはしらん、ほへにふぁろうれもひひ、と聞こえた。

「ほへのひうこほかわかふか《俺のいうことがわかるか》」

俺は無言で頷いた。どうしてかはわからないが、何をいっているのか、俺には理解できた。

「珍しい」

ゴリラは小さな目で俺を見つめた。

「ふつうの奴は、俺の言葉がわからない。それともわかったふりをしているのか?」

「わかります、本当に」

俺は答えた。ここは、祖父ちゃんといるときのように、いい子でいるに限ると勘が告げていた。

「そうか」

ゴリラは頷くと、身をかがめた。畳まれた灰色の服を足もとからとり、俺にさしだした。

「これに着がえろ」

「今ですか」

返事はなかった。返事がないのが恐かった。

「はい」

俺はいって、服を受けとった。ゴリラが着けているのと同じ作業衣だ。俺はその場でジーンズとジャケットを脱いだ。Tシャツにパンツになった俺を、ゴリラは無言のまま見つめている。

もしかしてこいつに犯されるのだろうか。考えただけで鳥肌がたった。

「細いな」

俺は答えなかった。

「飯を食ってるのか」

たぶんあんたよりいいものを食ってるよ、腹の中で思ったが、とりあえず、

「すいません」

と頭を下げた。

ゴリラの表情がかわった。

「なぜあやまる」

「いや、なんか細くて駄目みたいなんで」

「教えておく」

ゴリラがいった。俺は作業衣に通しかけていた手を止め、ゴリラを見つめた。

「今日からお前は、ここでいろんな人間と会うだろう。声をかけられることは滅多にないだろうが、もしかけられたら、今のように理由もなくあやまるんじゃない」

いっている意味がわからなかった。

「理由があってあやまるならいい。理由もないのにあやまる奴は、本当にあやまらなきゃならんときも、誠意をもってあやまっているとは思われない」

「はい」

説教かよ。

ゴリラは満足したように頷いた。意外とちょろい。

俺は作業衣に着がえた。今まで着ていた服を、

「あの、これは?」

と訊いた。

「欲しいか」

「え?」

また返事はない。耳が悪いのか、訊き返されるのが嫌いなのか。

「あ、欲しいです。帰るときとかいるんで」

急いでいった。

ゴリラは顎から頬のあたりをなでた。ひきつれた一文字の傷跡をさわっていたが、

「じゃ、もってろ」

とだけいった。俺は頷き、馬鹿みたいに自分の服をかかえて立っていた。

ゴリラが足を踏みだした。

「こい」

入ってきたのとはちがう扉が机のかたわらにあり、ゴリラはそこをくぐった。俺はついていった。いったいここがどこで、何をする場所なのか、まるでわからない。

扉の奥は、鉄製の急な階段の踊り場だった。ゴリラはそれを昇った。太い両腕で手すりをつかみ、ひょいひょいと大きな体をもちあげる姿は、本物のゴリラのようだ。

階段は螺旋《らせん》を描いていて、ひどく長かった。見上げるとずっと上までつづいていて、俺はめまいがした。

高さにして二十メートルくらい登っただろうか。息が切れ、膝がわらいだした頃、急に階段は終わり、俺は横長の広い部屋の床に立っていた。

何十というモニターが長いほうの壁の左半分をおおっている。モニターにはいろいろな映像がうつっていた。テレビやパソコンの画像とはちがう。すべてどこかの建物の景色だ。そのうちのいくつかが、さっき車を降ろされた駐車場の映像であることに俺は気づいた。

モニターの前にキャスター付の椅子があった。操作パネルが正面にある。

「すわれ」

ゴリラがその椅子を示した。俺は言葉にしたがった。

「ここが管理室だ」

椅子の背もたれをつかみ、ゴリラが耳もとでいった。くさい息だ。

「ここに映っているのは、駐車場とエントランス、それにゴミ置場の周囲の映像だ」

ゴリラの手が俺の肩ごしにのびた。目の前にあるつまみをひねった。

モニターの映像が切りかわった。エレベータらしき箱の中と、薄暗い廊下の景色になる。画面の右下に、「3」から「16」までの番号が浮かんでいた。

「これが各階の廊下。二階から十三階まで各四部屋、十四階と十五階は、各ふた部屋。合わせて五十二部屋が、この建物にはあって、今八部屋が空いている」

「マンションなんですか」

「そうだ」

不意に俺の体が横に流れた。ゴリラが椅子を右に押しやったのだ。軽々と床をすべって、俺は壁の右半分の足もとまでガラス張りの窓の前まで移動した。天井からリモコンのような箱がコードで下がっている。

ガラス窓の下は、建物の入口のようだった。

表とつながった低い石段があり、その左手は、外の道路との境のようだ。石段をあがりきったところに銀色の大きな扉がある。今いる部屋は空中から建物の出入口を見おろすような造りなので、扉の内側にさらにもう一枚、ガラスの扉があるのがわかった。

「この下がエントランスだ。どんな人間がこのマンションを訪ねてきたか、自分の目でも確かめられる」

ゴリラが腕を組んで下を見おろしながらいった。

「防犯に気をつかってるんですね」

何かいわなきゃ、と思っていった。ゴリラはちらっと俺を見た。

「ここは住人以外、立入禁止だ。たとえ住人の親兄弟であっても、契約した人間以外は立入を許さない。住人はこのエントランスを使わない。つまりこの下を通るのは、基本的に招かれざる客だけだ」

「招かれざる客？」

ゴリラはモニターの壁と角を接した、左手の壁に歩みよった。ボタンを押すと、壁の模様だと思っていたのが、白い長方形のブラインドだったとわかった。回転し、外の景色が俺の目にとびこんだ。

正面に水銀灯の並んだ長い橋が横たわっていた。車がいきかっている。橋の下は、黒々とした川だ。川は今俺がいる建物の少し手前で蛇行していた。この建物は、大きな川沿いに建っているのだ。

ゴリラは橋の先をさした。

「あっちは神奈川だ」

つまりここは多摩川の川べりというわけだ。

だがそれがどうしたというんだ。俺は無言でゴリラを見つめた。

「このマンションは、今から五年前に完成したが、世界同時不況のあおりを受け、売りだされる直前に開発業者が倒産した。それを会社が買いとり、条件を満たす住人のみを対象にした賃貸マンションに改装した。俺は最初からここに管理人として住みこんでいる。お前は、今日から俺を手伝う」

マンションの管理人。俺はぽかんと口を開けた。どういうことだ。殺されかけたと思ったら、マンションの管理人を手伝えときた。

ゴリラは俺のあぜんとした表情も気にせずつづけた。

「お前が覚えなきゃならんことはいくつもあるが、まず最初のひとつをいう」

ブラインドが閉じ、多摩川とかかっている橋の夜景をおおい隠した。

「住人のプライバシーを守る。復唱しろ」

それってあたり前じゃねえ？　どこのマンションでも住人のプライバシーは大事だろうが。このおっさん、やはりゴリラ並みの知能しかないんだ。

「どうした。いえんのか」

あきれて黙っている俺をゴリラが見つめた。

「いや、なんか、あたり前過ぎて」

なんで俺が、安い賃貸マンションの管理人なんかやらなけりゃいけないんだよ。冗談じゃねえ。すぐ、ばっくれてやる。

そのとき、ブザーが鳴った。俺はびくりとした。ブザーは、モニター壁の下のパネルにとりつけられた電話から発せられている。

ゴリラが歩みより、受話器を耳にあてた。

「管理室」

いい慣れているのだろう。ちゃんと「かんりしつ」と聞こえた。

「わかりました。処理します」

答えて、受話器をおろした。俺を見て、

「仕事だ、こい」

とだけ告げた。

またあの螺旋階段かと思ったが、ちがった。ブラインドでおおわれた窓の向かい側の壁に扉があって、ゴリラはそれを開いた。

通路がのびている。そこはさっき見おろしたマンションの玄関内部に作られた渡り廊下だった。マンションは二階部までが吹き抜けで、いかにもあとづけの鉄製渡り廊下がロビーの空中をよこぎっているのだ。便利だが、おそらく管理人しか使わないのに、なぜこんなものを作ったんだろう、と俺は渡りながら思った。

渡り廊下の終わりは、マンションの外部とつながった階段だった。降りると、扉を並べたいくつもの小屋の前にでた。

扉がひとつ開いていた。

ゴリラが太い腕をうしろにのばして、俺を通せんぼした。

「止まれ」

「ここから動くな」

俺は階段を降りきった場所で立ち止まった。

そこはゴミの集積所だった。開いた小屋の内側から生ゴミの悪臭が漂ってくる。

ゴリラは開いた扉に歩みよった。ネズミでもでたというのか。確かにネズミ捕りは管理人の仕事だろうけど。

俺はつっ立ったまま、あたりを見回した。

集積所は、マンションと蛇行する川のあいだに設けられていた。川岸の道路との境界には高いフェンスが張られ、照明がこうこうと点っている。侵入者を警戒するように、ここにも監視カメラが何台かおかれていた。

まったく。

どれだけプライバシー保護にうるさい連中ばかりがこのマンションには住んでいるんだ。だったらこんな東京の外れの川っぺりじゃなくて、都心の港区とか千代田区の億ションに住めばいい。たいして金持でもないのに、プライドばかりが高い奴らか。

そうなら、こんなマンションの管理人なんて最悪だ。理由もないのにあやまるな、といったゴリラの言葉の意味がわかった。きっと何かにつけて文句ばかりつけるような阿《あ》呆《ほ》ぞろいなのだろう。

どさっという音に我にかえった。ゴリラが集積所の中から大きな半透明の袋をもちあげ、外においたのだ。袋の中身は、一メートルくらいの細長い何かだった。

ゴリラは作業衣の胸ポケットからカッターをとりだし、ビニール袋を横に裂いた。中身が俺の目にも見えた。

「嘘だろ」

俺はつぶやいた。

人間の腕だった。肩から下で切断された人の片腕が入っていたのだ。その拳は何かを握りしめている。

ゴリラは俺をふりかえり、ふうっとため息を吐《つ》いた。

「まったく、規約を守らんで」

そして開けっぱなしだった集積所の扉を閉めた。扉に貼られているポスターが見えた。

そこには太い手書き文字でこう記されていた。

「大田区のゴミ分別規則にしたがいましょう。可燃ゴミ、不燃ゴミ、資源ゴミ、資源プラスチックゴミは、それぞれ色分けされた場所において下さい。また次のゴミの廃棄は禁じます。

死体（含む動物）

爆発物、銃砲類

注射器、化学薬品、麻薬類
これらのゴミ処理をされる場合は、管理室までご連絡下さい」

同じことが英語でも記されている。

「死体（含む動物）」って何だよ。人間の死体をマンションのゴミ集積所に捨てる奴がいるのか。

ゴリラは転がっている腕にちょっと触れた。そして首をふった。

「こんなものまでいっしょに捨てて」

「何です」

俺は思わず訊いた。ゴリラが腕をつかんでもちあげた。握られている拳を俺のほうに向けた。俺はあとずさり、階段に足をぶつけてよろめいた。

男の腕だった。浅黒くて毛むくじゃらで、黒っぽい金属製のかたまりを握りこんでいる。

「ちょ、ちょっと……」

「アメリカ製のM67のコピーだな。安全ピンは抜けている」

「な、何ですって」

「手榴弾だ」

ゴリラは、乾電池だとでもいうような調子でいった。

「しゅ、手榴弾て、あの、戦争とかで使う？」

ゴリラは握りしめられた拳をつついている。

「安全ピンを抜き、レバーが外れると時限信管が作動する。平均四秒で爆発だ。これは安全ピンが抜けているから、この拳がゆるめばレバーが外れる。今は死後硬直しているんで外れない」

はあ？　何いってるんだ。

「オモチャですよね」

ゴリラは俺を見やった。

「この腕がオモチャに見えるか」

俺は首をふった。

「見えないです」

「なら手榴弾も本物だろう」

「それってヤバくないですか。警察とか自衛隊に連絡しないと」

ゴリラは首をふった。

「忘れたのか、お前。覚えなきゃならん、最初のひとつを」

「いや、そういう問題じゃないんじゃないですか。この腕を切られた人って、死んでるかもしれないわけだし、立派な犯罪じゃないですか、これって」

頭の中では、しめたと思っていた。警察とかがきて騒ぎになったら、助手どころの話じゃなくなる。このゴリラは困ったことになるだろうが、そんなのは知っちゃいない。

とりあえず、逃げだすチャンスだ。

「お前は馬鹿か」

ゴリラはビニール袋ごと腕を抱えあげ、断言した。

「処理するぞ」

「勝手にさわっちゃマズくないですか、それに、爆弾なんでしょ。ヤバいです」

俺はパニックになっていった。このゴリラは、手榴弾を握って切断された腕を平然と抱えて動こうとしている。

「死後硬直がとけるまでは安全だ」

「いや、だから――」

「どけ」

俺をおしのけ、階段を登った。背中を向けたまま、

「ついてこい」

といった。嫌だよ、そんなの。

ゴリラが階段を登り、渡り廊下の方角に消えても俺は動かなかった。今にもドカンという爆発が起きそうでおっかない。

だがひとりぼっちでじっとしていると、別の恐怖がわいた。あの片腕を捨てた奴のことだ。

そいつがこのマンションの住人かどうかはわからないが、たぶん人殺しだ。自分で自

分の腕をあんな風に切断できる奴はいない。その人殺しが、すぐ近くにいるかもしれない。

そう思ったら、今にも俺が襲われそうな気がしてきた。

3

俺は階段を駆けあがった。管理室に戻るためじゃない。マンションの出入口を見つけて、逃げだすためだ。

渡り廊下でゴリラが待っていた。

「遅い」

「もて」

そしていきなりビニール袋ごと腕を俺に押しつけた。

「いや、いやいやいや。そ、そんな、ああっ」

渡された腕は意外に重く、俺は落としそうになって悲鳴をあげた。ゴリラが素早く、下から支えた。もう片方の手で、手榴弾を握った拳を包みこむ。

ゴリラの目が怒りにみひらかれた。

「馬鹿なだけじゃなく、使えない」

俺は思わず胸に抱きかかえていた。臭《にお》いはしない。気持悪いとかそれどころじゃなかった。腕を落としたら、吹っ飛ぶのはこっちだ。今度は俺の腕や足がそこらに散らばることになる。

「す、すみません。ごめんなさい」

「当然だ」

ゴリラはいって手を離し、くるりと背を向けて渡り廊下を歩きだした。俺は大急ぎでついていった。早く、この腕を何とかしたい。

さっきは目に入らなかったが、管理室の隅にはパソコンのおかれた横長のテーブルがあった。キャスター付の椅子がテーブルにおしつけられている。

「おけ、そっとだ」

ゴリラはテーブルを示した。そして入ってきた扉の横にあるロッカーを開けると、中からガムテープをとりだした。

俺がおいた腕をとりあげ、拳の上からガムテープを巻きつける。力を入れてぐるぐる回したので、今にも手榴弾が落ちるのじゃないかとはらはらした。

巻き終わると、ガムテープを切った。

「大丈夫なんですか」

「死後硬直は、通常は死後二時間で始まり、二十四時間つづく。ただし、異常に力が入ったり疲労して、乳酸が筋肉にたまった状態で死亡すると、早く強い硬直になる。この腕のもち主はおそらく、手榴弾の安全ピンを抜き、手に握りしめた状態で殺されたか、腕を切り落とされた。いずれにしても倒れたり、腕が床に落ちていたら、手榴弾は爆発したろう。たぶんすわったまま殺され、手榴弾が手から離れないまま、死後硬直が起こった」

俺はゴリラの知識に少し感心した。

「なんで腕を捨てたんですか」

「死体ごと捨てるのはかさばるし重い。それに動かしているあいだに手から手榴弾が落ちるかもしれない。とりあえず、爆発に巻きこまれる危険を避けるために、腕だけ落とした。あわてて切ったのか。きたない切り口だ」

つけ根のところをのぞきこんでいった。

「血はふきとったか、洗ったんだな」

「でも、マンションのゴミ捨て場ですよ。そんなとこに捨てますか」

ゴリラは俺を見つめた。また馬鹿か、といわれるのだろうか。

「お前はここのことをまったくわかっていないようだな」

「そりゃそうですよ。いきなりさらわれ、連れてこられたんだ。マンションの管理人なんかやれなんて、ひと言もいわれてない」

とりあえずドカンの恐怖から解放されたこともあって、俺の舌は回った。

ゴリラは頬の傷跡に触れた。考えごとをするときの癖のようだ。

「このマンションの家賃をいくらだと思う?」

やがて訊ねた。

「どんな部屋かもわかんないのに答えられないですよ。でも相場だったら、一ＬＤＫで十五万くらいですかね。もうちょっと高いか」

「六十平米《へいべい》の二ＬＤＫで百万だ。十四、十五階の部屋は百平米以上あるので二百万」

「はあ⁈」

それって六本木ヒルズ並みじゃないか。ありえない。

「なんでそんな高いんですか」

「住人のプライバシーが完全に保たれるからだ。このマンションに入居するには、紹介者が必要の上、会社の審査を通らなければならん」

「会社って何ですか」

「このマンションを所有する会社だ。お前は社長に会った筈だ」

あのおっさん。拳銃を俺につきつけた。

「つまり、ふつうの人はいないってことですか、このマンションに」

「ふつうとふつうでない人間のちがいは何だ」

「だって、腕を捨てるなんてふつうじゃないでしょう」

「これは入居規約違反だ」

「そうじゃなくて、犯罪じゃないですか。手榴弾なんて、もっているだけで駄目でしょう」

「俺に対する嫌がらせだ。明日は燃えるゴミの回収日で、集積所からだすのは俺の仕事だ。死後硬直のとけた腕を、俺がもちあげれば手榴弾は爆発する。腕が捨てられていることに気づいた別の住人が知らせなかったら、俺は大怪我をするか、死んでいた」

ゴリラは平然といった。嫌がらせというレベルじゃないと思うけど。

「別の住人ていうのは？」

「八〇一号室のイケミヤさんだ。立派な殺し屋で、このマンションにいるのは仕事がオフのときだけだ。おだやかで周囲に迷惑をかけない、模範的な住人だ」

「立派な殺し屋」

「イケミヤさんは日本国内での仕事は請け負わない。入居して四年になるが、トラブルを起こしたことは一度もない。年のうち三分の一は海外にいる」

ようやくわかってきた。

「あの、このマンションて、多摩川べりに建ってますよね」

ゴリラは頷いた。

「住人専用の地下通路が橋とのあいだにはある。万一の場合はそこを抜ければ、橋を渡ってすぐ神奈川県に入れる」

「警察対策ですか？」

「それほど馬鹿ではないようだな」

多摩川の手前は警視庁、渡った先は神奈川県警で管轄《かんかつ》がちがう。警視庁のお巡りは、橋の向こうじゃ職務質問すらできない。

俺は天井を見つめた。プライバシーを大事にする理由が理解できた。警察の捜査や、恨みを買っている人間の殴りこみを避けるためだ。

「他にどんな人がいるんです」

「管理人助手として必要なときがきたら教えてやる。中には気難しい住人もいるからな。ただこのマンションの入居条件は、他より厳しい。十八歳未満の子供を連れての入居はできないし、室内での賭博《とばく》行為も禁止だ。住人間でトラブルが生じた場合、当事者による解決もしてはいかんことになっている。理由はわかるな」

「殺し合う、から？」

イケミヤさんとかいう殺し屋の住人のことを思い浮かべ、俺はいった。

「過去にはそういうことがあった。地下トランクルームに、所有する武器弾薬を保管するのはかまわないが、原則、住居部での所持は禁止だ」

「やくざとかいっぱいいそうですね」

「引退した人をのぞけば、暴力団員はいない。当マンションには住人以外の者は立ち入れない。暴力団は、送迎やボディガードなどに不特定多数の人間が動く。他の住人に不快の念を抱かせる原因になる」

俺は息を吐いた。

「あのう、俺は、マンションの管理人を希望したわけじゃないんですけど」

「管理人助手だ」

いってゴリラは、ロッカーの上にかけられた大きな時計を見た。午前二時を過ぎている。

「管理人助手を希望したわけじゃないんです」

「住人以外でここに立ち入れるのは、前もって住人の申請があり許可を得た者か、会社の関係者だけだ。住人以外でここからでていける者も同じ。お前は会社の関係者としてここにきた。管理人助手の仕事以外、ここですることはない」

「いや、それがだから、俺にはできないのじゃないかと」

「それを判断するのは、お前ではなく俺だ。不適当と見なした場合は、会社に連絡する」

そうするとあのおっさんが俺を殺す、というわけだ。逃げるしかなさそうだ。

俺は黙った。

「あと処理だ」

話は終わりだ、というようにゴリラはいった。そしてモニター壁の前に立った。

「規約違反をした住人を調べる」

操作パネルのボタンに触れた。一台のモニターの映像が乱れた。録画された映像を巻き戻している。

ゴリラの指が動いた。映像が止まった。黒っぽい人影がゴミ集積所の前にいる。画面の右下に日付と時刻が表示されていた。ちょうど俺がここに連れてこられた頃だ。ゴリラはあのコンクリートの小部屋で書きものをしていた。

「カメラの角度を考えて、顔が映らないように動いている」

人影はキャップをまぶかにかぶり、その上を着ているパーカーのフードですっぽりおおっていた。

そりゃそうだろう、このゴリラが吹きとばされても、映像を調べれば誰がしかけたのかわかってしまうのだ。バレないようにするのは当然だ。

「これじゃ誰だかわかんないですね」

ゴリラは俺をふりかえり、馬鹿にしたように首をふった。パネルの前を離れ、腕をおいたテーブルのパソコンに歩みよった。

キイボードを叩き、マウスを動かしていたが、いった。

「画面右下の時刻を読め」

「えーと、01・28・44です」

「一時二十八分」

キイボードを叩いた。パソコンのモニターを見つめている。

「何です」

好奇心にかられ、俺は訊いた。

「エレベータの運行時刻データだ。いつ、何階から何階にエレベータが動いたかの記録がある。それとエレベータ内の監視映像を確認すればすむ」

ゴリラは答えたが舌打ちした。

「エレベータは使ってない。監視カメラを警戒したか」

それくらいの知恵は俺だってある。今度は俺が冷たい目でゴリラを見た。

「非常階段、すかね」

ゴリラは俺をにらみ、無言でパネルの前に戻った。

「非常階段にはカメラ、ないんですか」

「ある。全フロアの踊り場につけてある」

パネルのボタンを操作した。踊り場の録画映像を「2F」から「15F」までチェックしていく。

「見つけたぞ」

「11F」と画面左上に表示された映像に、フードで頭をおおった人物の姿があった。ビニール袋を抱えている。

「十一階か」

ゴリラはつぶやき、パネルを操作した。十一階の廊下の録画映像が映った。「01・02・31」という数字の上に、部屋の扉を開けてでてくるそいつが映っていた。

「よし」

ゴリラはパネルに触れ、映像を現在のものに戻した。

「どうするんです？」

「入居規約に違反した住人には退去してもらう」

ゴリラはいって、ロッカーに歩みよった。

中からとりだした黒くて重たい上っぱりを俺に渡した。

「着けろ」

「何ですか」

「抗弾ベストだ。お前に貸してやる」

「なんで俺が？」

ゴリラは答えなかった。が、次にロッカーからゴリラがとりだしたものを見て、俺はあわてて袖を通した。でっかい銃だった。映画で見たことがある。ポンプアクションのショットガンだ。

さらにゴリラは、未来の光線銃のような形をした拳銃が差さったガンベルトを腰に巻いた。

「いくぞ」

「どこに？」

「一一〇一号室だ。男二人の外国人住人で、以前も入居規約を守るよう注意した。半年前から住んでいる。会社の話では、中央アジアのヘロイン業者で、ヨーロッパの取引先の紹介でここに入居した。どうもおかしいと思っていた。大量の爆発物をもちこんだ形跡がトランクルームの映像にあったからな。在日米軍施設を狙うテロリストかもしれん」

「テロリスト?! でもなんで片腕を捨てるんですか」

「仲間割れだな」

ゴリラは断言した。

「ひとりは本物のヘロイン業者で、もうひとりがテロリストだった。ヘロイン業者はテロに巻きこまれるのを嫌がった。それで殺された。テロリストのほうは、俺が気にくわないのと口封じのために、手榴弾をゴミ集積所においた。勇気を試すとかなんとかいって、手榴弾をもたせ、ピンを抜いて、ずっと握らせていたのだろう。テロの実行日が近づいたので仲間割れになった」

「そんな! 警察でしょう、いくら何だって、それなら」

「お前は馬鹿か」

またかよ。

「これから自爆テロでも実行しようかという奴に、日本の警察が太刀打ちできると思うか。せいぜい遠巻きにして投降しろと呼びかけるだけだ。挙句に、部屋の中で自爆されてみろ。俺の仕事が増える。下手をすればこのマンション全体が壊れてしまう。職場がなくなる」

「逃げなきゃ」

ゴリラがショットガンをもちあげた。

「お前を逃がすくらいならこんな話はしない。お前は囮《おとり》になるんだ。一一〇一号の住人をひっぱりだすための」

「嫌だ、そんなの」

「じゃ、今ここで俺に撃たれるか。ベストを着てるから、すぐには死なんだろう。内臓破裂で苦しみながらいくことになるが」

「勘弁して」

「仕事だと思え。管理人助手の」

まちがってる。絶対に、管理人の仕事なんかじゃない。だがそういったところで、このゴリラには通じそうになかった。

ゴリラにうながされるまま、俺は渡り廊下を進み、ゴミ集積所の前から、別の扉を通ってマンションの玄関内に入った。エレベータホールには二基のエレベータがある。一基は十階で、もう一基は四階で止まっていた。ゴリラがボタンを押そうとすると、四階で止まっていたほうのエレベータが動きだした。下に降りてくる。

一階まで降りてきて、扉が開いた。スーツを着て髪をオールバックにした、偉そうなリーマンて感じのおやじが立っていた。

「こんばんは」

おやじは俺とゴリラを見て微笑《ほほえ》み、軽く頭を下げた。

「こんばんは。いってらっしゃい」

ゴリラが応えた。

「いってきます」

おやじはゴリラが手にしたショットガンがまるで目に入ってないかのように頷いて、エレベータホールの先にある扉からでていった。

入れかわりに俺とゴリラがエレベータに乗った。ゴリラが「11」を押した。

「十一階に着いたら、ドアホンのボタンを押せ。管理室の者だというんだ」

ゴリラはチェーンで首に吊るしていた鍵を作業衣の下からひっぱりだした。

「これがマスターキィだ。返事があってもなくても、これでドアの鍵を開けろ」

「開けた瞬間撃たれたらどうするんです」

「そのためにこいつを着せてる」

ショットガンのグリップで俺の抗弾ベストを叩いた。

「爆弾がドカンときたら?」

「テロ計画用の爆弾を無駄づかいはしない」

根拠ないって、まるで。

エレベータが十一階に到着した。ゴリラが首をぐいと傾け、俺はしかたなくエレベータから足を踏みだした。

廊下を歩きだしたとたん、右肩の上からぬっとショットガンの銃身がつきだし、俺は焦った。ゴリラがうしろにぴったりと寄り添い、俺の肩ごしにかまえているのだ。撃ったら耳が潰れちまう。だがテロリストに頭を潰されるよりましか。

このままゴリラをつき飛ばして逃げられないか、俺は考えた。

こうぴったりとくっつかれてちゃ無理だ。たとえできても、うしろから撃たれたら一巻の終わり。

夢だよな、これは。安いLSDかなんかのせいで、きっとバッドトリップしてるんだ。急に何もかも、現実感が失せてきた。だってこんなのありえない。つい何時間か前まで、俺は西麻布のクラブで楽しく遊んでいたんだ。それが今、うしろにはショットガンをかまえた、とんでもなく醜いゴリラおやじがいて、爆弾抱えたテロリストの部屋に入れと威している。

絶対、嘘だ。俺の人生がこんなところで終わるわけがない。

一一〇一号室は廊下の一番奥、扉は正面を向いている。インターホンが茶色い扉の右横にあった。

インターホンのボタンを俺は押した。ピンポーン、という超日常的な音がした。

肩の上からショットガンが消えた。ゴリラが体を低くして、俺のかげに隠れたのだ。ひどくないか。

腰をうしろから突かれた。

「鍵」

ゴリラが小声でいった。俺は手に握りしめていた鍵をドアにさしこもうとした。そのとき、

「ナンデスカ」

インターホンから声が響いた。外国人訛《なまり》だ。

「管理室の者です」

俺の声は裏返っていた。

「管理室、えーと、コンシェルジュ」

管理人のことをコンシェルジュというのは、メイが囲われてる月島のマンションで聞いて知っていた。

「コンシェルジュ？　ホワイ」

生ゴミは何だっけ。

「ゴミ、ゴミゴミ」

急に思いだした。

「ガービイジ！　プリーズ、オープン」

インターホンは沈黙した。

「開けろ」

ゴリラがささやいた。俺は震える手で鍵を鍵穴にさしこんだ。鍵穴は三つもあった。鍵を回そうとした瞬間、不意に扉が開いた。

見た目は日本人とかわらないような男が立っていた。チェックのシャツを着て、ジーンズをはいている。袖は肘までまくりあげられていた。

「コンシェルジュ用ナイ。帰レ」

いきなり俺に怒鳴りつけた。目が血走っている。かなりきている、いる顔だった。

ゴリラが立ちあがった。また俺の右肩の上からショットガンの銃身がつきでた。男の目がみひらかれた。

「さがれ、バック！」

だが実際は、ひゃられ、ハッフ、としか聞こえない。しかたなく俺はいった。

「バック！　バック！」

男は両手をあげ、うしろにさがった。ゴリラが俺の背中を押した。俺は押されるまま、部屋の中に入った。

香のようなきつい匂いが部屋の中には充満していた。男は手をあげたまま、廊下をあとじさりした。ガラス格子の扉があり、その前で立ち止まった。

「いけ、ゴー」

「ノー！」

険しい顔になって男は首をふった。ここから先は一歩も通したくない、という表情だ。

ゴリラが俺を押しのけ、前にでた。ショットガンの銃口を男の顔につきつけた。

「ゴー」

男とゴリラはにらみあっている。

逃げだすなら今だ、と思った。が、足が動かなかった。

やがて男があきらめたように背中を向け、ガラス格子の扉を開いた。

ポリ袋をしきつめたリビングルームが目に入り、俺はうっとなった。片腕を落とされた男の死体が横たわっていた。

「私、悪クナイ！」

不意に男が叫んだ。

「悪イノ、コイツ」

死体を指さした。

「何があった？」

ゴリラが訊ねた。カタコトの日本語で男が喋り始めた。

おおよその内容はこうだ。

二人は中央アジアから商売をしにきた。ゴリラの推理はあたっていたが、死んだほうがテロリストだった。

日本でテロを実行するかどうか二人はいい争いになり、テロリストが自分の決意を見せてやるといって手榴弾を握りしめ、安全ピンを抜いた。

そのとき「ハートアタック」が起きた、というのだ。心臓麻痺《まひ》だ。

テロリストがいきなり目をひんむいて、ううっとなるさまを、男は実演して見せた。

そのまま椅子でぐったりとなるところまで。

突然テロリストが死に、男は呆然としたが、手榴弾は固く握りしめられていて、安全ピンを戻そうにも、指を開くとレバーが作動しそうで恐ろしくてできない。

そこで肩から腕を切り落として、捨てた、というのだ。

「私、商売シタイダケ。テロ、ヨクナイ。ミンナ困ル」

俺はゴリラを見つめた。なんて馬鹿な話なんだ。あきれて何もいえない。

ゴリラが不意に腰の光線銃を抜いた。電線をひきずった針が何本も発射され、男の体に刺さり、パチパチッと火花が飛んだ。

男は目を丸くしたが、ものもいわずにぶっ倒れた。スタンガンの一種みたいだ。電極を飛ばして感電させるのだ。

「どっちにしても、退去してもらう。入居規約違反だからな」

倒れている外国人にゴリラは宣言した。そして作業衣から携帯電話をとりだし、どこかにかけた。

「白旗だ。回収を頼む。荷物はふたつだ。ひとつはナマモノで外国製だ」

電話を終えると、ゴリラは倒れている男の手足を、部屋の中で見つけたビニールテープで縛りあげた。

「これでよし」

室内を見回し、ゴリラはつぶやいた。

「こいつらの退去がすんだら、明日はこの部屋の整理と清掃だ。わかったな」

わからない。わかりたくない。

ゴリラの懐で携帯電話が鳴った。

「はい」

耳にあてたゴリラの目が俺に向けられた。

「いえ、ちがいます。生きてます」

答えて、電話をさしだした。

「話せ」

「もしもし」

「回収する荷物のひとつはお前だと思ったが、ちがうようだな」

芝で会ったおっさんだった。

「生きてるよ、まだ。だけど――」

いいかけた俺に、

「待て」

とおっさんはいった。電話が誰かに渡された。

「もしもし、拓馬か」

祖父ちゃんの声だ。

「おじいちゃん！　拓馬です。あの、俺、今――」

「黙って聞け」

俺は口を閉じた。こういうときの祖父ちゃんには逆らえない。

「これがお前の最後のチャンスだ。そのマンションで管理人として働け。他のことは一切認めない。逃げればお前は日本中の裏社会から追われ、殺される。死にたくなければ、白旗さんのいう通りにするんだ。わかったな」

膝が砕《くだ》けた。その場にすわりこむ。

そんなのってアリかよ。ようやくでた言葉は、

「いつまで、ですか」

だった。

「とりあえず一年だ」

一年。きっと俺は一年もたないか、もってもすごい年寄りになる。たぶん一年で十歳は年をとる。

「白旗さんにかわれ」

俺は電話をゴリラにさしだし、頭を抱えた。これからいったい、どうなっちまうんだ。

終わった。

俺の青春は、たった今、終わった。

六〇三号室

1

二週間が過ぎた。人生でこれほど規則正しい生活をしたのは、小学生以来だろう。

俺の朝は、午前六時に始まる。ゴリラこと白旗のおっさんにあてがわれたのは、マンション（正式の名前は「リバーサイドシャトウ」だと。センスを疑うね。ラブホテルでも今どきないよ、これは）の地下二階にある小部屋だった。折り畳み式のベッドとロッカーがおいてあるだけの四畳半だ。畳敷きでエアコンはついている。隣にユニットバスがあって、シャワーと用を足すのはそこだ。

六時に起きると、まずはおっさんと館内を巡回する。建物の共用部、つまり玄関、通路、エレベータ、ゴミ集積所、駐車、駐輪場に汚損がないか、あるいは侵入者の形跡がないかをチェックするのが目的だ。

もし、住人と共用部で会ったときは、

一、顔は見ない。

二、声をかけられたら、挨拶《あいさつ》をする。相手が無言なら、こちらも無視をする。

というのが、ルールだ。

午前七時、ゴミ集積所からゴミだしをする。火、木、金曜が、可燃、不燃、資源ゴミの回収日だ。第三水曜日には、会社のさし向けた回収業者がくる。これは、別の特別集積所に廃棄されたゴミを回収するためだ。注射器やよくわからない金属クズ、なぜだか大量の髪の毛などが捨てられている。死体の回収はない。それについては、管理室に業者の手配を依頼しなければならないという入居規約があるらしい。規約違反は、即時退去という契約になっているのは、俺も連れてこられた晩に知った。

午前八時から九時が朝食タイムだ。食事は、朝、晩とも、会社が契約したケータリングサービスの弁当が届けられる。これはかなり、うまい。そのへんのデリバリィ業者なんかよりはるかにおいしく、しかもあたたかい。

この弁当サービスは、他にも利用している住人がいて、各部屋に届けるのは俺の仕事だ。といっても、前もって館内電話で届けるのを連絡しておき、ワゴンにのせた弁当を部屋の扉の前においてくるだけだ。空いたワゴンも俺が回収する。

午前九時から十二時は、館内共用部の清掃。毎週、土、日曜には本格的な清掃業者がくるので、よほどのことがない限り、せいぜい落ち葉を掃《は》いたり、落ちているゴミを拾ったりですむ。

清掃業者は、通称ゾンビ。一般の清掃業者ではなく、会社の関連業者がさし向ける、いわば奴隷《どれい》だ。多重債務でパンクしたり、組関係にも見はなされたようなチンピラで、尚かつクスリの運び屋をさせるほどの信用もない連中が監視役といっしょにワゴンでやってきて、揃《そろ》いのツナギを着せられ、モップやバケツをあてがわれ館内の清掃にあたる。白旗のおっさんの話では完全な消耗品《しょうもうひん》で、以前、あやまって住人に水をひっかけ、その場で殺された奴もいたらしい。何の問題にもならず、その住人が処理費用を払って、死体は回収された。

俺も何度か見たが、どいつも顔は土色で目も虚《うつ》ろ、生きている死体のような奴らばかりだった。

「お前がもしここから逃げだそうと考えているなら、末路はゾンビだ」

おっさんはそういった。タコ部屋に押しこめられ、死ぬまでこき使われる運命らしい。逃げても、助けを求める場所がないという点では、俺も同じだ。

昼の十二時から一時までは昼食兼用の休憩で、俺にも外出が許される。たいてい俺は、近くのコンビニで買ってきた弁当を食べ、自分の部屋でごろごろする。

午後二時から五時が、館内の故障箇所の補修や、苦情の処理にあたる時間だ。白旗のおっさんは見かけによらず器用で、排水孔が詰まっただの、壁に穴があいただのを、うまく修理する。

午後五時、会社に報告の電話を入れる。トラブルがなかったか、あった場合はどのような内容か、特別な回収業者の出張が必要かなどを口頭で伝える。メールやファクスでの報告は禁止だ。一ヵ月に一度、盗聴器が設置されていないかチェックを受ける電話を使うことになっている。

午後七時、届けられた弁当で夕食。それから十一時までは自由時間だ。おっさんはもちろん、俺もほとんど外出はしない。したって金がないから、パチンコすらできない。せいぜい多摩川の河原にすわってぼんやりするくらいだ。

午後十一時に、二度めの巡回をする。ようやく一日が終わる。巡回は、午前二時か三時頃にもう一回あるらしいが、それはおっさんだけの仕事で、俺は免除されている。

きて二週間で、俺が会った住人は、まだ十人くらいだった。「リバーサイドシャトウ」には五十二部屋があって、九部屋が空き部屋だから、四十三世帯が入居していることになる。

なのに、まだたった十人の入居者にしか会っていない。

それは、このマンションの住人が、何よりも身の安全とプライバシーの保護を求めているからだ。「リバーサイドシャトウ」は全室賃貸で、六十平米の二LDKが月額百万、百二十平米の四LDKだと月額二百万という、とんでもない家賃をとっている。都心の超高層マンションというわけでも、病院やスーパーマーケットという付帯設備があるわけでもない。外見はごくふつうの十五階だてのマンションで、東京都大田区の多摩川べりに建っている。

当初は分譲マンションとして売りだされる予定だったのが、世界同時不況のあおりをうけて、発売直前に開発業者が倒産した。それを買いとったのが、会社だ。会社というのは、白旗のおっさんも社員の、アンダーグラウンド企業だ。たぶんでかい暴力団のフロントじゃないかと思うのだが、はっきりとはわからない。

会社は買いとったマンションに手を加え、大量の監視カメラやセキュリティロックを備えた、要塞《ようさい》みたいな建物に改築した。そして審査を通った人間だけに貸しだしている。

このマンションに、十八歳未満は入居できない。また、事前の許可を得ない限り、入居者以外は建物に立ち入ることもできない。一階の集合ポストに入れられる郵便物は別として、宅配業者も部屋までいけない。荷物はすべて管理室が受けとり、住人本人がとりにくるか、管理人が部屋に届ける。

つまりそれだけの不便と高い家賃を我慢してでも、身の安全を優先したい奴しか住んでいない、ということだ。それがいったいどんな種類の連中なのか、白旗のおっさんは、「そのうちわかる」としか、いわない。ただ、夜中に、ショットガンをもった管理人とエレベータホールで会っても、にこやかに、

「こんばんは、いってきます」

と挨拶するような住人がまともなわけはないだろう。

住人の中には一年間に一回も外出していない「引きこもり」もいるらしい。その理由が、ネットゲームにはまっているからでないことくらいは俺にもわかる。たぶん、警察か殺し屋か、その両方に追っかけられているせいだ。

館内を動き回るときは、必ず、白旗のおっさんと同じ灰色の作業衣を着ろ、といわれ

ている。さもないといきなり撃たれたり、刺されたりする危険があるからだ。

実際、連れてこられた翌日、駐輪場で落ち葉掃きをしていた俺は、うしろからナイフをつきつけられた。

「お前、誰だ」

人の気配を感じたと思ったら、いきなり首を絞められ、ナイフが鼻先にあらわれた。

「か、管理室の者です」

「嘘をつけ。管理人は、口のきけないゴリラだ」

「助手です、助手」

そのとき、白旗のおっさんがやってきた。

「はなひてやっひぇ《離してやって》。ほひふは《そいつは》、ひゃんひにんひょひゅへふ《管理人助手です》」

白旗のおっさんの頬には、口を横一文字に切り裂かれた傷跡がある。その傷のせいで、口をきちんと閉じて喋《しゃべ》ることができない。言葉がひどく聞きとりづらいのだが、なぜか俺は、初めて話したときから何をいっているのかがわかった。

「ちっ」

ナイフをつきつけた奴は、舌打ちして俺をつきとばした。ふりかえると、自転車レーサーの格好をして、サングラスをかけた若い男だった。年は俺とたいしてちがわない。頭にUFOみたいなヘルメットをかぶっている。

「つまらねえ。こそ泥ならかっさばいてやろうと思ったのによ」

いって、すたすたと建物の中に入っていった。あやまろうともしない。ここじゃなけりゃ、うしろから飛び蹴りでもくらわしてやるところだ。ムカついていると、白旗のおっさんがいった。

「六〇三号室のコバヤシさんだ。すぐにナイフをだすから気をつけろ」

「あんなチンピラがここの家賃を払えるんですか」

「払っているのは姉さんだ」

「いっしょに住んでいるんですか」

おっさんは頷いた。

「何をしているんです？」

弟が俺と同じくらいなら、たいした年でもないだろう。それなのにここの家賃を払えるとなると、どう考えてもふつうじゃない。

おっさんは俺をにらんだ。

「お前には関係ない」

「馬鹿が、他にもいっぱい住んでいるんですか、ここには」

腹がおさまらない俺はいった。おっさんは冷ややかな目になった。

「いきなり殺されなかっただけ、ましだ。お前の前の助手は、きて三日めに特別回収を頼んだ」

俺は吐きそうになった。特別回収というのは、死体処理のことだ。

祖父ちゃんは「一年」といったが、絶対に一年なんてもちっこない。だが逃げだすのも不可能だ。逃げれば、日本中の裏社会から追われ、殺される、と祖父ちゃんはいった。日本中の裏社会や政治家から恐がられている祖父ちゃんがいうのだから、本当だろう。実際、俺も殺される一歩手前で、チャンスをやるといわれ、連れてこられたのだ。

いっそひと思いにあのとき殺されたほうがよかったかもしれない。

2

仕事中を除けば、白旗のおっさんはほとんど俺をかまわない。初めてここに連れてこられたときにいた小部屋か、モニターが並んだ管理室にいる。小部屋にいるときは、机に広げたノートに鉛筆で何かを書きこんでいる。

それが何なのか、少し興味があったが、俺は訊けなかった。訊くとすごく怒りそうな気がしたのと、いつか盗み見してやろうと思ったからだ。

だがおっさんはノートを大切にしていて、決して、机の上におきっぱなしにはしなかった。だからまだ、そのチャンスはない。

夜の巡回が終わって、管理室に戻ってきたときだった。おっさんが窓から下を見て、唸《うな》り声をたてた。

管理室は、マンションの二階からつきだした構造になっていて、エントランスを横から見おろす位置にある。表の道路とつながった石段を登ったところに金属製の扉が見え、その内側にもう一枚、ガラス扉がある。

住人がそのエントランスを使うことはほとんどない。たいていはエレベータホールのわきにある、駐車場とつながった「通用口」を出入りする。「通用口」にもロックがあって、センサーにカードキィをかざさない限り、開かない仕組だ。センサーが作動すると、必ずモニターには、そこに立つ人物が映しだされる。館内には三十を超す監視カメラが設置されていて、管理室のパソコンで録画映像を再生できる。

表の道路に三台の車が止まっていた。黒とシルバーの、メルセデスやレクサスの大型ばかりだ。男が四人降り立ち、あたりを見回している。

管理室の窓には、暗い褐色のガラスがはめこまれ、下からは中のようすがうかがえない構造になっている。

おっさんが並んだモニターの下の操作パネルに触れた。

中央のモニターにそいつらの映像が浮かんだ。

『本当にここなんだな』

ひとりがいうのが聞こえた。マイクも設置されているのだ。

『まちがいありません。リバーサイドシャトウって聞いてます』

もうひとりが答えた。おっさんが監視カメラをズームさせた。スーツを着ちゃいるが、ひと目で極道とわかる連中だ。

『何号室だ』

『えーと、七〇二です』

おっさんが舌打ちした。

「何なんです？」

俺は訊ねた。

「七〇二号室のタカダさんだ。ネットで投資顧問のビジネスをやってる。客にやくざ者が多くて、損をさせられたのがよく押しかけてくる」

「なるほど」

顧客がガラの悪い連中ばかりなら、ここに住む理由はある。

下を見ると、一番うしろに止まったメルセデスの後部席の窓が降りた。四人組のひとりがあわてて駆けよった。

おっさんがリモートコントロールでカメラをそっちに向けた。坊主頭のいかついおやじがメルセデスの中からいった。

『さっさと連れてこい』

『はいっ』

四人が金属の扉をくぐった。ガラス扉の手前にあるインターホンの前でかたまって立つ。

モニターが切りかわった。

『どうすんだ、これ。ふつうのオートロックとちがうぞ』

『部屋番号を入力するボタンがないすね』

『呼びだしボタン、押してみろ』

ポーンという音が管理室に響いた。おっさんが操作パネルのボタンを押した。

『こちらはリバーサイドシャトウ管理室です。本日の業務は終了しました。ご用の方は、明日午前九時以降においで下さい』

女の声でアナウンスが流れた。

『何いってやがる。管理人なんかに用はねえ』

ポーン、ポーン、と音が連続した。そのたびに、

『こちらはリバーサイドシャトウ管理室です。本日の業務は——』

という同じアナウンスが、呼びだしボタンを押した回数だけ、流れた。

『ふざけやがって、どうなってんだ。これじゃ中に入るときどうするんだよ』

『どうするんですかね、鍵穴とかもないし』

『ガラス、割りますか』

『待てや。そんなことしてパトとかきちまったら面倒だ』

おっさんが報告用の電話をとりあげた。相手がでると、

「ケース二の一が進行中です」

と告げる。報告を受ける会社の人間は、おっさんの言葉がわかるようだ。
「相手ですか。車のナンバーを今、見ます」
おっさんが俺に目配せした。俺はモニターをのぞきこんだ。
「レクサスの番号しか見えないです。練馬三三〇、て〇の××××」
おっさんが復唱した。ナンバーで持ち主がわかるとすれば、警察なみの情報収集力だ。
『おーい、どうなってる。誰かいねえのか』
ガラス扉の上の監視カメラを見上げ、男たちのひとりが怒鳴った。
『電話つながんねえのか、タカダによ』
『駄目です。きのうから携帯の電源切ってやがって』
『誰か、裏のほう見てこい。裏口から入れねえか』
『はいっ』
男二人が駆けだした。俺はすぐに裏手の監視カメラの映像を別のモニターに映した。
カメラとモニターの扱いは、最初の一週間でおっさんに叩きこまれた。
『何だ、どうなってんだ。どっから入るんだよ』
『ここじゃないですか』
ひとりが目ざとく通用口の扉を見つけた。駐車、駐輪場の出入口のわきにある。
『センサーか。カードとかキィとかないと入れないみたいだな』
そのときだった。駐車場のシャッターが開くブザーが管理室に響いた。俺はあわててモニターを切りかえた。駐車場と駐輪場のシャッターが開くときは、必ず管理室でブザーが鳴る仕組だ。

一台のハマーが地下駐車場からあがってきて、金網のシャッターが上がるのを待っている。

『お、駐車場が開いたぞ。入れる、入れる』

俺はおっさんを見た。ハマーに乗っている住人は、例のコバヤシだ。これからどこかに遊びにいくのか。

おっさんの手がボタンを叩いた。シャッターがすごい勢いで降り、ハマーの鼻先で再び閉まった。ハマーは急ブレーキを踏んだ。入ろうとした男たちとシャッターをはさんで向かいあう。

ハマーのドアが開いた。コバヤシが降りてきた。細っこいキツネみたいな顔を、まっ赤にしている。

『なんでシャッター、降ろすんだよ、こら。上げろよっ』

マイクがしかけられているのを知っているのだろう。カメラのほうを見て怒鳴った。

シャッターの向こうのやくざ者は無言で見守っている。コバヤシがそれに気づいた。

『何だ、あんたら』

『いや、知り合いを訪ねてきたんですが、入りかたがわかんなくて。ここ、どうやって入るんですか』

コバヤシは無視して、カメラを見た。

『シャッター上げろよ、シャッター』

『ちょっと、すいません。俺ら、中入りたいんですよ』

やくざ者がいった。

『入れねえんだよ、ここは』

『え？』

『住人以外は入れねえマンションなの。高え家賃払ってんだから当然だけど』

『何いってんすか。俺ら、知り合い訪ねてきただけなんですけど』

『知り合いだったらわかってなきゃおかしいんじゃねえの。ここは住人以外立禁なんだよ』

『何ぃ、どういうことだよ、それ』

コバヤシがまたカメラにいった。

『おーい、ワケわかんねえのがきてるぞ。どうすんだ、これ』

『何いってんだ、この野郎』

白旗のおっさんがマイクをとった。

『今、処理します』

ひふゃ、ひょひひまふ、としか聞こえない声がスピーカーから流れた。

『何？　日本語喋れ、日本語』

コバヤシがいった。嫌な野郎だ。俺は手をだした。おっさんは一瞬俺を見つめ、マイクを渡した。

『あー、あー、こちらは管理室です。ただ今、機材の故障のため、シャッターが動きません。現在、修理を手配しております。それまでお待ち下さい』

『はあ？　ふざけんな、開けろ』

『お急ぎならタクシーをご利用下さい』

ざまを見ろだ。

報告用の電話が鳴った。

「はい」

おっさんが耳にあてた。

「いえ、まだ進行中です。坂井組、はい、わかりました。で、会社とは？　はい、了解です。処理します」

答えて受話器をおろした。俺を見る。

「極道だ。坂井組」

聞き覚えがある。池袋あたりを縄張りにしている組だ。

「会社とは関係がない。無視していい」

俺は頷いて下を見た。痺《しび》れを切らしたのか、止まっている車から新たに五人の男が降りてきた。

『どうなってる』

『管理室とかいうのが、さっき放送で、シャッター壊れたって』

『車で出られなくなったガキがいて、ここは住人以外立入禁止だとかほざいてます』

戻ったやくざが報告した。

俺は駐車場のシャッターを見た。コバヤシの姿がない。どうやら車をそのままに、駐車場に戻ったようだ。と思ったら、管理室のドアが勢いよく開いた。コバヤシだった。長い螺旋《らせん》階段を登ってきたのか、ひどく息を切らしている。

「手前ら、いい加減にしろ！」

赤い革のジャケットを着て、キザったらしいポケットチーフをさしていた。いってから、膝の上に両手をつき、腰をかがめた。ぜいぜい喉を鳴らす。

「人と会う約束があんだよ。シャッター上げろや」

「今シャッターを上げると、侵入されます。連中があきらめるまでお待ち下さい」

おっさんは眉ひとつ動かさずにいった。俺は通訳した。

「そんなの知ったことか。入ってきたら、お前らが片づけりゃいいだろうが」

「入居規約にも書いてあります。侵入者への対応は、管理室に一任される、と」

「手前、管理人だろう。つべこべいわず、いうこと聞けや。誰がお前の給料払ってると思ってんだ」

このガキ。俺が文句をいおうとすると、おっさんが目で制した。

「わかりました。シャッターを上げます。車に戻ってお待ち下さい」

「さっさと上げろよ、いいな」

コバヤシはいった。が、すぐにはでていかず、俺のほうを見た。

「何だ、手前。その目つきは。何か文句あんのか」

右手が革ジャケットにさしこまれた。またナイフをだす気のようだ。

「今シャッターを上げます」

おっさんがいったが、コバヤシは無視した。

「気にいらねえな。管理人の分際で、逆らうのかよ」

「管理人、助手です」

俺はいった。こんな仕事をさせられているんじゃなけりゃ、絶対ただじゃすまさない。

「だったら尚さらだろうが。なめてんじゃねえぞ。お前なんか殺したって、いくらでもとっかえがきくんだよ」

「おい、助手」

白旗のおっさんがいった。

「シャッターを上げるから、奴らに入るなといってこい」

「俺がっすか」

俺は目をむいた。

「口でいったって聞かないでしょう」

「勝手に敷地内に入れば不法侵入だ。警察に通報すると警告しろ」

「そんなことといったら殴られますよ」

「殺されはしない」

「おもしれえ」

コバヤシがにやついた。

「お前がボコられるとこ見てやらあ」

最悪だ。おっさんはコバヤシの味方だ。このクソゴリラが。

俺は無言で管理室をでた。長い螺旋階段を降りる。コバヤシもきたのか、少しすると頭上から足音が降ってきた。

シャッターが上がったらこのまま逃げちまおうか。階段を降りながら俺は思った。追いこみにきてる極道に、帰れといえなんて、いじめ以外のなにものでもない。

コバヤシをぶっとばしてハマーをかっぱらうという手もある。だがナイフをふり回されたら厄介だ。

それにたとえハマーを奪えたとしても、俺はどこへもいけなかった。祖父ちゃんは、本気で腹を立てているみたいで、連れてこられた日に電話で話した以外、一度も俺のことを気にしているようすがない。

祖父ちゃんもクソゴリラもコバヤシも、みんなくたばっちまえ。

階段を降りると、俺は踊り場にある扉を開いた。その先の通路の途中にゴリラの小部屋、さらに先に地下駐車場がある。

駐車場から車用の出入路をあがり、地上にでた。シャッターが前方にあって、網目からライトの光の下で立っているやくざ者が見えた。

俺はシャッターに近づいた。やくざ者は四人に増えていた。

「どちら様ですか。こちらは管理室の者ですが」

俺はシャッターごしにいった。

「お宅のマンションに知り合いがいて、訪ねてきた者だ。どうやったら中に入れる?」

先頭の男が訊いた。

「申しわけありません。当館内は住人以外立入禁止です。おひきとり下さい」

「そうカタいこといわないでよ。急用があって、どうしても会わなけりゃいけないんだ」

コバヤシが戻ってきた。

「がんばれよ、助手」

にやつきながらいって、ハマーに乗りこんだ。本当に頭にくる野郎だ。

シャッターが上がり始めた。

ひとりの男が腰をかがめ、シャッターをくぐろうとした。俺は立ち塞がった。

「やめて下さい。不法侵入になります」

「うるせえ、どけ」

「警察に通報します」

生まれて初めて、こんな言葉、いった。男が顎《あご》をひき、俺をにらんだ。

「何？　俺が何したってんだよ」

「不法侵入です」

「ふざけんな、この野郎。誰かの部屋に入ったわけでもねえのに何いってやがる。シャッターくぐるだけで犯罪だってのか」

「こちら側は、当マンションの敷地で私有地です」

パーン、とクラクションが鳴った。ハマーがでていくのに俺たちが邪魔なのだ。

「どうでもいいけど邪魔なんだよ」

おろした窓からコバヤシが顔をつきだした。男はコバヤシをにらんだ。

「やかましい、待ってろ」

「待てねえんだよ、こっちは急いでるんだ」

男はあきれたように首をふった。そして次の瞬間、ハマーのボンネットに蹴《け》りを入れた。

「待てっつったら待ってろ、この野郎。ぶっ殺すぞ」

コバヤシが血相をかえ、ドアを開けた。

「手前、今、何した」

残りの三人がコバヤシを向いた。

「文句あんのか、おお」

おもしろい展開になってきたと思っていたら、いきなり肩を小突かれた。

「どうなってんだ、ここの奴らはよ。管理人も住んでる野郎も」

最初の男だった。

「さっさと中に入れねえと、えらいことになるぞ、お前」

コバヤシが突進してくるのが見えた。いきなりナイフを抜くと、その男の頭にうしろから切りつけた。

うわっと男が声を上げた。右耳から血が噴きだしている。コバヤシの目は吊り上がっていた。

「手前、殺す」

「何しやがる！」

「切りやがった」

あっという間にコバヤシはやくざ者にとり囲まれた。ナイフをふり回すコバヤシを遠巻きにして怒声を浴びせる。

「殺しちまえ」

「チャカもってこい、チャカ」

ガン、という音がした。シャッターが再び勢いよく降りた。コバヤシとやくざ者を外、俺とハマーを内側に隔てて、シャッターは閉まった。

「あっ」

耳を血だらけにした男が声をあげ、シャッターに走りよった。

「手前、開けろ、こら」

コバヤシがうしろから羽交《はが》い絞《じ》めにされた。ナイフを奪われ、つき倒されると、いっせいに蹴りを浴びせられる。

『戻ってこい』

スピーカーからおっさんの声が響いた。

もちろん、そうした。

3

管理室に戻ってモニターを見た。シャッターの前からやくざ者とコバヤシの姿が消えていた。どうやらひきずられていったようだ。

「コバヤシは?」

おっさんの手が別のモニターを示した。エントランスの前に十人近いやくざ者が集まり、その中心に土下座させられたコバヤシがいる。

「あいつ、車を蹴った極道に切りつけたんです。殺されるかも」

おっさんの表情はかわらなかった。

「マンションの敷地外のことまでは、管理室は責任を負わない」

そういえばコバヤシがナイフをふり回したのは、シャッターの外だ。

「でもきっとこのマンションのことをべらべら喋りますよ」

四方八方からコバヤシに足や拳が降っている。

「だから何だ」

「ほら」

俺はいった。殴られながら、コバヤシがジャケットの内側から何かをとりだした。俺はスピーカーのボリュームをあげた。

『これです。これがキィです。勘弁して下さい』

通用口のカードキィだ。キィをひったくった男が走りだす。

おっさんの手が操作パネルに触れた。俺は通用口のカメラの映像をのぞきこんだ。

男がカードキィをセンサーにかざすのが見えた。だがロックは解除されない。おっさんが強制的にロックをかけたからだ。

男は何度もためした末、あきらめて仲間のところへ戻った。

『駄目です、開きません』

『何ぃ、この野郎、俺らを馬鹿にしてんのか』

『そんなことありません。これが本当に鍵なんです』

コバヤシが泣きべそをかきながらいった。

メルセデスの後部席が開いた。坊主頭の男が降りた。

『お前ら、何をガタガタ、いつまでもかかってるんだ』

おっさんが息を吐いた。坊主頭の顔をズームすると、館内電話をとりあげ、「６０３」のボタンを押した。

「管理室です。弟さんが外部でトラブルにあわれています」

ふだんとはちがう、ていねいな喋り方でいった。

「相手ですか。暴力団です。無理に入ろうとして、弟さんとトラブルになったようです」

間があいた。

「ええ。坂井組という暴力団です。何をしに当マンションにきたのかは、わかりません」

「白旗さん」

俺はいった。坊主頭が、拳銃をとりだしたのが見えたからだ。うつぶせに地面におしつけられたコバヤシの後頭部に、坊主頭が銃口を押しつけている。

二週間前の自分を見ているみたいだ、と俺は思った。生意気で調子をくれていて、挙句に怒らしてはいけない奴らを本気で怒らせた。

おっさんがモニターを見た。

「今、撃たれそうです」

再び、間があいた。

「はい、承知しました」

おっさんはいって、館内電話を戻した。

「姉さんは何て？」

「殺されたら特別回収を頼め、と」

「ええっ。いいんですか。弟なんでしょう」

「入居規約に反しない限り、管理室は住人のプライバシーには関知しない」

「いや、そういう問題じゃなくて」

確かにコバヤシは嫌な野郎だが、目の前で撃ち殺されるのを見たいとまでは思わない。

「じゃあ、どうする。玄関を開けて、奴らを入れるのか。それこそ管理室の仕事の放棄《ほうき》だ」

「一一〇番する、とか」

「お前は馬鹿か」

また、このセリフだ。きて以来、何度いわれたことか。

「警察がくれば、七〇二号室のタカダさんも巻きこまれるのだぞ。住人が何のためにここに入居しているのか、忘れたのか」

「でも自分の問題じゃないですか。そのタカダって人が、あいつらに損をさせなけりゃここに押しかけてくることもなかったわけだし」

「何様《なにさま》のつもりだ」

「え？」

「住人の仕事に口をだす管理人がどこの世界にいる。住人が稼いだ金で払う家賃で、我々の給料は払われているんだ」

「いや、俺は給料ないし。飯は食わせてもらってるけど」

「だったら、お前ひとりであいつらを何とかしろ。管理室は関係ない」

俺はむっとした。

「あのコバヤシだって住人でしょうが」

「住人だが、今は建物の外にいる」

「そんなことで分けるんですか」

「線引きはどこかに必要だ。それともお前はここから、世界中の人間が救えるとでも思っているのか」

「そんなことは思ってないですよ。でもあいつを外に締めだしたのは、白旗さんじゃないですか」

「俺がしたのは、侵入者を防ぐためにシャッターを降ろした、それだけだ」

「もういいです」

俺はいって館内電話をとりあげた。

「何をする気だ」

「タカダさんに話すんです。報告の義務があるでしょう。七〇二号室を訪ねてきた外部の人と住人のあいだにトラブルが起こっているのだから」

おっさんは、ふんと鼻を鳴らした。

「好きにしろ」

俺は、「702」のボタンを押した。呼びだし音が何度か鳴ったあと、

「はい」

と低い男の声が応えた。

「こちらは管理室です。下に、タカダさんに会いにきた方がおられます」

「誰ですか」

「坂井組の人、十人くらいです」

「会いません。帰ってもらって下さい」

男の声が甲高くなった。

「それはいいんですが、別の当マンション住人の方とトラブルになっているんです。で、その方は今、殺されそうな状況なんですが」

「そんなの知らないですよ。関係ありません。いっておきますが、警察とかに通報しないで下さいよ。高い家賃払ってるんだ、そっちで処理すべきでしょう」

やっぱりそうきたか。俺はけんめいに頭を働かせた。

「いいんですけど、その方の身内も当マンションの住人です。万一、その方が亡くなら

れた場合、管理室としては状況を報告しなくてはなりません」

「え、それ何号室の誰？」

「申しあげられません」

「ち、ちょっと待て。このマンションでしょう……」

焦る筈だ。ひとりとして（多分）、まともな奴は住んでいないのだから。

タカダは黙って考えていた。入居規約の中には、確か住人間のトラブルを当事者間で解決するのは禁止、という項目があった。その場合、管理室が処理するのだろうか。

「いや、だけどさ、僕がでていくのはできないし、僕が殺されちゃうから」

「こうしてはどうです」

俺はいった。

「今外にいる坂井組の方の、誰かの電話番号をご存知でしょう。電話をして、日を改めて話す、といってみては。その条件に、つかまっている住人の方の解放を要求する」

「でもそんな、日を改める気なんか、僕はありませんよ」

「わかります。しかし、坂井組の人は、当マンション内にいることで会わずにすませられても、住人の方の身内とは、いつ会うかわかりません。管理室としても、そこまで責任はもてませんが」

「いや、困ったな。そういうの困るんだよね。何号室の誰だか教えてよ」

「住人のプライバシーは最優先です」

いいながらちょっと気持よかった。

「うーん、あんた新しくきた助手でしょう。白旗さんはいないの?」

舌打ちしたいのを俺はこらえた。

「おります」

「じゃ、かわって」

俺は息を吐き、おっさんに電話をさしだした。俺のアイデアもここまでだ。おっさんは住人の味方しかしない。それも「館内にいる住人の」だ。

おっさんは無表情に電話をうけとった。

「白旗です」

タカダの話に耳を傾けていた。

「いや、それは助手も申しました通り、お教えできません」

俺はモニターをのぞきこんだ。コバヤシはまだ殺されてはいなかった。おそらくマンションに入る方法を教えるまでは、何とか殺されずにすむだろう。

男のひとりがコバヤシのジャケットの中から携帯電話を抜きとった。

『電話しろ、電話。中にいる奴に開けてもらえ』

つきだしていうのが聞こえた。

「――まあ、おっしゃる通りです。タカダさんがでていかれても、問題の解決にはならないでしょう」

おっさんがいった。

地面に正座したコバヤシが、震える手で電話を操作している。ここか、姉さんか。順当に考えれば姉さんだ。だが、姉さんはとっくに見捨てている。

『あ、俺。今さ、表にいて、ちょっとヤバいことになっちゃって。迎えにきてくんない』

コバヤシが電話に告げた。

『いや、そうじゃなくて、鍵がさ、うまく使えないんだよ。中からしか開かないみたいで』

おっさんはタカダに告げた。

「今、その方が館内にいる身内に、ロックを解くよう頼んでおられます。ええ、もちろん規約違反ですので入れることはいたしません」

そうなるだろう。おっさんが見張っている限り、坂井組の連中はここには入れない。

「そうです、はい。ただ、いちおう申しあげますが、それは今日に関してのみであって、明日以降、身内の方が来館者の事前承認を求められた場合は、管理室としては受け入れざるを得ませんが」

俺はおっさんを見つめた。もしかするとタカダを威してる？

『え、もしもし？　もしもし？』

コバヤシが声を大きくした。

『どうした』

『電話、切られた』

『使えねえ野郎だ。ぶっ殺すか』

『待って、待って、今何とかするから』

「承知しました。では、電話をなさってみて下さい」

おっさんが答えて、館内電話をおろした。

「お前のサル知恵で、どうなるか、だ」

じろっと俺をにらむ。

4

モニターのスピーカーが携帯の着信音を拾った。坊主頭が上着に手をさしこんだ。

『タカダの野郎だ』

いうと、残りがいっせいに坊主頭をふりかえった。

『はい』

坊主頭が応えた。

『おう、そうだよ。今？　今どこにいるかなんて関係ないだろう。それより溶けた八千万、どうしてくれるんだ。おう？』

タカダの返事を聞いて、坊主頭が怒鳴った。

『ふざけたこといってんじゃねえぞ、こら。八千万戻すか、手前の体で払うか、どっちかだろうが』

「八千万くらい、タカダさんには端《はし》た金だ」

おっさんがつぶやいた。

「じゃ、返しますかね」

「お前は馬鹿か。詐欺師《さぎし》がだました奴に金を返してたら、一文にもならんだろうが。逃げ回るだけだ、口八丁手八丁で」

いつものセリフのあと、いった。

『うん？　いつ用意できる』

坊主頭の表情がかわった。

『本当だろうな。いい逃れしやがったら、今度こそ多摩川に沈むぞ』

「詐欺師が嘘をつくのをやめるのは死ぬときだ。それが性《さが》なんだよ。嘘をついてついて、逃げて逃げて」

おっさんの言葉に坊主頭の声がかぶった。

『わかった。お前を信用してやる。若い者は俺が説得してやらあ。ただし俺の顔に泥を塗ったらそのときは覚悟しろよ』

「だって八千万で命が助かるなら安いものじゃないですか。金はもってるんでしょう」

俺はおっさんを見た。

『ああ、ここにいるよ。ふざけた野郎だ。カタミヤの耳、はつりやがった。お前の知り合いか』

おっさんが指を口の前に立てた。

『なんでお前がそんなこと気にするんだ。こいつはこいつで落とし前つけさせる。それとも何か。お前がカタミヤの治療費と慰藉料《いしゃりょう》、払うってのか』

俺もモニターを見つめた。

『で、いくら載っける。五百万？　なめてんのか。カタミヤの耳は半分落っこってんだ』

坊主頭は携帯を手でおおった。

『二千万載っけて一億だってよ。どうする』

血まみれの耳にハンカチをあてた男がいった。

『手、打ちますか』

坊主頭が頷いた。

『おっしゃ。じゃあ振込があるまで、このガキ預かっとく』

俺は声をあげた。

「駄目じゃん、それじゃ」

タカダが金を払わなければ、コバヤシはまちがいなく殺される。

おっさんはふん、と鼻を鳴らした。

「しょせんサル知恵だ。あいつらが、はいそうですかって、解放するわけないだろう」

俺はうなだれた。

「いや、払うかもしれないし」

「死んでも払わない。それが詐欺師だ。奴らにとっちゃ、殺されるまでつづくゲームなんだよ。つかまろうが殺されようが、金を返しさえしなけりゃ勝ちなんだ」

館内電話が鳴った。きっとタカダだ。

「お前がでろ」

おっさんが顎をしゃくった。本当に嫌みなゴリラだ。

「はい、管理室です」

応えた俺の耳に、女の声が流れこんだ。

「あいつ、死んだ？」

一瞬、誰だかわからなかった。だが「６０３」と表示された電話の画面で気づいた。コバヤシの姉さんだ。

「いえ。ええとですね、たぶんこれからどこかに連れていかれると思います。別の住人の方が、お金を準備するということになって」

俺は答えた。

「何それ。誰があいつのために払うの」

「申しあげられません」

女が舌打ちした。

「そういうの、困るんだけど」

タカダとまるで同じセリフだ。

「変に借りとか作りたくないんだよね。だいたいどうしてあいつがつかまったの」

「それはですね、別の住人の方を訪ねてきた坂井組の人とたまたまいい合いになって、
弟さんが相手に怪我をさせたんです」

「またナイフ、振り回したんだ、あの馬鹿」

「まあ、そういうことです」

「もう、うんざりだよ。あの馬鹿の尻ぬぐい、何度させられたんだろ。わかった、今どこにいるの？」

「エントランスの前です」

「じゃ、降りてくわ」

電話は切れた。

「降りてくるそうです」

おっさんは無言だった。

降りてくるといったものの、コバヤシの姉さんはなかなか姿を現わさなかった。

『本当に払いますかね』

カタミヤという耳を切られたやくざがいうのが聞こえた。

『払わなけりゃ、また追いこみかけるだけだ。しかし、このマンション、どうなってるんだ。なんで中に入れねえ』

坊主頭がコバヤシの顔をのぞきこんだ。

『そういうところなんです。家賃がすごく高くて、でも侵入者は絶対に許さないって』

コバヤシはひきずり起こされながら答えた。

『高えって、いくらなんだ』

『うちは2LDKなんですが、百万です』

『百万？　何だ、それ。お前が払ってるのか』

『姉ちゃんです』

『姉ちゃん、そんな稼ぎ、あんのか。すげえな。ソープ嬢か』

『ちがいます』

『じゃ、何だ』

『結婚詐欺師です』

『結婚詐欺師ぃ。それがそんなに儲《もう》かるのか』

『旦那さんに保険かけて、海外旅行とかいって――』

コバヤシの声が小さくなった。俺はおっさんを見た。

「七〇二のタカダさんといっしょじゃないですか。詐欺師なら」

「もうちっと荒っぽい」

おっさんはいった。そのとき、エレベータホールに人影が映った。ジャージの上下に髪を束ねた女だった。俺はモニターをズームした。両手をうしろに回している。いい女だった。整形をかなりくり返したっぽいが、相当の美人だ。初めて見た。だが女がエントランスのガラス扉に向かうと、うしろ手にもっているものが見えた。拳銃だった。

「やばくないすか、あれ」

おっさんは舌打ちした。女はガラス扉をくぐった。中からはキィがいらない。そのままエントランスの金属扉も抜ける。

「いいんですか」

「でていくのは住人の勝手だ」

俺は窓から下をのぞきこんだ。女は金属扉をでると、まっすぐ進んだ。拳銃をうしろ手にもったままだ。

最初にコバヤシが気づき、

『姉ちゃん、ごめん！』

と叫んだ。

『うるさい！　もう、あんたなんかうんざり。くたばれっ』

女が両手で拳銃をかまえ、ひき金をひいた。パン、パン、パンという銃声がした。コバヤシがあおむけにひっくり返った。やくざたちはいっせいに車の陰にしゃがんだ。

『何しやがるっ』

坊主頭が怒鳴った。

『関係ないでしょ。姉弟《きょうだい》ゲンカに口ださないで』

女はいい返した。そして踵《きびす》を返すとエントランスに戻っていく。金属扉をくぐったところで坊主頭が我にかえったようにいった。

『おう、追っかけろっ』

女がくるっとふりかえり、銃をかまえた。車の陰からでようとしていた男たちは、あわててはいつくばった。

『ついてきたら撃つよ』

『ふざけんな。やれるもんならやってみろ』

坊主頭が吠えた。とたんにレクサスのサイドミラーが吹っ飛んだ。

『手前、誰を弾いてっか、わかってんのか』

『坂井組でしょう。本部のビル、誰のおかげで建ったと思ってんの。組長に訊きなさいよ』

女は金属扉の内側に入った。ガラス扉をカードキイで開け、くぐる。やくざは追ってこなかった。ガラス扉が閉まった。

女はすたすたとエレベータホールに歩いていく。サンダルばきだった。

俺はモニターでコバヤシを見た。目をみひらいたまま、ぴくりともしない。ジャケットの胸に三つ穴が開いて、地面に血の染みが広がっている。

おっさんをふりかえった。

「どうすんです?」

「どうもしない。あいつらがコバヤシさんをおいていくようなら、特別回収を頼む」

立ちあがった男たちがコバヤシを囲んだ。

『死んじまってます。すげえ腕だ』

カタミヤがいった。

『最後のあれ、何だったんすか。本部のビルがどうのこうのって』

ひとりが坊主頭に訊ねた。

『知るか』

不機嫌そうに坊主頭が吐きだした。俺はおっさんをふりかえった。

「知ってますか」

「コバヤシさんは金融業もやってる。生命保険で受けとった金を極道に貸すんだ」

「ちゃんと返すんですか、その金を」

「担保をとるからな」

「何なんです、担保って」

「組長の指紋がついた銃だ。ここの地下トランクルームに何挺もある。返さなけりゃそれが警察に送られる」

よく殺されないですね、といいかけ、俺は気づいた。だからこのマンションに住んでいるんだ。

『ひきあげるぞ』

坊主頭がいった。

『こいつ、どうします?』

『ほっとけ』

男たちは車に乗りこんだ。三台の車がバックで表の道路を遠ざかった。

「見張りはおいていかないようだ。警察がきたらマズいからな」

おっさんはいった。

「でもまたきますよ。タカダさんの追いこみが残ってます」

「そのときはそのときだ。業務として、対応する」

おっさんは答えて、ロッカーに歩みよった。中から丈夫そうな黒いビニールケースをだし、俺に押しつけた。

「これと台車をもっていけ。コバヤシさんを回収して、業者がくるまで保管するんだ」

「俺ひとりで、ですか」

「自分の不始末だ、当然だろう。お前がよけいなサル知恵を働かすから、こんなことになったんだ」

「そんな」

俺は頬をふくらませた。

「これから俺は巡回にでる。ハマーも戻さなけりゃならん。明るくなる前に処理するんだ。いいな」

おっさんは平然といって管理室のでかい時計を見上げた。

午前三時まで、あと五分、だった。

日曜日は戦争

1

「生活懇談会のお知らせ
住人の皆さま、日頃は、当『リバーサイドシャトウ』の管理、運営にご協力いただき、お礼申しあげます。本年度上半期の、生活懇談会の日程が決まりましたので、お知らせ申しあげます。
四月一日（日曜日）午後六時より、当館管理室にて
管理人よりの議題としては、
一、特別回収手数料値上げのお願い
二、ケーブルテレビ放送対応設備についてのご案内
三、施設改修積立金使用報告
四、その他
となっております。住人の方ならどなたも出席できますので、ご意見、ご希望をたまわりたいと存じます。管理室からは、管理員、及び助手、会社担当者が出席いたします。

出席される方は管理室白旗までお知らせ下さい。

リバーサイドシャトウ管理室　」

「こいつをドアポストに入れろ」

白旗のおっさんが紙の束を俺に渡したのは、朝食が終わり、清掃にとりかかろうという午前九時だった。

俺はざっと読み、半ばあきれ、半ば感心した。

「まるでふつうのマンションですね」

「住人には何かしら不満があるものだ。それを定期的にガス抜きしなかったら、突然爆発するかもしれん。そうなれば、俺もお前も特別回収だ」

特別回収というのは人間の死体処理のことだ。通常のゴミ処理とちがい、専門の業者に依頼する。俺がこのマンションにきてから二ヵ月のあいだに、二度頼んでいた。

「値上がりするんですか」

「業者が通告してきたらしい。もっとも会社もそれに便乗するだろうが」

特別回収費は、一体について百八万円となっている。百万円プラス消費税だそうだ。

「いくらになるんです」

「百二十九万六千円だ」

「一気に二十万あがるんだ」

もっとも文句がでるとは思わなかった。このマンションの住人は、ほとんどが人を殺すのを何とも思ってない連中だ。住人本人が死ねば、会社は入居時にしこたま払わせた敷金で処理をする。

「この懇談会ての、毎年やっているんですか」

「半年に一度だ。そこにもある通り、今回はお前もでる」

嫌な予感がした。

「それって――」

「議題の説明は、お前がやれ」

やっぱり。俺は頭を抱えた。

「それで気に入らないと殺されるってことですか」

「懇談会に武器はもちこめない。規約を破ったら即退去だ。早くいけ」

おっさんはじろっと俺をにらんでいった。俺は頷いて立ちあがった。

集合ポストは、一階のエントランスの外側にある。郵便配達も宅配便の業者も、エントランスをくぐって建物内に入ることはできない。郵便は建物外部からポストに入れればすむが、宅配便はいちいち管理室に申告し、管理人が受けとる。住人以外は、前もっての申告なしでは決して建物内に立ち入れない規則になっている。

このマンションにまっとうな住人はひとりもいない。誰かに命を狙われているとか、警察ややくざに追われているような者ばかりだ。

なのに、というべきか、だから、というべきか、入居規約はやたらにうるさい。

破れば即退去で、敷金もかえってはこない。敷金は、通常の二LDKで一千万、十四、十五階の四部屋は二千万、と聞いている。

そのくせ、規約を破らなければ、人殺しをしても一切、お咎《とが》めなしだ。白旗のおっさんがいう「住人のプライバシー」が何よりも優先される。

今現在、「リバーサイドシャトウ」の入居世帯数は四十三、九部屋が空いている。

これまでに俺が会った住人は、ようやく二十人というところだ。懇談会にいったい何人が出席するかはわからないが、一度も会ったことのない奴も現われるかもしれない。

それを考えると、おっかなくもあり、少し興味もわいた。

だが、高い家賃とひきかえに身の安全を確保しているような連中が、生活懇談会なんかにのこのこでてくるとも思えなかった。

くるのはたぶん、会えば愛想のいい、八〇一号室のイケミヤさんとか、なんでこのマンションに住んでいるのかさっぱりわからない十三階のフルヤさんてお婆さんくらいだろう。

フルヤさんは、おそらく七十は過ぎている、銀髪の上品そうなお婆さんだ。いつもにこにこしていて、俺のことがよほどガキに見えるのか、会うとアメ玉だのチョコレートをくれる。甘いものは好きじゃないんで、こっそり捨てることにしているが、会えば、

「ごちそうさまでした」と俺はいっている。

「いいのよ、若い人は元気ね」

フルヤさんの返事はいつもいっしょだ。にこにこ笑って、でかけていく。健康のために、歩いて神奈川側のスーパーに通っていると聞いて、俺は驚いた。「リバーサイドシャトウ」は、多摩川のほとりに建っちゃいるが、橋を渡り、そのスーパーまでいくには、片道五キロ近くある。

おっさんに訊くと、フルヤさんには姪《めい》がいて、月に一度、訪ねてくるというが、どういうわけか俺はその姪に会ったことがなかった。

どうやら俺の休憩時間にきているようだ。

他にはいったいどんな奴が懇談会にくるのだろう。

入居してから、一度も部屋をでていないような〝引きこもり〟が、四、五人いるらしいことは、この二ヵ月でわかってきた。おっさんの話では、そういう住人は珍しくないらしい。命を狙われ、ほとぼりがさめるまでのあいだを、〝緊急避難所〟として使っているのだ。食事は弁当のデリバリィがあるので、本当に部屋を一歩もでないで暮らしていける。

たいていは、半年から、長くとも二年で、このマンションをでていく。追いこみをかけている連中があきらめるか、家賃を払いきれなくなるかのどちらかのようだ。

一度なんか、家賃を二ヵ月滞納し、おっさんが追いたてをくらわして、建物をでたとたんにさらわれていった若い男がいた。一部のやくざ者のあいだでは、このマンションは有名になっていて、ここに逃げこまれたら当分は手をだせないというのが〝常識〟になっているらしい。それもこれも、マンションのセキュリティシステムが、要塞なみに厳しいからだ。

それを管理しているのが、白旗のおっさんだ。このおっさんが、いったいどんないきさつで、「リバーサイドシャトウ」の管理人になったのかは、顔にある傷跡の原因といっしょで、俺はまったく知らない。

俺がここにほうりこまれたのは、祖父《じい》ちゃんのせいだ。祖父ちゃんはここで一年、俺を働かせ、心を入れかえさせるつもりらしいが、二ヵ月間生きのびただけでも、奇跡のような話だと、俺は思っていた。

2

四月一日は、朝から落ちつかなかった。この日に合わせて、ゾンビがきて、館内の清掃をやっていった。

ゾンビというのは、会社の関連業者がさし向ける奴隷だが、このところやけに顔ぶれがかわっている。毎週土、日曜にはくるのだから、顔を覚えてもよさそうなものなのに、いつもくる奴がちがうのだ。

ゾンビを指揮しているのは、マエカワというおっさんで、これはずっとかわらない。おっさんの他に監視役が二人いるが、こいつらはいかにもゾンビあがりといった空気を漂わせたチンピラだ。

　エントランスのモップがけをゾンビたちにさせているマエカワに俺は話しかけた。

「なんか最近、くるたびに人がかわってませんか」

　マエカワはじろっと俺を見て、パイプにライターの火を近づけた。清掃業者のくせにいつもスーツにネクタイをしていて、パイプを吸っている。

「政府のおかげだ。サラ金への締めつけが厳しくなったたってんで、一気に闇金の客が増えちまった。サラ金が、多重債務者に貸さなかったら、誰に貸す？　まったく馬鹿な役人が考えそうなことだ。おかげでパンクする奴が増えて、次から次にうちに流しこまれてるんだ。昔とちがって腎臓《じんぞう》も値崩れしてるしな」

「そうなんですか」

　二つある腎臓のかたっぽを移植用にさしだせば、かなりの借金をチャラにしてくれるって話は、俺も聞いたことがあった。

　マエカワは顔をしかめた。

「安い中国モノが出回ってんだよ。洋服なんかといっしょだ。中国産のせいでデフレになっちまった。腎臓だけじゃない。肝臓や心臓だって、ずいぶん安くなったぜ」

「おい、無駄話してるんじゃない」

　そのとき白旗のおっさんが通りかかっていった。

「管理室にトランクルームにある椅子《いす》を運べ」

俺は泣きそうになった。管理室は、地下駐車場の奥にあるトランクルームから、螺旋階段を延々と登らなければたどりつかない。

「いくつですか」

「五人はくるから、七、八脚を準備しろ」

規約では、住人は所有する武器弾薬を、住居部ではなくトランクルームに預けなければいけないことになっていて、当然ながら、絶対火気厳禁だ。

「これが管理室の備品ロッカーのキィだ。よぶんなものをもちだすんじゃないぞ」

おっさんが俺に鍵を渡した。

俺はいったん外にでて、駐車場の出入路から地下に降りた。そのほうが早い。

地下駐車場には、ずらりと高級車が並んでいる。中には、いつからか止めっぱなしになっている車もあって、空気抜けでタイヤがぺしゃんこになっている。そういう車は近くにいくと、微妙に嫌な臭いがする。トランクのあたりから、腐った肉のような臭いが漂っているのだ。

俺は息を止めて駐車場をよこぎり、カードキィでトランクルームに入った。トランクルームには、各部屋に対応したロッカーがあって、入館カードキィとロッカーキィのふたつを使わないと、扉は開かない。トランクルームの一番奥にある「管理」と記された扉を、俺は開いた。通常のロッカーの三倍くらいの大きさがあって、ちょっとした小部屋だ。

扉のすぐ内側に折り畳みの椅子が積まれていて、ざっと二十ほどあった。そこから八脚をとりだす。

七、八といわれて七つをだすのではなく、八つはだしておくのが、白旗のおっさんにどやされないコツだと、この二ヵ月で俺は学んでいた。手間を惜しむとろくな結果にならないのだ。

右手には、別に金網で仕切られたスペースがあって、そちらを見た俺はぎょっとした。ロケット砲があったからだ。RPG7という名で、映画とかにもでてくる対戦車ロケット砲だ。他にも、台座の上にのっかった機関銃がある。

「すげえ」

思わず金網に近づくと、

『いわれたことをさっさとやれ』

おっさんの声が降ってきた。俺はふりかえった。監視カメラがにらんでいる。

俺は椅子をだした。

『鍵をかけるのを忘れるんじゃないぞ』

「わかってます」

上げたものは降ろさなけりゃならない。なんで懇談会を地下駐車場でやってくれないのかと、俺はおっさんを恨んだ。

五時過ぎになってようやく椅子をすべて運びあげ、管理室の楕円形《だえんけい》をしたテーブルのまわりに配置し終えた。

おっさんは作業している俺には目もくれず、並んだモニターを切りかえて、建物を点検している。

コーヒーメーカーに新しい豆を入れ、ペーパーカップも用意した。

「会社の連中がきた」

おっさんがいったのでふりかえった。地下駐車場にバンが入ってくる映像が見えた。中から喪服のような黒スーツを着た男が二人、降りてくる。ひとりの顔に見覚えがあった。

二ヵ月前、俺をここに連れてきた野郎だ。ブリーフケースをさげている。

おっさんが立ちあがり、管理室の備品ロッカーを開いた。中からとりだしたのは、輪のようなアンテナがついた、携帯用の金属探知機だった。

「あの連中の所持品もチェックするんですか」

「規則は規則だ」

駐車場の奥にある「関係者専用」の扉にとりつけられたインターホンが鳴った。

「開けてやれ」

おっさんがいい、俺は解錠ボタンを押した。

連中はそこから曲がりくねった細い通路を進み、螺旋階段を延々登って、ここにたどりつくことになる。

初めて連れてこられたときは、なんでこんな造りになっているのか不思議だったが、今は俺にもわかっている。警察や追いこみの連中が簡単には侵入できない仕組なのだ。侵入者が手間どっているあいだに、住人は別の脱出ルートから外に逃げだせる。おっさんの話では、住人専用の通路が、多摩川にかかった橋とのあいだにあって、万一の場合はそこを抜ければ、神奈川県側に逃げられるらしい。

やがて会社の連中が管理室にやってきた。ぜいぜいと息を切らしている。そのまま入ってこようとするのを、

「待った」

と制して、おっさんは金属探知機をとりあげた。二人の爪先までチェックし、さらに、

「その鞄《かばん》も開けろ」

と命じた。二人はおとなしくいうことにしたがった。

ここに俺を連れてきたときも感じたのだが、会社の連中は白旗のおっさんを恐がっているようだ。理由はもちろんわかる。このマンションでは、おっさんがルールだ。逆らったら殺される。それも眉ひとつ動かさずに。

外ではどうか知らないが、ここではおっさんのいうことを聞くしかないと、わかっているのだ。

ブリーフケースの中身は、ただの書類だった。

「いちおう十組コピーを用意した。聞いているのは五人だが、足りないようなら――」

「充分だ。出席者に変更はない」

おっさんがさえぎると、喪服野郎のその一は口を閉じた。俺が顔を覚えていたほうだ。

管理室には、キャスター付の椅子が二つある。だから五名プラスこの二人で、俺がもってあがった八脚は、ひとつ余る計算だ。

「すわって待ってろ」

おっさんがいった。頷いた喪服野郎が俺をじろっと見た。

「二ヵ月か、よくもっているな」

おっさんは何もいわない。だから俺も黙っていた。

「三日で回収かと思ったが、思ったより要領がいいようだ」

おっさんに逆らえないぶん、俺をいびりたいようだ。

「使えない。だがいないよりはマシだ」

おっさんがいった。ひどいいわれようだ。

喪服野郎は嬉しそうに笑った。

「今まで一番長もちした助手はどのくらいだ？　半年か」

「四ヵ月半だ。朝になったら死んでいた」

おっさんがいったので俺は気になった。

「殺されたんですか」

「さあな。とにかく死んでいた。怪我《けが》はしていなかったが」

嫌な話だ。撃たれたり刺されたりしなくとも、ここでは長生きできないのだろうか。

「出席者は誰だ」

今まで黙っていた喪服野郎その二がいった。こいつはその一より少し年下で、おっさんや俺のことをひどく見下したような目つきをしている。

「一四〇一のケンモツさん、一三〇四のフルヤさん、八〇一のイケミヤさん、三〇四のスミスさん、それに七〇三のハミルさんだ」

すらすらとおっさんが答えた。

「外国人が二人か、日本語は大丈夫なのか」

その二は少し不安そうにいった。しょせんアンダーグラウンド企業だ。英語が堪能だったら、会社になどいないだろう。

「大丈夫だ。二人とも日本語はペラペラだ」

その一がリストらしい書類をめくった。

「スミスはブラジル、ハミルは南アフリカとなってるな」

「どっちも金で買えるんじゃないですか、国籍を」

その二がいった。

「住人のプライバシーには立ち入らない」

おっさんが短くいった。それでけりがついた。

六時少し前、最初にやってきたのはフルヤさんだった。こっちはマンション玄関の空中をよこぎる渡り廊下のほうからきたので、それほど息を切らしていない。渡り廊下の終点は、ゴミ集積所とつながっている。

「はい、ご苦労さま」

フルヤさんは、おっさんのボディチェックもにこにこと笑ってうけた。手には小さな巾着型のバッグをもっている。

ボディチェックが終わるとテーブルについた。俺は紙コップにコーヒーを入れて、フルヤさんの前においた。

「あら、ごちそうさま。アメちゃん、食べる？」

バッグからだしたキャンディをフルヤさんは俺に勧めた。

「あ、今はけっこうです」

「そう。じゃ、こちらさんは？」

かたわらにすわった喪服野郎にもさしだした。その二が、

「どうも」

といって、うけとった。

次に現われたのはイケミヤさんだった。俺もよく顔を合わせる住人だ。おっさんの話だと、主に外国を仕事の場にしている殺し屋らしい。高級なスーツをいつもびしっと着こなしていて、腰が低い。

「これはこれは。皆さん、どうもご苦労さまです」

俺を含む全員に頭を下げ、ボディチェックをうけた。

次に入ってきたのは、口ヒゲを生やした浅黒い肌の外国人だ。南アフリカ籍のハミルということだったが、俺にはアラブ系に見えた。

「皆さん、どうもこんにちは。私はハミルです。よろしくお願いします。ここにきて二年になります」

ボディチェックで拳銃が見つかった。

「それ、大丈夫。私のセルフディフェンスガン。いつも、もってます」

「懇談会が終わるまで、預かっておきます」

おっさんがいうと、ハミルは耳に手をあてた。

「ごめんなさい、何といいましたか」

俺が同じことをいった。ハミルはおおげさに頷いた。

「ああ、はい。オーケー、オーケー、わかりました。もってて下さい、どうぞ」

次にやってきたのは、背の高い、妙に態度の大きい、日本人のおっさんだった。銀髪をきれいになでつけ、ハイネックのセーターにジャケットを着て、ポケットチーフをさしている。一四〇一のケンモツらしい。

「たったこれだけですか」

ボディチェックをうけると、管理室を見回し、ケンモツはいった。

「嘆《なげ》かわしい。そう思わんかね、君」

俺を見ていった。

「人は住居環境にもっと関心を払うべきだ。関係者に注意を喚起してもらわねばならんことが、このマンションには山ほどある。今日はそれを話すつもりできた。君らが運営会社の人かね。納得いくまで私はひきさがらないから、そのつもりで」

どうやらケンモツはいつも文句をたれてばかりいるらしい。喪服野郎その一がげんなりした表情になった。

最後にやってきたのがでっぷり太った白人のスミスだ。

「私が最後、こりゃあ申しわけない。おやおやフルヤさん、お元気そうですな。イケミヤさんも。いやいやお忙しそうで何よりです。ハミルさん！　いやあ、久しぶりだ。お国は大変ですな、革命騒ぎで。あ、南アフリカに帰化された、それは失礼。大正解ですな。あの国にずっとおられたら、今頃は大統領といっしょに銃殺されとったでしょう、ハッハッハ」

達者な日本語でそうまくしたてた。俺はぴんときた。ニュースなんかほとんど見ていないが、つい最近、中東で革命が起こった国の話のようだ。軍人出身の独裁者が、身内を国営企業の経営者にすえ、国民から金を絞りとっていたらしい。大統領だけでなく、側近のほとんども、革命軍に殺されたという話だ。

ハミルは苦い顔をしている。もっと苦い顔をしていたのはケンモツだ。

「さっさと始めましょう。今日は、私のほうからの提案がいくつもあるので、早く終わらせられるものから片づけていただきたい」

おっさんが俺に目配せした。俺はしかたなく、喪服野郎がブリーフケースからだしたコピーを皆に回し、咳払いした。

「えーと、管理室からの議題は、この紙に書いてある通りです。まず一番の、特別回収手数料値上げの件ですが――」

「待ちたまえ、君は何だ」

ケンモツがさえぎった。

「管理人助手です」

「誰の許可で入った？」

「許可、ですか」

「会社のほうで入れました。推薦人がおられたので」

いけしゃあしゃあとその一がいった。何が推薦人だ。祖父ちゃんのことか。

「身許《みもと》は確かなのだろうな」

「チェックずみです」

「ならばよろしい。つづけたまえ」

「えっと、手数料値上げの件ですね。『昨今のエネルギー事情、並びにエコ対策の観点から、当社としてもやむを得ず、料金の値上げに踏み切らざるを――』」

書類を棒読みしていると、

「あの」

イケミヤさんがいった。にこやかな表情だ。

「何でしょう」

「そのあたりは読めばわかります。値上げの幅は二十万ということのようですが、これは競合他社と比べてどうなんでしょう」

キョウゴウタシャって何だ、と思って黙っていたら、その二が口を開いた。

「現在、東京都、及び南関東には、三社の、処理業者がおります。弊社《へいしゃ》が業務委託をしておりますこの業者は、高熱処理施設を所有していて、仕事が早く確実であるという点で、随一といってよいと思われます」

「他業者はどのような処理をしているのですか」

「産廃処理施設、及び造園業というのが、あとの二社で、こちらは場合によっては不充分な状態で処理を終えてしまうことがあります。集中豪雨などがありますと、土砂崩れがおき、土の中からでてきてしまうというようなケースが散見されております」

「なるほど。で、そっちは安いのですか」

「窓口になる仲介業者にもよりますが、一体八十万から百万といったところです。あと、他に個人業者もいて、これは自宅の庭で処理をしているようなのですが、安全管理の観点からいうと、いささか信用のおけない部分もございます」

「そうなると確かに今までの業者が一番安心なのでしょうが、一気に二十万の値上げというのは、いかがなものですかな」

その一がその二に目配せした。

「わかりました。ではこの問題に関しては、弊社のほうでもう一度、業者と相談し、値上げ幅を少しおさえられないかどうか検討するということでいかがでしょうか」

「そうしていただけるとありがたいですな」

イケミヤさんが頷いた。

「では、その二にいきます」

俺はいった。学級委員でもやっているような変な気分だった。

「集合アンテナのケーブルテレビ対応は、六月末日までに完了する予定です」

「助かるわよ。あたしなんてテレビ見るくらいしか楽しみがないのだから」

フルヤさんがいった。

「他に何か、ご意見は？」

誰も何もいわない。

「では、その三に移らせていただきます」

結局、俺は棒読みをつづけた。施設改修積立金というのは、毎月の家賃の中に含まれていて、爆発や発砲、事故などで、共有部に破損がでた場合の、改修費用をさしているようだ。積立金は現在、七千八百万円ほどあるが、そのままもちこしになっている。けっこうでかい金額で、ケンモツあたりから文句がでるかと思ったが、何もいわない。

「では、その四に移りたいと思います。まず管理室からのお願いです」

俺は前もって白旗のおっさんに渡されていたメモを手にとった。小さな文字でびっしり書きこまれている。

「昨今、入居契約時の規約にもかかわらず、武器弾薬類を室内において所持する入居者が増えております。一時的な所持に関しては、建物外における使用準備とうけとめて、問題視はいたしませんが、これが日常化しますと、暴発、誤爆といった事故がいつ起こらないとも限らず、ルールの再徹底を、住人の皆さまにお願いしたいところでございます」

「それはけしからんね」

ケンモツがいった。ハミルを見ている。

「今日もそういう人がおったと、先ほど聞いたが」

「私、日本が好きです。日本にいたいです。日本は平和で最高な国。でも、悪い人もいます。日本のいけないところ、悪い人を外国から簡単に入れてしまう。だから、私、身を守らなければならないです」

あせったようにハミルがいった。

「私はマンションのセキュリティシステムに信頼をおいております。ですから、そういう必要は認めませんが」

イケミヤさんが反論した。あくまでもおだやかな表情だ。

「まあまあ、ハミルさんがずっとおられた国では、武器をもっていない男は男と見なされないという風習がありますからな」

スミスが割って入った。声だけ聞いていると日本人にしか聞こえない。

「それはそれ、でしょう。ハミルさんの本当の出身地がどこだかは存じないが、郷に入らば郷にしたがえ、ということです」

イケミヤさんがいうと、ケンモツが咳ばらいした。

「問題は、ハミルさんひとりではない。住人が武装するのがあたり前になっているという、この状況は、管理室が業務をきちんとやっていない証拠なのじゃないかね」

こっちに飛び火してきた。俺は思わずいった。

「どういう意味でしょうか」

「管理室が住人の所持品についてちゃんと調査をすれば、こういうことは防げる筈だ」

白旗のおっさんが口を開いた。

「当マンションでは住人のプライバシーが何よりも優先されます。ケンモツさんのご要望にしたがうには、住人のボディチェックや室内調査をしなければなりません。結果、多くの住人の方に不快感を抱かれます」

それはつまり、殺されるってことだ。単に見かけない奴がいるというだけで、俺は喉を裂かれそうになった。

「それは困ります。ボディチェック、しかたないです。でも部屋には入ってほしくない」

　ハミルがいった。

「X線検査装置をエレベータホールにつけたらどうです?」

　イケミヤさんが提案した。

「管理室でその映像を見られるようにしておけば、もちこもうとするときにわかるでしょう」

「しかしすでに部屋にもちこんである武器はどうします」

　訊ねたのはスミスだ。

「かなりの部屋に武器がおかれているのじゃないでしょうか。そうなるといっそ、室内での所持を認めることにして、各人の良識に任せるというやり方もあります」

　良識ある人間がここに住んでいるわけないだろう、と俺は思ったが、誰もそれはいわなかった。

「ピストルくらいなら、まだいいとあたしも思うのよ。でも爆弾はちょっと恐いわよねえ」

　フルヤさんが人ごとのようにいった。

「だってそうでしょう。寝てたらいきなり隣の部屋で爆発があったなんていったら、逃げるに逃げられないじゃない」

「もちこめる爆薬の量を制限するというのならどうです?　TNT換算で百グラム以下

とか」

　スミスさんがいうと、

「そんなの守らなければ結局、いっしょだろう」

　とケンモツが反論した。それはそうだ。

「一度、全面的な室内調査をおこなうことを私は主張するね。そのときに規約違反を犯している者がいたら退去してもらう」

　喪服その一が焦った顔になった。

「いや、それはいくら何でも強引です。混乱を生じる可能性もありますし」

　違反者をいっせいに追いだしたら、会社の家賃収入がガタ減りするのを恐れているようだ。

　そうなったら俺の仕事は楽になる。いいアイデアじゃないか。

「前もって調査日を予告しておけば、混乱は防げるのではないでしょうか」

　イケミヤさんがいった。

「こっそりもっていた人は、トランクルームなり何なりに保管するでしょうし、そのあとはX線装置で監視すればいい」

「それはいい」

　スミスが賛成した。

「しかしX線装置を導入するとなると、それなりの費用がかかります」

喪服その二が渋い顔をした。

「先ほどの施設改修積立金を使ったらどうですか」

俺がいうと、喪服二人が俺をにらんだ。

「助手は黙ってろ」

喪服その二がいった。

「消耗品が偉そうに」

小声で吐き捨てた。むかっときた。

「会社は何か、積立金の使いみちを考えているんですか」

俺はいってやった。その一もその二も目を三角にした。

「いや、それはいいアイデアですよ」

イケミヤさんがいうと、ケンモツも、

「確かに。いくら何でも七千万はしない筈だからな」

と頷いた。ざまを見ろ、だ。俺は腹の中で舌をだした。

「でしたらその件も、弊社にもち帰って、検討させていただきます」

その一が能面みたいな無表情になっていった。

モニターのブザーが鳴った。白旗のおっさんが、

「失礼」

といって、モニターパネルに歩みよった。

ケンモツが咳払いした。

「他に議題がなければ、私のほうからの提案をさせていただく」

「申しわけありません」

おっさんがさえぎった。

「侵入者です。それもプロのようだ」

3

プロだ、とおっさんが判断したのは、建物と外部をへだてるフェンスにとりつけられた赤外線警報装置を先に遮断したからだった。さらに監視カメラも二台が壊されていた。

おっさんの手が操作パネルの上を動いた。

「これは暗視カメラの映像です。通常カメラが破壊されると、自動的に暗視カメラが作動します」

ゴミ集積所の向こう側のフェンスに六つの人影がうずくまっていた。黒っぽい服を着けている上に、顔もまっ黒だ。おっさんがカメラを動かすと、全員が銃を抱え、太股にホルスターを留めているのがわかった。

「AK74だ」

イケミヤさんがつぶやいた。

「脚に留めてるハンドガンは、銃把《じゅうは》の形から見て、おそらくグロック。ロシア製のアサルトライフルにオーストリア製のハンドガン。多分、正規兵ではなく、民間軍事会社の連中だ。肌の色は、塗ったのじゃなくてもともと黒い。たぶん中央アフリカあたりの傭《よう》兵《へい》ですね」

モニターの中で、ひとりの男が身ぶりで指示を下している。その男だけが少し顔が白いことに俺は気づいた。

「こいつは白くないですか」

「この男はちがいますね」

二人がフェンスの金網にペンチのようなものをあてがった。

「どれどれ」

スミスがモニターに近づいた。

「うん、まちがいない。この連中が着ているコンバットスーツは、一九九七年のシエラレオネで起こった軍事クーデターのときに、反乱軍鎮圧のために政府が雇い入れた傭兵に着せていたものと同じです」

「なんでそんなことを知っているんです」

ケンモツが訊ねると、スミスはふりかえって片目をつぶった。

「あのとき首都のフリータウンて街に二千人を超える外国人が孤立してね。アメリカの特殊部隊が救出に動いた。私も手助けしたんです」

話している間にフェンスはあっというまに切られ、そのすきまから、ひとり、またひとりと男たちが這《は》いこんできた。

白旗のおっさんがパネル上のボタンを押した。モニターの建物出入口を示す表示がすべて緑から赤にかわった。ロックをかけたのだ。

「ゴミ集積所から建物内に入る出入口はふたつです。エントランスにつながる扉と、この管理室からの渡り廊下とのあいだの扉ですが、今どちらもロックしました。鍵穴は外についていないので、電子ロックシステムか扉そのものを破壊しない限り、侵入できません」

集積所前に集合した六人組のひとりが、サイレンサーのようなもののついたライフルを肩にあてた。画面が暗くなった。

「照明を撃ったな」

イケミヤさんがつぶやいた。俺はおっさんの横にいき、カメラを通常から暗視に切りかえた。再び男たちが映ると、全員が顔の右側に、レンズのついた装置をかけていた。

「暗視装置持参か。何が目的ですかね」

イケミヤさんがスミスを見た。

「暗殺か、誘拐、こいつらにできるのはそんなところです」

「おい、助手」

その二が俺をつついた。

「お前、こいつらを追い返せ」

「はあ？」

俺は訊き返した。

「それが仕事だろうが。侵入者の排除は、管理室の仕事だ」

「ちょっと待って下さい。どう見たって、こいつら特殊部隊みたいな連中だ。それをどうやって追い返すんです」

「帰って下さい、といやあいいだろうが」

「問答無用で撃ち殺されるだけですよ」

イケミヤさんが眉をひそめた。

「とりあえず試してみてはどうです？」

喪服その二が嬉しそうに続けていった。

「もし本当にそうしたら、こちらも対応を考えなけりゃなりません」

こいつは俺が殺されるところを見たいだけなんだ。

「いってこい」

「日本語は通じないと思いますがね」

イケミヤさんがいうと、スミスが、

「いや、この指揮している男は東洋系ですよ。アフリカ系だけじゃ動けないだろうから、日本人もひとりは加えている筈です」

と指さした。よけいなことというなって。

「待て」

白旗のおっさんがいった。カメラをリモートコントロールで動かしている。

「こっちのドアだな」

管理室の渡り廊下とつながった扉の前に、二人がうずくまった。工具類を床に広げている。電子ロックを破壊するつもりのようだ。

「まっすぐここにくる気だ」

イケミヤさんが白旗のおっさんを見た。

「ここに武器はありますか」

「ここにあるのはショットガンとスタンガンだけです」

「まずこいつにいかせましょう」

喪服その二がいった。おっさんはそいつを見すえた。

「いかせるのはいいが、どうやって交渉させる。扉を開けるのか。開けたとたんに入ってくるぞ。こいつらの目的は、この管理室だ。だから迷わずあの扉を開けにかかったんだ」

「じゃあ、扉をあいつらが開いたら、何をしにきたかを訊きにいかせたらどうです」

喪服その一がいうと、

「お前は馬鹿か」

おっさんが吐きだした。さんざんいわれたセリフを、別の誰かがいわれるのは気分がいい。

「プロの傭兵が、そんなものにいちいち答えるか。こいつを撃ち殺し、まっすぐここにきて、暗殺か誘拐か、目的を果たしたら、どのみち残った全員を殺して帰るだけだ」

「同感ですな」

イケミヤさんがいった。

「兵隊というのは、殺す以外の能力がない連中です」

殺し屋がいうと、説得力がある。

「じゃあ、どうします。こいつらと撃ち合いますか」

スミスがいった。

「私が考えるに、この連中の行動と、つい最近、中東の某国で起こったクーデターとのあいだには関連があるのじゃないですか」

全員がハミルを見た。

「私、知らないです」

ハミルは青ざめていた。

「アフリカの傭兵は、中東諸国ではよく雇われています。あの国の大統領は、世界中に隠し財産があったらしいじゃないですか。ハミルさんは、元大使館員ですよね」

「な、何でそんなこと知ってますか」

「まあ、商売柄ね」

スミスはにやっと笑った。

「たぶん、こいつらはハミルさんをさらって、日本国内にある隠匿《いんとく》財産を手に入れようとしてるんだ。といっても、新政権の依頼じゃないな。国外脱出した、大統領の身内か誰かが雇ったんでしょう」

「じゃあ、あいつらの目的は、ハミルさんてことか」

ケンモツが訊ねた。

「おそらくね。ハミルさんをさらったら、帰るのじゃないですか」

スミスが答えた。ハミルがうなだれた。

「であるとしても、残った全員が無事にすむという保証はありませんよ」

イケミヤさんがいった。

「あんな連中をよこすという時点で、ここがふつうのマンションじゃないと、あいつらの雇い主は知っているわけです。今後生じるであろうクレーム等を事前に排除するために、皆殺しにしていくと思いますね」

「じゃあ、どうしろというのかね。あんな兵隊と戦えというのか」

ケンモツが顔をまっ赤にした。

「私の仕事は医者であって、人殺しではない。そんなことができるわけない」

このおっさんが医者とは。俺は驚いた。だがまともな医者だったら「リバーサイドシヤトウ」に住んでいるわけがない。

「まあまあ、弾傷の治療はお手のものでしょうが」

スミスがいうと嫌な顔をした。

「大事なことは、この事態にどういう手を打つかです。ねえ、運営会社の皆さん」

スミスはいって、喪服その一とその二を見た。

「我々はこういう状況になっても生命、身体の安全を守るために、毎月高い家賃を払っているのですから」

「それは、まあ、そうですけど――」

いって、その一が携帯電話をとりだした。画面を見てぎょっとしたようにいう。

「あれ、圏外になってる」

その二も同じだった。イケミヤさんがいった。

「襲撃にあたって、携帯の電波をジャミングしておくくらいのことは、プロの初歩です」

白旗のおっさんが、報告用の電話をとりあげた。

「ケース二の一が進行中です。相手は外国人を含む特殊部隊です」

そんなものに対応するマニュアルがあるのだろうか。

案の定、おっさんは受話器をその一に向けた。

「会社が話したいらしい」

その一はひどく神妙な顔で耳にあてた。

「かわりました。はい、そうです」

目がモニターに向けられている。侵入者はまだ解錠に手まどっていた。

「いえ、まだ死人はでていません。ただし、軍隊のような武装ですので、時間の問題だと思います」

そして、はい、はい、と聞いていた。白旗のおっさんが立ちあがった。備品ロッカーを開けると、ショットガンと抗弾ベストをとりだした。

「いや、そうすると、各部屋に押しかけてくるかもしれません。目的はどうやらはっきりしているようなんですが」

その一の目がハミルを見た。そのハミルはいつのまにか管理室の扉にじりじりと近づいていた。

「わかりました。はい、そうします」

その一は電話を切り、白旗のおっさんを見た。

「会社はあんたの判断に任せるそうです」

ハミルが扉にとりついた。だがノブをいくら回しても開かなかった。

「ロックしてありますからでられません」

俺はいった。ハミルはへたりこんだ。

「私、あいつらに拷問《ごうもん》されます。助けて下さい」

「あんたひとりのために全員が殺されるわけにはいかないんだよ」

ケンモツがいった。

「だがどうします。ここのドアを開けても、ハミルさんは駐車場のほうに逃げるだけです」

イケミヤさんが全員を見回した。

「ひき渡せばいいだけなら、この助手にいかせましょう。さっきの拳銃をもたせて、ハミルさんが逃げないように連れていかせればいい」

その二がいった。また俺か。

「まあ、この助手も無事に帰れるとは思えないが」

「まっ先にあんたを撃ってやるよ」

頭にきた俺はいった。その二は、鼻でフンと笑った。

「チンピラが偉そうに」

そしてポケットからだしたキャンディの包みをねじると、中身を口にほうりこんだ。

「ハミルさんには申しわけありませんが、会社としても犠牲を払うわけで、これで納得していただきましょう」

その一がなるほどという表情を浮かべた瞬間だった。その二の顔色がかわった。まっ赤になり、喉をおさえるとうずくまった。

「痛いっ、痛いっ」

4

「どうした」

その一がのぞきこんだ。

「喉がっ」

といって、その二はげっ、げっ、とえずく音をたてた。足をばたばたさせ、床を転げ回る。

何が起こったのかわからず、皆がその二を見おろした。

俺ははっとした。その二が口にほうりこんだキャンディだ。フルヤさんが懇談会が始まるときに渡したものだ。

フルヤさんを見ると、とぼけた顔をしている。次に白旗のおっさんと目が合った。

「フルヤさん」

おっさんがいった。

「あら、こんなにきくとは思わなかったのよ。だってこちらの若い人は平気みたいだったから」

「何をいれたんです」

「カツオノエボシの毒よ。経口で、どこまできくか実験中なの」

「はあ？」

その一があきれたような声をあげ、フルヤさんをにらんだ。

「カツオノエボシって、電気クラゲでしょうが、それがなんで――」

「アメちゃんよ、さっきの。あたしの仕事は、毒の調合なの」

フルヤさんはにこやかに答えた。

「どのくらい入れたら、人間にきくかわからないから、助手さんで試してみようと思ったんだけど。ぜんぜん平気みたいだったのよね……」

俺にくれていたキャンディやチョコレートはそれだったのか。食わなくてよかった。

おそろしい婆さんだ。にこにこ笑いながら、俺で人体実験しようとしていたとは。

その二は、口からだらだら涎《よだれ》を流していた。

「たぶん死なないとは思うわよ」

「どきたまえ」

ケンモツが歩みより、脈をとった。

「早いが、しっかりはしている。大丈夫だろう」

「そうなの。今は即効性の毒って、あまり人気がないのよ。でも駄目ね。こんなに苦しんじゃうのじゃ。一週間くらいしてから、というのが理想なのだけど」

フルヤさんが、ため息を吐《つ》いた。

俺は四ヵ月半で死んだという元助手の話を思いだした。怪我はなかったとおっさんがいってたが、もしかするとフルヤさんの実験台にされたのかもしれない。

「まあ、この人のことはおいといて」

イケミヤさんは冷静だった。

「どうしますかね」

「どうやらロックを壊すのはあきらめたようだ」

おっさんがモニターを見ていった。スミスが嬉しそうに笑った。

「C４を使うか、やっぱりな」

粘土のかたまりのようなものをバッグからだし、ドアに貼りつけている。プラスチック爆薬だ。

「大丈夫だ。あのていどの量では、ドアは破壊できない」

おっさんがいった。

「あのう」

俺はいった。

「何だ」

その一がにらんだ。目が吊《つ》り上がっている。

「ハミルさんを連れていく気になったたか」

「そうじゃないんですが、こいつらの目的がハミルさんだとして、どうしてここにいるとわかったんですかね。ふつうにハミルさんを連れていくのなら、エントランスのほうのドアから入って、七〇三号室にいくと思うんですけど」

「確かに。今日開かれている懇談会にハミルさんが出席すると知っていたから、ここをめざしているんだ」

イケミヤさんが頷いた。

「あたしもそう思いますよ」

フルヤさんがいった。

「だいたい兵隊なんてのは、いわれたことしかできないんですからね」

「誰かが出席者の情報を洩《も》らしたんでしょうな――」

スミスがいったとたん、爆発音が響き、俺は首をすくめた。

おっさんがモニターを見た。

「問題ない。二十センチはある鉄の扉だ。対戦車ロケット弾でもぶちこまない限り、破壊できない」

「お前かっ」

いきなりハミルがおっさんにつかみかかった。おっさんの首を両手で絞めあげる。だがおっさんはまるで子供の手をひきはがすように、あっさりそれを外した。

「私の仕事は、住人のプライバシーを守ることです」

「じゃ、誰が私を密告したかっ」

両手首をおっさんにつかまれたハミルは地団駄踏んだ。スミスがいった。

「もともとハミルさんがここに住んでいることを知らなけりゃ、傭兵も使いようがない。ねえ」

その一を見ている。

「いや、私はそんなことは知りません。本当です」

そりゃそうだろう。口封じに皆殺しにされるとわかっていて、ここにくる馬鹿はいない。

「情報を売った人間が会社にいるってことですな」

イケミヤさんがつぶやいた。その一は報告用の電話にとびついた。

「まずいですな、住人情報が洩れるというのは」

スミスが首をふった。

「とんでもないことじゃないか。何のために高い金を払っているんだ」

ケンモツが怒った。まったくその通りだ。

その一はすごい権幕で、電話の向こうにいる人間に怒鳴っていた。がぜん、住人の味方だ。住人名簿を流した上に、生活懇談会の出席者まで知らせた者が社内にいる。どうしてくれる——。

その間も、白旗のおっさんはモニターを見ていた。

「どうなりました」

俺は歩みより、訊ねた。

「他の入口を探すことにしたようだ。エントランスから入る気かもしれん」

エントランスのガラス扉なら、簡単に破られる。

「一一〇番するってのは、ないですよね」

「あたり前だ」

おっさんは立ちあがった。

「どうするんです？」

「トランクルームから武器をとってくる。渡り廊下の上からあいつらを排除する」

「いや、そんなことといったって、相手はプロの兵隊ですよ」

「だから？　俺たちの仕事は何だ」

「住人のプライバシーを守ることです」

プロの兵隊と戦争してまでかよ。

「しかたありません。私も手伝いましょう」

イケミヤさんがいった。

おっさんがいう通り、〝立派な殺し屋〟だ。俺はちょっと感動した。

「はい、わかりました。そうします」

上の人間と話していたらしいその一が、電話をおろした。

「会社の方針が決まりました。警察と消防に通報せよ、とのことです。ただしここにいらっしゃる住人の方をすべて部屋に避難させたあとで」

「そんなもの間に合うわけがない」

ケンモツがいった。スミスも同意した。

「その通りです。だいたい、パトカーが一台か二台きたくらいで何になりますか。皆殺しにされるだけですよ」

おっさんが管理室のドアロックを解いた。

「駐車場側から部屋に帰られる方は帰って下さい」

「あたしは出番がなさそうだね」

いって、フルヤさんが立ちあがった。

「そろそろ大河ドラマも始まるからね。皆さんがんばって下さいよ」

「私は医師だからな。戦力にはならん」

ケンモツがつづいた。

「ただし怪我をした者は、あとで診《み》よう」

「戦うのが好きですね、皆さん」

スミスが嬉しそうに笑った。

「スミスさんも部屋に戻って下さい」

おっさんがいうと、

「まあまあ。そういわず。会社は、この不祥事にいくら払うか、訊いて下さい」

訊ねた。

「いくら払う、とは？」

その一が訊き返した。本当は自分も逃げだしたいのだろう。目が、フルヤさんとケンモツのでていったあとの扉を見ている。

「あいつらは金で雇われた連中で、レベルもさほど高くない。上回る金を払えばひきあげますよ。ハミルさんは見つからなかったとか何とか、クライアントに報告するでしょう」

「そんなことができるんですか?!」

その一はスミスに抱きつかんばかりだ。

「ええ。たぶん、兵隊の日当は、単発で一万ドルくらいのものですから、指揮官の分とあわせても、一千万でカタがつきます」

「誰がそれを交渉するんです？」

スミスはその場を見回し、

「私しかいないでしょう。どうします。あ、私のぶんもいただきますが。同額の一千万。あわせて二千万でどうです」

「それでしたら、すぐにでもお願いします」

改修積立金を使ってもお釣りがくる。その一は即決で答えた。

「じゃあやってみましょう。合図をしたら、ゴミ置場のドアを開けて下さい」

スミスはいって、管理室をでていった。

「エントランスに集まってきました」

モニターを見た俺はいった。おっさんは、別のモニターを見ながら、ロックの解除ボタンを押した。スミスが外にでていく。

「すごいな。あの人は何者だ」

その一が感心したようにいった。

「元ＣＩＡ。工作費の使いこみでクビになったよ」

ハミルが吐きだした。

俺は下を見おろすガラス窓に歩みよった。ゴミ集積所側の出入口から外にでたスミスが、エントランス付近にいた傭兵部隊に歩みよっていく。

「いきなり撃たれたりしませんよね」

俺はおっさんにいった。おっさんが、ふんと鼻を鳴らした。

「大丈夫だろう。プロだからな」

言葉通り、ほどなく監視カメラのマイクから、スミスと傭兵部隊の指揮官との英語のやりとりが流れてきた。

何をいっているかはわからないが、やがて交渉が妥結した。傭兵部隊が、乗ってきたと思《おぼ》しいバンのほうへぞろぞろとひきあげていったのだ。

スミスがカメラに向かって、親指を立ててみせた。

俺は安堵《あんど》で腰が砕けそうになった。戦争がおっ始まると思っていただけに、まさか助かるとは思ってもみなかった。

「よかったな。これで会社も面目を保ったろう。ハミルさんをさしだしたら、うちの評判はがた落ちになるところだ」

まだ泡をふいているその二を見おろし、おっさんはいった。

「はい、本当に助かりました」

その一はぺこぺこと頭を下げ、その二を抱え起こした。

「早速、会社に戻って、報告します」

あの螺旋階段をどうやって連れて降りるかわからないが、でていく。

俺はたまらず、床にへたりこんだ。それを見やり、イケミヤさんはにこやかに、

「じゃ、私もこれで。とりあえずただ働きをせずにほっとしました」

といって、でていった。ハミルもおどおどしながら、あとにつづく。

「私も大丈夫ですね。すみませんでした」

おっさんに何度も頭を下げた。

おっさんはモニターに映る館内をチェックしていたが、すわりこんでいる俺をふりかえった。

「いつまでそうしてるつもりだ」

「だって、戦争になりそうだったんですよ」

「そんなことになるわけがないだろう」

「どうして?! 傭兵部隊ですよ、相手は」

「お前は馬鹿か」

やっぱりいわれた。

「銃はもっていたが、あいつらはひとりも殺してない。撃ったのはライトだけだ」

「じゃ、何なんです」

「さあな。六本木あたりをうろついている不良外国人だろう」

「はあ?」

おっさんは首をふった。

「プロの傭兵が、現金を積まれてもいないのに引きあげる筈ないだろうが」

あっと思った。確かにスミスは一円も渡してはいない。

「じゃ、あれって」

「お前が得意顔でいわなけりゃ、会社から情報洩れがあったという推理は、スミスが喋ったろう。家賃二十ヵ月分を、奴は浮かせたわけだ」

「そういうことですか?! だったら何でいわなかった――」

んですか、と訊きかけ、俺は黙った。白旗のおっさんに、会社の損害をカバーしてやる義理はない。

まったく、世の中には悪い奴がいるもんだよ。

つかのまの……

1

「明日、新入居者がくる」

夕方五時の定時報告を会社に入れた白旗のおっさんがいった。

「明日ですか、急ですね」

通常、入退居に関しては、遅くともひと月前には会社から管理室に連絡が入る。引っ越しの日取りについても、最低十日前にはわかっている。

引っ越しの日程が決まると、その旨《むね》をエレベータに貼りだすのが管理室の仕事だ。何せ、この「リバーサイドシャトウ」は、人一倍プライバシーにうるさい住人ばかりだ。ふだん見かけない人間を館内で見かけたら、たとえそれが会社差し回しの引っ越し業者であっても、撃ち殺しかねない。警察、やくざ、殺し屋に追いかけられている住人は、その日一日、部屋に閉じこもる。

とにかく、このマンションにまっとうな住人はひとりもいない。俺がここの管理人助手にされて四ヵ月がたった。あとひと月たてば、助手の最長生存記録になるらしい。それまでで一番長かったのが四ヵ月半だからだ。

俺としちゃ最長記録を更新しつづけ、祖父ちゃんとの約束の一年をクリアすることしか頭にない。そのためには、今までの倍の八ヵ月を生きのびなけりゃならない。

四ヵ月生きてこられただけでも奇跡だ、と俺は思っていた。きて最初の晩には、手榴弾を握りしめて捨てられていた片腕（入居規約違反だとおっさんはいったが、そういう問題じゃないだろう）の処理を手伝わされ、翌日には見かけない顔だといきなりナイフで喉を切り裂かれそうになり（そいつは同居人に撃ち殺されたけど）、いつも愛想がよくてこの人だけは別だと思ってた住人のばあちゃんに毒殺されかけた。

この四ヵ月で、人の死体も、武器も山ほど見た。「リバーサイドシャトウ」を経営する会社が裏社会でも知られた、あくどい組織で、そこすらペテンにかけて平然としている住人がいることもわかった。

つまり上には上がいて、世の中は決してなめちゃいかんというのを、俺は学んだ。それこそたぶん、祖父ちゃんが俺に教えたかったことなのだろう。

もう充分わかったよ、だからここからだして、と俺は祖父ちゃんにいいたい。だがいったところで、あと八ヵ月は、俺はここで働かなけりゃならない。祖父ちゃんを本気で怒らせたからだ。俺がここから逃げだせば、日本中の裏社会に追われる、と祖父ちゃんはいった。日本中の裏社会の人間から敬われている祖父ちゃんがいうのだから本当なのだろう。

初めのうちは逃げることばかり考え、それが駄目だとわかってからは自殺しようかとも、ちょっとは思った。だが、このマンションで管理人の仕事をしているうちに、自殺がおよそ馬鹿馬鹿しくなった。なぜなら、人が実にあっさり殺されるのを、何度も見せられたからだ。

ここで人が殺される限り、警察は一切こない。通報する者がいないせいだ。死体は、入居規約にしたがって、特別回収業者が処理をする。聞くところによると、高熱処理施設で骨も残らないくらいさっぱり消されるらしい。

「会社が了承したのだから、文句はいえん。そのかわり各戸のドアポストに『お知らせ』を配布しろ。今からホールに貼っても、周知徹底は難しい」

シュウチテッテイは、口を横一文字に切り裂かれた傷跡のあるおっさんがいうと、「ヒュウヒヘッヘイ」としか聞こえない。

「わかりました。新入居は何号室ですか」

俺は、先月おっさんが導入を許可してくれた俺専用のパソコンを立ち上げ、訊いた。これが入るまで、手書きをコンビニでコピーしていたのだ。まったく、いつの時代の話だよ。

「一四〇二だ」

「へえ」

最上階の十五階とその下の十四階には、一フロア二室しかない。各部屋百二十平米の四ＬＤＫで、家賃は月二百万円する。そんなところに入るのは、ただ金持というだけじゃない。金持の上に、よほどうしろ暗いことがある奴だ。しかも、急に引っ越してくるというのだから尚さらだ。

きっとそいつは何億円かをかっぱらった銀行強盗で、しかも仲間を裏切って金を独り占めしたような奴だろう。

会社は、払うものさえ払えば、どんな人間でも住人として受け入れる。審査がある、といっているが、その審査とは、警察と仲よくしない、というのを確認するものだと思う。じゃなきゃ、テロリストや殺し屋、詐欺師、モグリの医者なんかが入居できるわけがない。

「　お知らせ

突然ですが、明日（六月十日）、一四〇二号室への入居に伴う、引っ越しがあります。エレベータの使用等、住人の皆さまにはご不便をおかけいたしますが、どうぞご理解、ご協力のほどをお願いいたします。

リバーサイドシャトウ管理室　」

「これでいいですか」

俺はパソコンの画面を白旗のおっさんに向けた。おっさんはぶつぶつと口の中でつぶやきながら読んだ。

「いいだろう」

「じゃプリントアウトしちゃいます」

五十二部屋あるうち、今埋まっているのは四十三部屋だ。とりあえず五十枚、プリントアウトし、俺は手にもった。これは郵便受けに入れても意味がない。ここの住人には、何年も部屋から一歩もでていないのが複数いる。そいつらは郵便受けなどのぞかないから、各戸のドアポストに入れる他ないのだ。

「じゃ、いってきます」

いちおう、二基あるエレベータにも貼り紙し、俺は十五階に登った。

十五階のふた部屋を使っているのは、今はもう名前がかわっちまったアフリカの国の王族のひとりだったハブレさんだ。関西弁の日本語がぺらぺらで、会うと、

「モウカリマッカ?」

とか声をかけてくれるのだが、本国にいたときは、ロシアとイギリスの両方にいい顔して得た経済援助を、一族で思いきり私物化していたらしい。そのせいでヨーロッパには逃げられず、アメリカには入国拒否され、日本に流れてきた。大阪の大学に留学した経験があり、それで日本語を覚えたようだ。ボディガード兼愛人の女四人と住んでいる。買物とかはすべてこの女四人にさせていて、ハブレさんはまずマンションの外にはでない。

一五〇一と一五〇二のドアポストに「お知らせ」をさしこみ、非常階段で十四階に降りようとしていると、一五〇二のドアが開いた。

でっぷり太って、頭にターバンを巻いた黒人の女が、手にお知らせをもっている。俺は無言で頭を下げた。

「コレナニ？」

ハブレさんの女のひとりだ。カタコトの日本語で訊ねた。

「えっと、トゥモロウ、引っ越しがあります。引っ越し、わかりますか」

女は頷《うなず》いた。長い巻スカートに革のサンダルをはいている。民族衣裳《いしょう》らしい。

「この下の一四〇二号室に、新しい人がきます。ルーム、ワン・フォー・ゼロ・ツー」

「ワン・フォー・ジェロ・ツー？」

「そうです。だからエレベータが明日、忙しいです」

俺は変な日本語でいった。混みますといってもわからないだろう。

「オーケイ」

女はいって手をふった。ハブレさんの愛人はどの女も似ている上に、年齢の見当がつかない。ハブレさんは四十くらいだが、愛人たちは皆、年上に見えるのだ。そんな筈《はず》はないと思うのだが。

2

翌日の朝十時に引っ越し屋のトラックがやってきた。二トンロングが二台だ。

管理室としては、まず地下トランクルームでの保管がルールの、銃器や爆発物の有無を確かめなければならない。

トラックに先行してやってきたタクシーから、サングラスをかけた女がひとり降りた。

「ええと、山田《やまだ》憲子《のりこ》さんですか」

女はぱっと俺をふりかえり、頭の先から爪先までを見た。俺はそのとき気がついた。えらく地味な本名だが、俺はこの女を見たことがあった。

テレビによくでているタレントの「山之《やまの》みくる」だ。キャバ嬢あがりで、毒舌が売りの、まあまあの美人だ。

「あ、私、当リバーサイドシャトウの管理人助手をしています、望月拓馬です」

「へぇ、若い管理人さん。もっとおじさんかおばさんだと思ってた」

みくるはいった。

俺もだよ。なんであんたみたいなタレントがこのマンションに入るんだ。もっと凶悪なおっさんがくると思ってた。

そういいたいのをこらえ、

「助手です。管理人は白旗といいます」

俺は答えた。みくるは目をぱちぱちさせた。異様に長い付けマツゲがサングラスのレンズにあたっている。それがどうした、という顔だ。

まったくだ。管理人が誰で、助手が誰かなんてことを気にする住人なんて、ここにはひとりもいない。消耗品に過ぎないからだ。

だがそうとわかってはいても、俺は決められた仕事をしなけりゃならない。あと八ヵ月を生きのびるには、それが絶対条件だ。

「ええとですね、荷物の搬入《はんにゅう》を始められる前に、当マンションの入居規約について、説明をさせて下さい」

みくるはまた目をぱちぱちさせた。

「当マンションでは、室内における、武器弾薬類の所持が禁止されています。もしおちの場合は、地下トランクルームに保管していただいています」

俺は手にしていた、渡すつもりの入居規約一覧から目を上げた。

「どうですか」

「何それ。わかんないんだけど」

「ええと、ピストルとかライフル、あと爆弾を、おもちですか」

訊きながら、すげえ間抜けになった気分だった。

「はあ？　そんなものあるわけないじゃない」

みくるは少し尖《とが》った声をだした。だよな。ふつうはそうだ。

でもそれなら、なんでこんなマンションに引っ越してきたんだ。

「ではけっこうです。ええと、この書類をお読みになって、署名捺印《なついん》したあと、管理室のほうにおもち下さい」

俺は紙をみくるに押しつけた。

頭上を仰《あお》ぐ。暗くて中が見えないガラスがはまった二階の管理室から、白旗のおっさんが観察している筈だ。

「管理室は、エントランスを入って見える、渡り廊下の先にあります。渡り廊下へは、ゴミ集積所の階段からあがれますから」

みくるはサングラスを外した。眉根に皺《しわ》を寄せている。

「なんか、すごくメンドくさくない、それ。ふつう管理室って一階じゃない？」

「面倒でしたら、集合郵便受の『管理室』というところに入れていただけば結構です」

「そうじゃなくて。なんでそんなメンドくさいところに管理室があるのって訊いてんの」

「さあ。私がきたときからそこだったので」

「ふーん。ここはさ、セキュリティがいいんでしょ」

みくるは俺の顔を見つめていった。

「ええ。外部の方は入れませんから」

「そんなの、オートロックがついてりゃどこでもそうじゃない。もっと何か、すごく厳しいのじゃないの。勝手に入ってくる奴を撃ち殺しちゃうとか」

「まあ、近いことはある、かもしれませんが」

「殺さないんだ？」

「ケース・バイ・ケースだと思います」

「そこに期待してんだよね」

みくるはいって、トラックのほうをふりかえった。

「まあ、いいや。荷物運んじゃおう」

俺はエントランスの扉を開き、固定した。トラックから降りた引っ越し業者が、階段や通路、エレベータを傷つけないように、シートやマットで養生する。

この引っ越し業者は、会社が契約している清掃会社が連れてくる通称ゾンビの、ちょっと上のクラスの奴隷たちだ。よけいな口をきかず、休憩もとらない。殺されるか、こき使われるか、どちらかを選べといわれて、働いているような連中だ。

養生が終わったのを見はからって、白旗のおっさんがエントランスに降りてきた。

「あとは俺が見る。お前は管理室にいろ。万一クレームがきたら対応するんだ」

俺は頷いた。文句の電話なら、まだ俺でも何とかなるが、うるさいだの聞いてないだのと、いきなりぶっぱなしかねないような住人もこのマンションにはいる。そういう奴はおっさんに任せる他ない。

みくるが階段を登ってきて、おっさんを見るなり、ぎょっとした顔をした。当然だ。誰だって初めて見たらびびる。

「管理人の白旗です」

ヒャンヒヒンノヒホハハヘフ、としか聞こえない。

「白旗さんです」

しかたなく俺はいった。たいていの人間は、おっさんのいっていることが一度ではわからない。なぜだか俺は、初めて会ったときから、何をいっているかがわかった。

「白旗さん？」

「管理人です。このマンションの」

「ああ、さっきあなたがいってた人」

みくるがいうと、おっさんは小さく顔を下げ、運びこまれる荷物といっしょにエレベータに乗りこんだ。十四階に先乗りして、搬入を指揮するつもりなのだろう。

「びっくりした。迫力ある人ね」

みくるは同意を求めるように俺を見た。

これが他の場所だったら、とりあえずタレントだし、顔もかわいいんで、俺も話をあわせたところだ。

おっかない顔してるけど、あれで実はいい人なんですよ、なんて。

だが生きのびるにはよけいなことはいわないに限る。それに白旗のおっさんは、見た目通りの人間だ。入居規約を守るためなら、眉毛ひとつ動かさず、人を殺す。

俺は小さく頭を下げ、その場を離れた。

なんでそこそこ売れてるテレビタレントなんかが、このマンションにきたのだろう。

セキュリティの厳しいところなら、他にいくらでもある筈だ。

彼氏が裏社会の大物かなにかで、通っても暗殺の恐れのないここを選んだのだろうか。

それくらいしか思いつかなかった。

まあ、たぶんちがっているだろう。なにせ、仲間割れした銀行強盗がくるのだと思いこんでいた俺の想像だからな。

3

引っ越しは、昼過ぎには無事完了した。クレームもつかず、業者が殺されるという事故も起きなかった。

管理室に戻ってきたおっさんに、

「お疲れさまです」

と、俺はお茶をだした。

「業者は？」

「皆帰りました」

「数を確かめたか」

「はい。六人きて、帰ったのも六人です」

おっさんは頷き、茶を飲んだ。

「でも珍しいですね。あの子、タレントですよ」

「タレント?」

「テレビにでてるんです。ワイドショーのコメンテイターとかしてて」

おっさんは何もいわなかった。たぶんテレビを見ないのでぴんとこないのだろう。

「会社の紹介ですか」

「住人のプライバシーを詮索《せんさく》するな」

「そういうことじゃなくて。ふつうの人間なんです。大丈夫ですかね」

おっさんはじろっと俺を見た。

「何がいいたい」

「何かあったら一一〇番とかしかねません」

そうなったら困るのは、みくる以外のすべての住人と管理室だ。

「会社はわかってるんですかね」

俺はいった。俺もそうだが、おっさんも会社にはあまりいい感情を抱いていない。

「審査に通ったから、ここにきた。俺たちがとやかくはいえん」

「そりゃそうですけど」

テレビタレントは表の顔で、裏では女殺し屋とか。ありえない。顔が売れてるのだから、一発でつかまる。

俺はパソコンを立ち上げた。「山之みくる」を検索する。

元キャバ嬢、年齢は公称二十六歳。新宿と六本木のキャバクラでナンバーワンになったことがあり、当時は年収二千万円だったという。

二年前に水商売をやめ、芸能界入りした。初めはさして売れなかったが、バラエティ番組での毒舌がうけて、じょじょにレギュラーが増え始めた。

所属事務所は「バッキンガム・プロダクション」とあり、俺はぴんときた。バッキンガムは、その筋と縁が深いので知られた芸能プロだ。

ふた月前、テレビ局前で「出待ち」をしていたファンに暴言を吐き、ブログが炎上。その後も、執拗《しつよう》な「山之みくる叩《たた》き」にあっている、とある。

「これかな」

俺はつぶやいた。

さらに検索すると、「みかん会」というサイトにつきあたった。

「み○るちゃんを観察する会、略してみかん会にあなたも参加しませんか」

とある。

そこにはあちこちで撮影されたみくるの写真がアップされていた。目線が入っているので、はっきりとは断言できないが、ストーカーのようにしつこく山之みくるを追いかけ、プライベートの行動や写真をネット上にアップしているグループがいるようだ。

表向きは、

「我らのみ○るちゃんを応援しよう。み○るちゃんのことなら、みんな、なんでも知りたいよね。だから情報のアップ、待ってます」

とあるが、実際はかなり悪質な嫌がらせだ。それも、参加しているのはひとりふたりではないようだ。

日頃、テレビで見るみくるの毒舌が気に入らなくて、尻馬にのって参加している奴が相当数いる。

「最新情報」をクリックして、俺は唸《うな》った。

「Mちゃん、引っ越しだよ。住み慣れた広尾から、今度の引っ越し先は、なんと多摩川べりのボロマンションだ。どうしちゃったの」

「ついに逃げだした？　まあ落ち目になって、単に家賃の安いところに移っただけかも」

「どこにいったって、僕らのMちゃんへの愛はかわらない。ずっといっしょだよ」

とあって、みくると俺の写った写真がいきなりでてきた。エントランスの前で、タクシーから降りてきたみくると話しているところだ。

望遠レンズでかなり遠くから撮影したらしい。目線が入っているが、俺にはもちろん自分とみくるだとわかった。

「白旗さん」

俺はいって、写真を拡大し、おっさんに画面を向けた。

おっさんは一瞬、何がなんだかわからないような顔でパソコンを見つめた。

「何だこの写真は」

「俺と一四〇二に今日入った子です」

「お前が撮ったのか」

「俺が撮れるわけないでしょう。いっしょに写っているのだから。望遠で誰かが撮ったのが、もうインターネットにアップされているんです」

「なぜだ」

「これによると、一四〇二の山田さん、芸名は山之みくるというんですが、みくるのファンと称して、根掘り葉掘り調べた個人情報をネット上にアップする集団がいます。本当は嫌がらせ目的だと思うんですが。集団の名前は、『みかん会』」

「『みかん会』？」

おっさんは目をむいた。

「『みくるちゃんを観察する会』の略です。ネット上では、みくるではなく、み〇るになってます」

「そいつが今日の写真を撮って、ネットに公開したと？」

「そうです。たぶん明日以降も、ここを張りこんで、あることないことを書きたてたり、写真をアップしますよ」

「なぜだ」

「山之みくるを困らせたいんでしょう」

「誰が金を払ってる？」

「金なんかもらっちゃいませんよ。ただおもしろがってやっているんです」

「金ももらってないのに、嫌がらせをして何が楽しい？」

俺はちょっと感心して、おっさんを見た。いってることは、正しい。だが世の中には、人が困ったり嫌がったりするのを見るのが何より楽しい、という根性のねじれた奴がたくさんいる。

そう、説明した。おっさんは考えていたが、

「誰がやってるのか、わかるか」

と俺に訊いた。

俺は首をふった。

「ここじゃわかんないです。このサイトを運営してる奴の情報をサーバーに提供させないと。でもそんなことできるのは警察くらいです」

「じゃ、こいつらやりたい放題か」

「山田さんが、『ごめんなさい、許して下さい』というか、警察が被害届を受理して動きだすまでは」

「被害届は誰がだす？」

「山田さんか、山田さんのプロダクションでしょうね」

「プロダクション？」

「所属の事務所です。バッキンガムというところです」

おっさんの表情が動いた。

「室戸《むろと》のところか」

俺は驚いた。確かにバッキンガム・プロダクションの社長は室戸という。

「そうです。知ってるんですか」

おっさんは答えなかった。ただ無言でパソコンの画面をにらんでいる。

どうやらよほどのことがあったらしい。

が、不意にいった。

「ほっておけ」

「でも、こいつらどんどんつけあがりますよ。スキを見て、マンションの中に入ってくるかもしれない」

「そうしたら排除する」

「確かに。でも外からいろいろのぞいて、このマンションの情報をアップしてきたらどうします？　他の住人が困れば、山田さんがもっと困る。それをおもしろがるような奴らです」

おっさんがじろっと俺をにらんだ。

「いや、本当に。ネットでこういうのをやる奴らって、根性が曲がってますから」

「その場合は、会社に判断を任せる」

山之みくるを追いだすか、そいつらをどうにかするか、だろう。だがどうにかするといっても、このストーカーじみた嫌がらせをしているのは、裏社会の住人じゃない。たぶんおたくっぽい学生やサラリーマンで、すっカタギの連中だ。

そんなのを殺したら、問題はもっと大きくなる。

山之みくる叩きをしたら殺された、なんて話が広まったら、プロダクションも大困りだ。山之みくるは芸能界にいられなくなる。

だが一方で、そんなストーカーじみた奴らに、決してあやまらないで戦っているみくるを、俺は偉いと思った。

根性あるじゃないか。

リバーサイドシャトウ管理人助手としては、できるだけ守ってやりたいよ。

4

翌日、早速、「みかん会」の嫌がらせが始まった。

昼休み、パソコンを立ちあげた俺の目にとびこんできたのは、ゴミだしとエントランスの清掃をしている、俺とおっさんの写真だった。

「恐怖！　口裂け男とイケメン風変態男の管理人」

とある。目線は入っていたが、おっさんの頬の傷はばっちり写っている。

「Mちゃんの新居を守る、二人の管理人を激写したぞ。ひとりはご覧の通り、どう見てもカタギには見えない、すごい傷跡のある中年男。もうひとりは、きのうアップされた写真にも写ってたが、一見イケメン風だけど、裏ではきっと下着とかを盗んでいそうな変態兄ちゃんだ。

Mちゃん、こんな奴らのいるマンションに住んで大丈夫か。他の住人にいったいどんな奴がいるのか心配になってきたぞ」

何が変態兄ちゃんだ。俺はかっときた。

おっさんに見せた。だがおっさんは、写真をちらっと見ただけで、

「ほっておけ」

といった。

「冗談じゃないですよ。下着泥みたいに書かれて、頭にきた」

俺はかみついた。

「巡回していいですか。望遠レンズつけたカメラもってうろちょろしてるガキがいたら、とっちめますから」

「それはマンションの中か、外か」

「外でしょうね。まだ内部の写真はでていません。ゴミだしや清掃は、遠くから撮ったものでしょうから」

「だったらやめておけ。こいつらが侵入してきたら、管理室として対処する。敷地外で何をしようと、かまうな」

むかついたが、我慢することにした。俺にはわかっている。こういう奴らは、ほっておけば必ず図に乗る。嫌がらせはエスカレートするに決まっていた。

その晩、午後十一時の巡回が終わった俺は、自分の部屋でパソコンを開いた。

早くも二人の住人の盗み撮りがアップされていた。

ひとりは、十五階のハブレさんのところのボディガード兼愛人の女だ。

「外国人もいるらしい。『スーパータマガワヤ』で羊の肉を買っていったこの女性も、Mちゃんと同じマンションの住人だ」

二人目は、ときどき見かけるが、何の仕事をしているかは知らない、五〇四号室のミヤウラさんだった。

「この人はごくふつうのサラリーマンのようだ。でも夜勤なのか、でていったのが午後五時過ぎだった」

スーツにネクタイ姿だ。

俺はため息を吐いて、パソコンを閉じた。ふたりがネット上にアップされている自分たちの写真に気づくことはなさそうだ。

だがいずれ、プライバシーにうるさい、他の住人が、このマンションが「みかん会」の監視下にあることに気づいて、一悶着《ひともんちゃく》おきるにちがいなかった。

翌朝、ゴミだしのあとの館内清掃をしている俺の前に、山之みくるが現われた。キャップをかぶりジーンズにTシャツというラフな格好だ。

「おはようございます」

みくるがいったので、俺も、

「おはようございます」

と答えた。

「望月さん、あたし、あやまろうと思って」

みくるはいった。

「え？」

「一昨日《おととい》引っ越してきたとき、失礼なこといいませんでした？　それが気になって」

「いや、平気です」

いいながら、俺はちょっとあせった。他の住人はともかく、このみくるだけは、「みかん会」のサイトをチェックしている筈だ。まさか、みくるまで、俺が下着泥だと疑ってはいないだろうな。

「じゃ、よかった。あたし育ちがあまりよくないんで、ごめんなさい」

「いえ。今日はテレビとかの仕事はないのですか」

俺はいってみた。みくるは、ふつうだった。

「ええ。この三日、お休みをもらったんです。引っ越しとかで疲れちゃったんで」

えっ知ってたんですかとか、わざとらしくとぼけないところに、俺は好感をもった。

「そうなんだ。いろいろ大変なんでしょうね」

いったとたん、みくるの顔が暗くなった。だが、笑顔を作った。

「ううん、ぜんぜん平気です。ここのマンションは静かで、よく寝られるし」

「どなたか住人の方と会いましたか」

「十三階のお婆ちゃんに。いい人ですよね。いつもにこにこしてて」

フルヤさんだ。

「あの、お菓子とかもらってません？」

俺はあわてていた。フルヤさんの仕事は毒の調合で、試作品を手近の人間で実験する癖がある。

みくるは怪訝《けげん》な顔になった。

「まだもらってませんけど、どうして？」

「いや、いい方なんですけど、あの人ちょっとお年じゃないですか。それで前に、賞味期限の切れたお菓子をもらったことがあって、お腹をこわしちゃったものだから。気をつけたほうがいいですよ」

「そうなんだ。よかった、聞いといて」

みくるは、丸い目をくりくりと動かした。かなりかわいい。ナンバーワンキャバ嬢だったというのも頷ける。

「あの、何か困ったことがあったら、いつでもいってきて下さい」

思わず俺はカッコつけていっていた。昔の俺なら、こんなことは絶対いわなかった。

女なんて、遊びの道具、くらいにしか思っていなかった。

ていうか、若い女の子と面と向かって話すなんて四ヵ月ぶりだ。

とはいうものの、このマンションでは俺は、一番下の消耗品でしかない。

「ありがとう。じゃ」

いってみくるは買物にでもいくのか、エントランスから外にでようとした。

「あ、そっちじゃなくて、こっちからでたほうがいいです」

俺は呼び止め、駐車場出入口のわきに出るエレベータホールわきの通用口を教えた。

「ふだん、住人の方はこっちを使って出入りしています。こちらのほうが便利だし、目立ちませんから」

えっという表情でみくるは俺を見た。俺は素知らぬフリをした。

みくるがでていき、俺は仕事に戻った。楽しいことがひとつもなかったこの四ヵ月で初めて、いい気分になっていた。

昼休み、管理室に戻った俺に、おっさんがいった。

「一四〇二号だが退去してもらうことになった」

「えっ」

「会社の方針だ。お前が俺に見せたのと同じものを、会社の人間も見ていたらしい」

「でもまだ実害はでていないじゃないですか」

「お前は馬鹿か。ここがどういうところかわかっているだろう。でてからじゃ遅い」

いつものセリフがでた。俺はがっくりきて、椅子にへたりこんだ。

「いつです?」

「とりあえず一週間、ようすを見る。それで例のストーカーがエスカレートするようなら、会社と契約したプロダクションに通告して退去してもらう」

「やっぱりプロダクションマターだったんだ」

俺はつぶやいた。バッキンガム・プロと会社のあいだにつながりがあったから、みくるはここに引っ越してきたのだ。

「でもここをでたら、いくとこなんかないでしょう」

「会社の話では、バッキンガムは、あのサイトを運営している連中に、法的な訴えをおこす予定だったらしい。だが山田さんがそれに反対した。問題を大きくしたくない、とな。山田さんが売れ始めていたので、バッキンガムもようすを見ることにした。それでここを紹介したんだ。だが会社には裏目にでた」

家賃のアガリだけで、会社は月に五千万円近い収入がある。それをたったひとりの入居者のためにフイにしたくないのは当然だ。このマンションの住人が監視され、次々に写真がネットにアップされているとわかれば、続々と退去する住人がでるだろう。しかも、一一〇番をしたり、法的な訴えなど、起こすに起こせない住人ばかりなのだ。

俺は唇《くちびる》をかんだ。奴らがマンションの敷地内にでも入ってこない限り、どうすることもできない。

いや、したとしてもかえって面倒なことになる。ハンパな威しは騒ぎを大きくするし、かといって殺すのはやりすぎだ。

「みかん会」が一週間で、山之みくるへのストーカー攻撃をやめるとはとうてい思えなかった。

「ただ、一週間のあいだでも、これ以上住人のプライバシーをおかさせるわけにはいかん。外部の巡回を徹底し、撮影をやめさせるように、というのが会社からの指示だ」

俺は顔を上げた。

「ただし、警察沙汰《ざた》になるような騒ぎは起こすな」

「それは俺にやれってことですか」

「嫌なのか。巡回したいといってたろう」

「いや、やります、やります」

やるからには、管理人の作業衣を着ているわけにはいかない。遠目でもわかってしまうからだ。

「着替えていいですか」

俺が訊くと、おっさんは頷いた。

ジーンズにはきかえ、俺はリバーサイドシャトウをでた。エントランスから表の道につながる通路を歩いていく。

写真のアングルなどから、「みかん会」の奴らがどのあたりで盗撮しているのか、目星はついていた。

ひとつは、多摩川沿いの道路にたち並んだ家の切れ目だ。ちょうどゴミ集積所の正面にあたる。

もうひとつは、今歩いている通路のつきあたり、多摩川にかかった橋と川沿いの道の交差点付近だ。おそらく車の中から撮ったにちがいない。

だが交差点付近に立っても、止まっている車はなく、それらしい奴の姿もなかった。

そこで集積所を狙える、家の切れ目のところにいってみる。

そこにも人の姿はなかった。

俺は拍子抜けした。ナガタマをぶらさげたいかにもカメラ小僧みたいな奴らがいるとばかり思っていたのだ。

「みかん会」も、そう簡単に見つかるほどヘマじゃないってことなのか。

一時間ばかりうろついたり、河原で張りこんでみたが、結局、それらしいのを見つけることはできなかった。

俺はしかたなくリバーサイドシャトウに戻った。

管理室に顔をだすと、おっさんが、

「どうだ」

と訊ねた。

「それらしいのはいませんでした」

「確かか」

「張りこんでもみましたが、現われなかったです」

俺はパソコンを開いた。「みかん会」のサイトにアクセスする。

思わず舌打ちがでた。

「あいつら」

張りこんでも現われなかったのは道理だ。「みかん会」は、外出したみくるをずっと監視していたのだ。スーパーで買物する姿を盗撮し、いちいちどんな品をいくつ買ったかまで、書きこんでいる。

アップされたのは、つい三十分前で、ほぼリアルタイムでみくるの行動が報告されていた。

だが、そうならみくるが戻ってくるのを待っていれば、尾行しているストーカー野郎をとっちめられる。

「もう一回、いってきます」

俺はいって、管理室をでていった。

5

山之みくるが買物をしていたのは、住人の多くが利用している「スーパータマガワヤ」だ。おそらくみくるはフルヤさんあたりから場所を聞いたのだろう。俺は今度はキャップをかぶり、管理室用のママチャリでリバーサイドシャトウをでた。

今もまだみくるがスーパーにいるわけがない。だがスーパーのそばには、ファストフードや洋服屋なんかが入った商業施設がある。おそらくそのあたりをぶらついていると見た。

走り回ること一時間、俺はようやく発見した。

みくるがやはり自転車で、多摩川にかかった橋を走っている。自転車で動いていることは、サイトの情報にもあった。

俺はみくるに気づかれないよう、うつむき気味でチャリをこいですれちがい、少しいったところでUターンした。

二十メートルくらい距離をおいて、あとを追いかける。

すると、いた。

まずひと組めは、まっ黒くシールを貼ったワンボックスカーだ。左車線を不自然なくらいゆっくり走っていて、後続車に次々と追い越されてもおかまいなしだ。後部席の窓が降りていて、そこからレンズがちらっと見えた。

さらに、橋を渡った場所に、携帯を手にした男がひとり立っている。眼鏡をかけ、腰にウエストポーチを巻いた小太りの、いかにもな野郎だ。

俺はチャリのスピードを上げ、みくるとワンボックスを追い抜いた。ウエストポーチの野郎のところまで走っていく。

ウエストポーチはイヤフォンマイクを使って、誰かと喋《しゃべ》っていた。

「――ちらオリオン、ターゲット確認」

携帯電話を顔の前にもちあげる。メールを読むフリをして、正面からみくるを盗撮する気のようだ。

俺はいきなりそいつの目の前でチャリを止めた。シャッターチャンスを思いきり邪魔してやる。

そいつは目をまん丸くして携帯電話から顔をあげた。俺の背後を、何も気づかなかったようにみくるが走り去った。

「暑いなあ。おい、暑くないか」

俺はウエストポーチにいった。二十一、二だろうか。ふつうの奴だ。ブサイクでもないしいい男でもない。毎日いくコンビニのレジに立っていても、顔すら覚えないだろう。

ウエストポーチは顔をそむけ、体の向きをかえた。走り去ったみくるのうしろ姿を撮影しようとしている。

「よう」

俺はその携帯のレンズの前に思いきり顔をつきだしてやった。

「暑いよな」

「わっ」

ウエストポーチは大げさな悲鳴をあげた。

「どうした？」

無言でウエストポーチは俺をにらんだ。

「何だよ」

「関係ないです」

ウエストポーチはいって、橋にたてかけてあったマウンテンバイクをひきよせた。

「何が関係ないんだ、あん？」

「あんたには関係ないです」

バイクにまたがり走りだそうとする。

「待てよ」

俺はウエストポーチの肩をつかんだ。ウエストポーチがよろけた。

「何するんですか⁈」

甲高い声をウエストポーチはあげた。

「おっ、悪い、悪い。いいチャリ乗ってるなと思って。見せてくんないか」

俺はチャリを降り、マウンテンバイクの前でかがみこんだ。

「これっていくらくらいするんだ？」

ウエストポーチは答えない。ふり仰ぐと、携帯電話をいじり、イヤフォンマイクに告げていた。

「メーデー、メーデー。エイリアン・アタック、エイリアン・アタック」

何がエイリアン・アタックだ。ぶっとばしてやろうかと思ったが、こいつの次がある。

俺はマウンテンバイクを離し、自分のママチャリにまたがった。ウエストポーチをその場に残し、全力でこぐ。

みくるが進むコースはわかっていた。自転車置場は、ゴミ集積所の隣だ。通用口を教えてやったから、エントランスではなく、そちらにまっすぐ向かう筈だ。

さっき最初にチェックした、多摩川沿いの家の切れ目のところに、黒のワンボックスは止まっていた。今度は堂々と、おろした窓から望遠レンズをつきだしてやがる。

路肩から歩道側にチャリを乗り上げ、俺はうしろからワンボックスに近づいた。そしてすれちがいざまに望遠レンズをつかんで、カメラをもぎとった。そのまま走ったらひったくりになってしまうので、地面に叩きつける。

「危ねえだろうが！　こんなもの窓からつきだしてたら」

少しいったところでチャリを止め、ふりかえって怒鳴った。地面に叩きつけてやったカメラは壊れて、レンズの破片や部品が散乱している。

運転席にいるのは、黒いTシャツを着たでぶだ。ぽかんと口を開いている。

後部席の窓がすうっと上昇した。カメラを壊された奴がとびだしてくるかと思ったが、その気配はない。どうやら本当に通行人に叱られたのだと思ってびびっているようだ。

それならそれで好都合だ。

「気ぃつけろや、こらぁ」

俺は思いきりヤンキー風の捨てゼリフを吐いて、その場を走り去った。

その後二時間近く、「みかん会」のサイトは更新されなかった。俺の攻撃がよほどこたえたようだ。

午後五時、白旗のおっさんが会社に報告の電話を入れた。俺の妨害《ぼうがい》工作を向こうに伝える。

「会社はようすを見るようだ。お前の威しが効いて、撮影がやむようなら、退去請求はしない」

電話を終えたおっさんはいった。俺は無言だった。

「どうした、山田さんと朝、嬉しそうに話していたじゃないか。退去にならなかったら望み通りだろう」

「あいつらはこんなことであきらめませんよ。むしろもっと嫌がらせがエスカレートすると思います」

俺は床を見つめたまま答えた。

「じゃ、なぜ妨害をした」

「自己満足ですよ。あんな奴ら、ぶっとばしたって何の意味もない。その場じゃ恐がるだろうけど、仲間といっしょになれば、またこっそり何かしらしかけてきます」

おっさんは無言だった。やがて訊ねた。

「山田さんは永久に嫌がらせされるのか」

「いや、飽きれば終わります。相手にしないのが一番で、その点では山田さんの判断は正しい。ああいう奴らは次のターゲットを見つけて、そっちのほうがおもしろいとなったら、わあっとクラ替えするんです」

おっさんは鼻を鳴らした。

「人間のクズだな」

「学校のイジメと同じです。いや、自分の顔を相手に知られないぶん、もっとタチが悪いかもしれない。ただおもしろいってことしか頭にない」

「それが楽しくて生きてるのか」

「たぶん」

おっさんはまた黙った。

「蚊みたいなもんですよ、叩いても叩いてもむらがってくる」

俺はいった。みくるはこのマンションにはどのみちいられない。たとえ嫌がらせがやんだとしても、マトモすぎる。住人の真の姿を知ったら、そのほうがよほど危険だ。

会社は、みくるを殺すか、さらってどこか外国にでも売りとばすだろう。そのときは、目を潰し、口をきけなくして。

おっさんは息を吐いた。

「殺す価値もないってことだな」

6

ブザーが鳴ったのは、午後十一時の巡回から、俺とおっさんが帰ってきた直後だった。発信元は、駐車場の出入口だ。

俺はすぐにモニターを見た。地下駐車場にはナンバー読みとり装置と連動した警報機が備えられている。登録されていないナンバーの車が侵入すると、作動する仕組だ。

「あいつらです」

黒のワンボックスだった。住人の車が出るタイミングに合わせて侵入してきたのだろう。駐車場の空きスペースに駐車し、降りてくる。ウエストポーチの男と黒いTシャツの運転手、それに初めて見る、四十近い長髪の男だ。ガリガリに痩《や》せていた。

駐車場に車を止めても、カードキィをもっていない限り、マンション内のどこにもいけない。

三人組はうろうろと駐車場を徘徊した。痩せ男は、別のデジカメを手に入れたのか、止められた車の写真を撮っている。

「どうする?」

おっさんが俺を見た。

「三人まとめて特別回収にだすか」

「待って下さい」

　いって、俺は館内電話の受話器をとった。「１４０２」のボタンを押す。室内のインターホンにつながっているのだ。

「――はい」

　やがてみくるの声が応じた。

「管理室です。『みかん会』の人間が三人、駐車場をうろついています。どうしましょうか」

　みくるははっと息を呑んだ。

「昼間、助けてくれたのは望月さんだったんですか」

「何のことです？」

「あたしを携帯で撮ろうとした男がいたでしょう」

「偶然です」

　気づいていたのだ。

　バレバレだと思いながらもいった。

「『みかん会』のことはどうして？」

「ネットで調べました。その、ファンだったもんで」

　俺は嘘《うそ》をいった。

「そう。で、その三人は何をしているんですか」

「ただうろついて写真を撮っています。あそこから中には入れないんで――」

いいかけ、俺は黙った。モニターに新たな人影が映っていた。

ハブレさんとボディガードの女が二人だ。こんな夜中に、いや夜中だからか、外出しようとしているらしい。居住者専用の扉を開け、駐車場にでてきた。

おっさんが舌打ちし、モニターのパネルに触れた。音声を流す。

『アナタ、何シトンネン！』

ハブレさんの声が駐車場内に響いた。三人が凍りついた。

『ソレ、ワテノ車ダス』

痩せ男が撮影していたポルシェカイエンからふりかえった。

「どうしたんです？」

みくるの声に我にかえった。

「ええと、『みかん会』の三人が他の住人の方と駐車場で鉢合わせしたんです」

「えっ、あたし今からいきます。他の人に迷惑をかけられません」

「とりあえず管理室にいらして下さい」

俺はいって受話器をおろした。

「駐車場にいきます」

おっさんにいった。

「待て。もう遅い」

えっと思ってモニターを見た。ハブレさんの両脇にいた女二人が、巻スカートの下から、いきなり小型のサブマシンガンをとりだし、三人に銃弾を浴びせた。バババババッというすごい銃声をマイクが拾い、おっさんは顔をしかめてボリュームを絞った。

三人は声もたてず、駐車場の床に転がった。血の海だ。

おっさんが舌打ちした。

「掃除がたいへんだ」

ハブレさんがいきなりモニターを見上げた。監視カメラがあるとわかっているのだ。

『アトハヨロシュー、オタノ申シマス』

三人がカイエンに乗りこんだ。ごていねいに転がっている死体を踏んづけて、駐車場をでていく。

管理室のドアがノックされた。俺は急いで駐車場のモニターを切った。

ドアを開けるとみくるが立っていた。

「あの――」

「『みかん会』の連中は帰りました。住人の方に怒鳴《どな》られて、びびったみたいです」

俺はいった。

みくるはほっとしたように息を吐いた。

「そうなんですか。よかった」

「ですから部屋に戻られてけっこうです」

みくるはうつむいていたが、俺を見た。

「あのう、いろいろご迷惑をかけてすみませんでした。今日、事務所の社長と電話で話して、退去させていただくことにしました。これ以上、他の住民の方にご迷惑をかけられないので……」

そしておっさんを見た。

「社長が白旗さんによろしく、といっていました。古いお友だちなのだそうですね。昔、同じ劇団にいたことがあるって」

俺はたまげた。劇団て、このゴリラおやじが役者だったというのか。

おっさんは無言だった。ただ頷き、ドアを示しただけだ。

「じゃ、失礼します」

みくるは、俺とおっさんに頭を下げ、管理室をでていった。

俺はおっさんを見た。

「何もいうな。いったら殺す」

俺は頷いた。

おっさんは立ちあがり、ロッカーから黒のビニールケースをだした。特別回収用のゴミ袋だった。

「手伝ってやる」

台車に三枚のせ、いった。俺は台車を押した。

「特別回収費は、ハブレさんじゃなく、古い友だちに請求するとしよう」

おっさんが淡々といった。

闇の術師

1

その瞬間、何が起きたのか、俺にはわからなかった。

いつも通り六時に起きて館内を巡回し、掃《は》き掃除をしていた。エントランスや駐車場の出入口には落ち葉やゴミが、たった一日でけっこうたまる。そいつを竹ボウキで掃いてチリトリに集め、回収にだすゴミ袋に入れる仕事だ。毎日くり返し、目をつぶっててできる。

なのに、チリトリを左手に、右手で地面に転がしていた竹ボウキをとろうとかがんだとき、そいつが起こった。

少し体を斜めにひねり、竹ボウキの柄をつかんだ。不意に右足のつけ根から腰にかけ、何かが走り抜けた。頭の中で、ぴきんという音が鳴ったような気がした。

あれ、と思い、竹ボウキをもちあげ動かそうとして、やけに体に力が入らないことに気づいた。それどころか、腰のあたりが異常に重くなって、足を動かすのすら難しい。

竹ボウキで地面を掃こうにも、腰に力が入らないので、ちょいちょいとなでるようにしか操ることができない。

何だ、何が起こったんだ。そう思っているうちに、首すじやわきの下に嫌な汗がふきだしてきた。

とりあえず、体をまっすぐにしてやろう。

背筋を伸ばそうとして、俺は愕然とした。

動かない。

腰をひねり、斜めにした半端な姿勢のまま、俺の背中は動かなくなっていた。いや、首すら回せない。

小刻みに足踏みをくり返し、ようやく体の向きをかえる。それだけで全身が汗まみれになった。腰のあたりに巨大なおもりをくっつけられたみたいだ。

目の前にフェンスがあり、それに手をかけて、俺はとりあえず体を支えた。

何が起こったのかはわからないが、これはまちがいに決まっている。筋をちがえたか何かで、ひと息ついて動けば、元に戻るだろう。

深呼吸しようとして、息を詰まらせた。大きく息を吸ったとたん、腰にものすごい痛みが走ったからだ。

声もでないほどの痛みで、思わずフェンスをつかんだ手に力が入った。

「何やってる」

白旗のおっさんが、そのフェンスの向こうから俺を見ていた。両手にでかいゴミ袋をさげている。今日は不燃ゴミの回収日だ。

俺は口を開けた。だが声をだすために息を吸うのが恐くて、吐《は》いて喋ったので、ひどく小さな声になった。

「わかんないす」

「何？」

白旗のおっさんはよく聞こえなかったようだ。だがそれ以上気にとめることなく、手にしたゴミ袋を「リバーサイドシャトウ」の敷地外にある回収場にもっていった。

どうしちゃったんだ、俺。

ぱっと思い浮かんだのは、一三〇四のフルヤさんだった。毒の調合を商売にしている婆さんで、キャンディやチョコレートにしこんだ毒を、俺で人体実験しようとしたことがある。

知らないあいだにフルヤさんに毒を盛られていたのだろうか。

俺の先任者、「リバーサイドシャトウ」の管理人助手は、つとめ始めて四ヵ月半で死んだ。ある朝、起きてこないので白旗のおっさんが見にいったら、ベッドで白目をむいて死んでいたらしい。原因は不明だが、フルヤさんが日頃くれていた菓子にちがいないと俺はにらんでいる。

会うとにこにこ笑って、

「アメちゃん、食べる？」

と菓子をくれるいい人だと思っていたら、とんでもなかった。俺は甘いものが好きじゃないんで、もらってもこっそり捨てていたのだが、それを口にした会社の人間は一週間、ものを食えず入院する羽目になった。電気クラゲの毒を応用できないか、実験してみたんだと、笑いながらいったものだ。

フルヤさんはたぶん昔から実験をやっていて、俺の先任者はその犠牲になったのだ。だから俺は、フルヤさんが何をくれても一切口にせず、黙って捨てることにしていた。これがフルヤさんの毒だとしたら、今度は経口摂取じゃなく、別のやり方で俺を実験台にしたのだ。

ガスを吸わされたか、手の指から吸収しちまうような毒をどこかに塗っていたのか。やられた。

俺はフェンスにからめた指先に力を入れ、唇をかんだ。

管理人助手になってじき五ヵ月だ。俺は、生存最長記録を塗りかえたところで死ぬのだろうか。

「さっさと掃除を終わらせろ」

フェンスの向こうに、白旗のおっさんの顔があった。

俺は口をぱくぱく動かした。もう、ささやくような声しかでない。

「体が動かないんです」

「何?」

おっさんが耳をこちらに向けた。

「体が、動か、ない」

おっさんは改めて、金網ごしに俺をじろじろと見た。俺の顔は汗まみれだった。

おっさんが救急車を呼んでくれないことはわかっている。俺は死んだらそれまでの消耗品だ。いや、たとえ救急車を呼んでくれたって、俺がどんな毒を盛られたのかわからない限り、担ぎこまれた病院でも治療のしようはない。

おっさんは眉をひそめた。どうやらただごとじゃない、とわかってくれたようだ。フェンスを回りこみ、俺のそばにきた。

俺は肩で息をしていた。腰がどんどん重くなり、もう、フェンスがなければ立っていることもできなくなっていた。

一度倒れたら、二度と起きあがれない、そんな気がしていた。

最悪だ。人生最後にしたのが、掃き掃除だなんて。酒壜《さかびん》でも女の太ももでもなく、竹ボウキを枕に俺は死ぬのか。

「肩をよこせ」

おっさんがいって、太い腕を俺の右肩の下にさしこんだ。俺の体をもちあげる。

「指を離せ」

俺の指はまっ白だった。あまりにきつく金網にからめてたんで、簡単に離れない。

一度地面からもちあがった足が再び地面についた瞬間、とんでもない激痛が背中に走り、俺は悲鳴をあげた。

ようやく指を離したが、おっさんに支えられていても、とうてい歩けない。

舌打ちをして、おっさんはその場にしゃがんだ。俺はもう一度フェンスにしがみついた。そうして立っているのが精一杯だ。

「おんぶしてやる。俺にのっかれ」

俺は躊躇《ちゅうちょ》した。おんぶなんて、幼稚園このかた、してもらったことがない。

「何してる。早くしろ」

口を横一文字に切り裂かれた傷跡のあるおっさんがいうと、ヒャヒヒヘフ、ハヤヒュヒヒョと聞こえる。

俺は手を離し、おっさんの背中に倒れこんだ。落ちる、と思った瞬間、おっさんの手が俺の両足のつけ根をつかまえ、ゆすり上げた。

その振動がまた腰にきて、俺は声をあげた。

死ぬんだ、俺、やっぱり、しかもゴリラみたいなおっさんの背中で。

だが気づくと、俺はそのゴリラの首に両手を回し、しがみついていた。

2

「ギックリ腰だな、これは」

一四〇一号室の住人で、モグリの外科医をやっているケンモツがいった。

俺は管理室に並べたパイプ椅子の上に寝かされていた。顔の前に腕を組んだ白旗のおっさんが立っている。

「ヒヒュヒャホヒヒャフ?」

「何?」

「いつ治ります?」

蚊の鳴くような声で俺が通訳した。

「さて。二日か三日は動けないだろう。ギックリ腰をやるのは初めてか?」

「はい」

「ではけっこうかかるかもしれない。だいたいギックリ腰は、最初が一番重いものだ」

「治療は?」

俺は訊いた。ケンモツは首をふった。

「湿布をして安静にする以外ない。あまり痛ければ痛み止めを打つ方法もあるが、それをしても回復は早まらん」

毒じゃなくてよかった。だがギックリ腰がこんなにつらいものとは、生まれて初めて知った。

「痛み止めはいい」

おっさんがいった。俺も同感だった。ケンモツは、きっとすごい痛み止めをもっているだろうが、そんなものを使われた日には、宇宙の彼方までぶっ飛んじまって、帰ってこられなくなる。

ケンモツは頷いた。

「湿布はその辺の薬局で売っているものでかまわない。ただ始めのうちは、患部が熱をもつから、まめに交換してやることだ。じゃ、私は往診があるからこれで失礼する」

尊大で嫌なオヤジだと思っていたが、診察費をよこせともいわず、ケンモツはでていった。意外に親切じゃないか。

だが考えてみれば、俺の体に指一本触れず、ただ見て、そう判断しただけだ。医者じゃなくたってできる。

警察に届けないかわりに法外な料金をふんだくって、弾傷や刺し傷の治療をしているらしいケンモツからすれば、俺から金をとるなんてアホらしかったのだろう。

俺はうつ伏せになったまま息を吐いた。こうしてじっとしているぶんには、腰のあたりに鈍痛があるくらいだが、腰から下を動かそうとすると、電流みたいな痛みが走る。

なんでこんなことになっちまったんだ。

そういえば、と思いだした。二日前にエントランスの植えこみを抜いた。夏の暑さで枯れちまった楓《かえで》を、俺ひとりで植えかえたのだ。

植木職人じゃないから要領がわからず、鉄の重たいシャベルを半日使っていた。だから夜は腰が痛かった。

疲れがたまっていたところで、さっき妙なひねりかたをしたのが引き金になったのだろう。

ギックリ腰をやった人間の話じゃ、シャワーを浴びているときにくしゃみをしただけ

でなっちまうこともあるらしい。

白旗のおっさんはモニター監視用のキャスターつきの椅子に腰をおろし、腕を組んだ。

「使えない奴だ」

「すんません」

痛いのは俺だが、しかたなくいった。使えない奴は殺して、次をよこせとおっさんが

会社にいったら、俺はそれまでだ。特別回収にまわされ、高熱処理施設で骨も残らない

くらいに焼かれる。

「ギックリは俺も昔、やったことがある。ふつうに動けるようになるまで一週間かかっ

た」

おっさんはいった。

「そんなに？」

俺は思わず首を上げ、呻《うめ》いた。

「来週、防火設備の点検がある」

おっさんがいったんで、俺は思いだした。

「リバーサイドシャトウ」では、半年に一回、煙感知器や非常ベルの点検があるらしい。

そのとき、管理人は検査員といっしょに館内を回ることになっている。理由は、ふだん見かけない人間がひとりで館内をうろついていたら、住人が殺す可能性があるからだ。おっさんがついていれば、その心配はない。

「点検中、お前には俺のかわりにここの仕事をやらせようと思っていた。だがそれじゃ無理だな」

「いや、来週までには何とか治ってますって」

「駄目だったらどうする。宅配便の受取りや駐車場のシャッターの修理も入るんだ」

古くなったせいか、シャッターの開閉装置の具合がおかしくなっているという苦情が届いていた。その修理が、同じ日に入ることになっている。

「廃棄だな」

おっさんは首をふった。廃棄とはつまり、俺をお払い箱にするという意味だ。

「ち、ちょっと待って下さい。俺をクビにしたって、補充がすぐくるとは限らないすよ。それにきても、何もわからないのじゃ使いものにならない」

実際、俺が命の危険を感じずに館内をひとりで歩き回れるようになるまで、一ヵ月近くかかった。

「だからって使えないお前をここにおく理由はない」

冷酷なことをゴリラはいいやがった。むっとしたが、逆らったら、この場でぶち殺されかねない。この状態じゃ、抵抗はおろか逃げることすらできない。

「来週までに治ればいいんでしょう」

「どうやって治す」

いわれて俺はふてくされた。医者のケンモツは、湿布してじっとしてろといった。それ以外に何か手はないのか。

おっさんが立ちあがり、管理室のロッカーの前にいったんで、俺はあせった。中には武器や特別回収用の死体袋が入っている。結論だすのが早過ぎだろう。

だがおっさんがロッカーからとりだしたのは救急箱だった。湿布の袋を手に、俺に歩みよってきた。

ぐいっと作業衣とTシャツをたくしあげ、湿布を俺の腰に貼《は》ってくれた。

「すんません、ありがとうございます」

おっさんは無言だった。

「あの、ハリとかマッサージだったら治りませんかね」

俺はいってみた。このあたりでマッサージ屋を見た覚えはないが、捜せばあるかもしれない。

救急箱をロッカーに戻し、椅子にすわったおっさんがいった。

「六〇一に、いることはいる」

「えっ、このマンションにいるんですか」

俺は訊き返した。

「ヨギさんだ」

「ヨギさん？　あの仙人みたいな」

何回か見かけた。白髪を肩までのばし、ヤギみたいな顎《あご》ヒゲを生やした爺《じい》さんだ。いつもジャージの上下で、たまに迎えの車がくるとでかけていく。風貌といい、格好といい、怪しい宗教の教祖か何かだと思っていた。

「ヨギさんは整体師だ。闇の整体師の世界では知られている」

闇の整体師って。まさか必殺なんとか人みたいに、ゴキッ、グキッて素手で人を殺す達人とかじゃないだろうな。

「それって殺し屋ですか」

「リバーサイドシャトウ」の住人には、プロの殺し屋がいる。

おっさんはじろっと俺を見た。

「お前が知る必要はない」

そして立ち上がると、館内電話の受話器をとった。「601」を押し、相手がでるのを待って、いった。

「管理室です。実はお願いがありまして」

苦労して、相手にもわかるように発音している。

「助手がギックリ腰になってしまいまして。ヨギさんのお力をお貸し願えないでしょうか」

返事を聞き、

「わかりました」

と、おっさんは受話器を戻した。

「今から降りてきてくれるそうだ」

俺はほっとした。ヨギさんが殺し屋だとしても、人を殺すくらいの技があるなら、ギックリ腰など簡単に治せるかもしれない。

十分とたたないうちに、ヨギさんは管理室にやってきた。いつもと同じカーキ色のジャージを着て、近くだと垢《あか》じみたむっとする臭いがする。色は黒いし、ここの住人じゃなけりゃホームレスだ。まっ黒な顔に深い皺が何本も走っていて、年齢の見当はつかないが、七十くらいだろうか。

「いつ、なった?」

ヨギさんが口をきくと、すさまじい口臭が押しよせた。いったい何食ってるんだ、この爺さん。おまけに前歯がほとんどない。

「今朝です。地面に落ちてるホウキ拾おうと思ったら、ぴきん、て」

うつ伏せで首をもたげた姿勢では顔をそむけることもできない。

「なるほど」

「治りますか」

訊ねたおっさんに、ヨギさんはふりむいた。

「ギックリ腰などじっとしておれば、二、三日で動けるようになる。わたしが施術するのは、癌《がん》とか脳梗塞《のうこうそく》の患者だ」

「癌が整体で治るんですか」

俺は驚いた。すぐ後悔した。ヨギさんがこっちを向いたからだ。

「どんな病気であっても、治すのは術ではなく、本人の体だ。わたしの術は、人体の治《ち》癒力《ゆりょく》を高めるだけだ」

「じゃ俺の治癒力が高まれば、ギックリ腰もすぐ治るんですか」

「だな。半日もすれば」

「すげえ。お願いします」

「術料は、一回百万だ」

「百万?!」

ヨギさんは頷いた。

「気力、体力を限界まで使わなければ、わたしの術はおこなえない。したがって完全予約制で施術をしておる」

「会社は、そんな金をだせん」

おっさんがいった。ヨギさんは俺を見た。

「お前は払えるか」

祖父ちゃんに頼めば、と思ったが、俺の性根を叩き直すといってここにほうりこんだ祖父ちゃんが、そんな金を払うとはとうてい思えないし、泣きつくのもしゃくだ。

「分割払いは駄目すか」

「駄目だ。現金、前払い」

にべもなくヨギさんはいった。

だろうな。そんな人情味のある住人がこのマンションにいるわけない。

俺はがっくりと頭をたれた。

「もういいです」

「じゃ、わたしはこれで」

ヨギさんはいって踵《きびす》を返した。ひどいもんだ。わざわざ降りてきて、希望をもたせておいて、見捨てる。

管理室をでていきかけたヨギさんが足を止めた。ひとり言のようにいった。

「そういえば明後日、施術研究会があった」

俺もおっさんも無言だった。何のことだかわからない。

「研究会では、流派対抗の施術試合がある」

ヨギさんはふり向き、俺を見た。

「お前、その被術者になるか」

「ヒジュツシャ？」

「要は、術をうける者だ。わたしと、今回わたしに挑戦してくる者の、両方の施術をうける体を提供する役割だ」

何だかすごく嫌な感じがした。

「それって具体的にはどうするんです」

「ただ寝ておればいい。わたしともうひとりが、交互に術をかける。本来、わたしの助手がつとめる筈だったのだがな。できなくなった。一昨年の挑戦者が卑怯《ひきょう》な術を使いおって。もしお前が受けてくれるなら、特別に無料でその腰を治してやろう」

整体師対決の実験台になれと。やっぱり必殺なんとか人みたいなことをされるのだろうか。

「あの、ハリとか使うんですか」

「ハリは使わん。素手のみの勝負だ。心配せんでよい。どんな術をかけられても、わたしが治してやる」

どんな術って、どんな術だよ。俺は恐くなってきた。

「やるのかやらんのか」

ヨギさんは俺を見つめた。

「やる他ないな」

おっさんがいった。

3

六階のヨギさんの部屋に俺はおぶわれていった。垢じみた臭いといい、薄ぎたないジャージといい、さぞ室内はよごれているだろうと思っていたら、意外にさっぱりした部屋なんで俺は驚いた。八畳のフローリングのリビングの中央に畳が二枚しかれ、壁に日の丸とよくわからない掛け軸みたいのがかかっている。和室にはコタツがあって、そのテーブルの上に、細いラッキョウみたいのが大量に盛られた皿があった。

近くを通って、それがヨギさんの口臭のもとだと気づいた。ニンニクみたいな強烈な匂いがする。

「そこに寝かせなさい」

畳の上に、俺はおろされた。

「パンツ一枚だ」

ヨギさんは俺には目もくれず、コタツの上のラッキョウもどきを口に入れながらいった。

「何ですか、それ」

俺はおっさんの手助けで、作業衣を脱いだ。時間がたつとともにどんどん腰が重くなり、下半身にはまるで力が入らなくなっている。

「シマラッキョウだ。精をつけ、気力を高める働きがある」

ヨギさんは答え、ジャージの上を脱いだ。今どき珍しいランニングシャツがあらわれた。色が黒いのは陽焼けじゃなさそうだ。細いが筋ばっていて、けっこう強そうな体つきをしている。

「うつ伏せじゃない。横向きだ。右を上に」

おっさんの力を借りて、横になった。

ヨギさんはシマラッキョウを食っている。

やがてコタツのわきにあった手ぬぐいをつかみ、鉢巻きした。まるで土方のおっさんだ。

それから俺のそばに立った。目を細め、何かを捜すように、じろじろと見つめる。

「やはり右の腰椎《ようつい》だな」

正座すると湿布をはがした。目を閉じ、茶色く細い指でゆっくり俺の背中をさわっていく。

「ここか」

一点で止まった。俺はびくんとした。確かにそこのような気がした。

「とすると……」

指が今度は背骨を伝っていって、首筋の少し下で止まった。

「ここだな」

俺は知らないうちに息を止めていた。ヨギさんは右手の指で俺の腰に、左手の指で首すじに触れている。目は閉じたままだ。

「息を吸え」

吸った。

「もっとだ」

大きく吸った。

「吐け」

吐いたとたん、ヨギさんの両方の手が動いた。コキッ、と何かがはまるような音が体の中で響いた。

「右足を動かしてみろ」

「いや、それ――」

は無理といおうとして、俺はあっけにとられた。わずかに痛むものの、右足を動かせた。

すげえ。さっきまで一ミリも動かせなかったのに。

「管理人。水をくんでこい」

いって、ヨギさんは立ちあがった。日の丸の下に漆塗りの大きな箱があった。それを開け、緑色の粉が入った袋をだした。

「流しに丼《どんぶり》があるだろう」

白旗のおっさんが丼に水をくんでもってきた。赤い模様の入ったラーメン丼だ。

「多すぎる。その半分でいい」

ひと目見てヨギさんはいった。

おっさんは無言でしたがった。

丼が手もとに届くと、床におき、ヨギさんは袋の中身を丼に入れた。カメムシみたいな強烈に青臭い匂いが漂ってくる。

袋をおき、指先でそれをかきまぜた。まさか、それを飲めっていうのじゃないよな。

どろどろになるまでかきまぜると、俺を向いた。

「うつ伏せだ」

ほっとして、俺はいう通りにした。気配で、ヨギさんが丼の中身を俺の背中にあけるのがわかった。

薄く広げるようにのばしていく。匂いはさらに強くなり、俺は口で息をした。

「乾くまで動くな」

「これ、何です？」

「特製の湿布薬だ。薬虫、薬草が入っている」

それが何だかは訊かないことにした。

背中がわっと熱くなった。

「熱っ」

「待っておれ。すぐおさまる」

その通りだった。熱いと思ったのは一瞬で、今度はどんどん冷たくなり始めた。最初はひんやりだったのが、そのうち氷でものせられているみたいな痛みにかわった。

「今度は冷たすぎて痛いんですが」

「それでよい。患部の熱をとらねば、炎症はおさまらん」

俺は息を吐いた。

「どうだ」

おっさんが訊ねた。

「なんか、さっきとぜんぜんちがいます。これならすぐに治るかも」

「当然だ」

ヨギさんは厳《おごそ》かにいった。俺は訊いた。

「あのう、やっぱりこれって秘孔とかを突いたんですかね」

「秘孔？　なんだ、それは」

「マンガにあるじゃないですか。急所をぱぱっと指先で突いて、『お前はもう――』」

「ばかをいうな」

ヨギさんがさえぎった。

「人間の体には経絡《けいらく》といって、気血を通じる脈がある。その要点はツボだ」

「だからそのツボが急所なのでしょう」

「確かに急所はある。たとえば烏兎《うと》、鼻中、人中《じんちゅう》、三日月、膻中《だんちゅう》、水月、明星など、正中線を走るところに集まっている」

ヨギさんは自分の体を指さした。烏兎が眉間で、人中が上唇の上、三日月が喉仏、水月が鳩尾《みぞおち》、明星がへその下だ。

「このツボに攻撃を加えればダメージは大きい。といって、このていど指先で突いたくらいでは何もおこらん」

俺のおでこを指先で弾き、いった。

「命にかかわるようなダメージを与えようと思うなら、骨を砕き、内側の臓器まで達する打撃を加えねばならん。指先でちょいと突いて殺すことなど不可能だ」

俺はちょっとがっかりして安心した。がっかりしたのはマンガが現実とちがったことにで、安心したのは、それならヨギさんのいう研究会の実験台にされてもよほどのことがない限り、殺される心配はなさそうだからだ。

「ヨギさんは、この整体をどこで学ばれたんですか。鍼灸《しんきゅう》の学校とか」

「ちがう。治すことではなく壊すことから、わたしの術は始まった。沖縄の古流唐手《からて》が術の基本にはある。より正確で効果のある突きを研究する過程で、今の境地に至った」

「それってやっぱり、殺しの技ってことですか」

「殺すことより生かすことのほうが、はるかに難しい。早い話、突いても刺しても撃っても、人は簡単に死ぬ。だが病に苦しむ人を術で生かすのは、簡単ではない」

そりゃそうだ。

「わたしの術を人の世に役立てたいが、壊すことから入ったわたしに、役人は施術の許可をだそうとしない。つまりは人を助ける資格がない、というのだ」

確かにマッサージや鍼灸師には国家試験がある。

「ところがわたしのように、壊すことから入った整体師は、この世の中に意外に多い。人を救う術をもちながら、役人に阻《はば》まれ、それを活かせずにいる者たちだ。そこでわたしは、彼らを束ね、闇の整体師協会を作った」

別に闇っていわなくても。せめて影とか裏とかでいいのじゃないかな。

「闇の整体師は、世間に知られることなく、ひっそりと人助けをしている。口《くち》コミで顧客を募り、医者も見離した病人を独自の術で治すのだ。そのため敵も多い。ある者の死を願う連中にとっては、病気で九分《ぶ》九厘《りん》死ぬとなったのを術で助ける整体師は、目の上のコブとなる」

必殺なんとか人の集まりではないようだ。

「じゃ研究会では何をするんです？」

「それぞれの流儀の術を披露し、互いの自己研鑽《けんさん》の役に立てる。闇の整体術は、その整体師の数だけ流儀があるのでな」

「で、試合って？」

「会長の座を決める。現在はわたしが会長で、二年に一度、挑戦をうけておる。挑戦者がまず被術者の体を壊し、会長たるわたしがそれを治す」

「壊すって――」

「骨を折ったりするわけではないので心配するな。呼吸をできなくする術をかけたり、さっきのお前のように歩けなくなる術をかけるだけだ。それをわたしが治す」

「治せなかったら?」

「治せんわけがない。治せなかったときは、わたしが会長の座を降りるだけだ」

だけだって、そうじゃないだろう。思ったが、こうしてギックリ腰の治療をしてもらっちまった以上、嫌ともいえない。

「被術者をわたしのほうで用意するのは、そういう理由からだ。挑戦者が連れてきた者だったら、治っているのに治っていないという芝居をするかもしれん」

俺が心配しているのは、そういう問題とはちがうんだが。

「あの、それでヨギさんの助手って人は――」

「二年前の挑戦者は卑怯な奴でな。負けた腹いせに、一年殺しの技を、こっそり助手にかけていたのだ。昨年、それで死んだ」

4

翌々日の夜、俺とヨギさんは、迎えにきた黒塗りの車に乗りこんだ。見送りにでた白旗のおっさんはいった。

「終わったらすぐ戻ってこい」

そしてヨギさんを見た。

「こいつを逃がさんように頼みます。もし逃げようとしたら殺してかまいません」

「大丈夫だ。研究会のあとの被術者は、たとえ体が無事でも、歩くことすらできん」

「ちょっと、それどういうことですか」

「考えてもみよ。どんなダメージを受けても、それを瞬時に治すほど治癒力を高めるのだ。へとへとになる。むろん、ひと晩寝れば治る。お前は若いからな」

若くても、めちゃくちゃ憂鬱《ゆううつ》だった。一年殺しの技をかけられたら、俺は死んでしまうのだ。

「でも一年殺しの技とかかけられたら――」

「今回はその心配はない。挑戦者がちがうのでな。一昨年の挑戦者はもうおらん」

「おらん？」

「おらん」

ヨギさんは断言した。

「邪道の術を使う者を、闇の整体師協会は許さない」

黒塗りは発進した。時計は午後九時を示している。

「研究会はいつも夜やるんですか」

しばらくして俺は訊ねた。車は国道二四六号を渋谷方面に向け、走っていた。

「夜だ。雑音の多い昼間は、術に神経を集中させるのが難しい。それにわたしは夜型でな。朝に弱い」

整体師というからには、もっと健康的な生活を送っているのかと思ったら、そうでもないらしい。

「闇の整体師協会って、日本だけなんですか。中国とかにもありそうですね」

俺はいった。腰はもうすっかりよくなっていた。こんなに簡単に治せるなら、確かに百万円くらい払う奴はいるだろう。

「似たような会は、インドやタイにもあるが、中国はない。術者はもちろん中国にもたくさんいる。が、優秀な者は政府が抱えこんでいて、自由な施術を許されんらしい。国家公務員なのでな。中国は、外国要人の治療にそれらを動員して、外交を有利に運んでいるという噂《うわさ》がある」

確かに要人て年寄りが多いものな。ありそうな話だ。

「何人くらい、いるんです？　日本の協会には」

「登録されている者は三十余名だ」

意外に少ない。そう思ったのが伝わったようにヨギさんはいった。

「実績を伴わん者は登録ができん。また、国家資格をもち看板を掲げて施術している者も、会には入れない。あくまでも闇の協会だからな」

「じゃあ、闇じゃない人の中にも、ヨギさんみたいなすごい術者はいるんですか」

「いる。以前は、わたしらと彼らとのあいだでの研究会も開かれておった。ただ、わたしらにできて彼らにできんことがある」

「壊すことですか」

「よくわかった。そうだ。彼らは治すことしか知らん。それはつまり術としての限界だ。わたしらが壊した体を彼らは治せても、彼らが壊す術をもたない以上、交流には限界がある。それで自然に解消した。だがおのれの技術をより研鑽したいと、昼の看板をおろして闇に転向した者もいる。今日の挑戦者はそうしたひとりだ」

「つまりもともと認められた整体師だったのに、闇にクラがえした人なんですか」

ヨギさんは頷いた。

「そうなる過程にはいろいろあったようだ。整体をよくする者は、被術者にとってカリスマとなりやすい。体の不調を治す以外にも、食事や生活習慣などの指導も仰がれるようになる。そこを勘ちがいして、教祖まがいの教えを垂れる者もでてくる。わたしからすればそれは邪道だ。術はあくまで術であって、人の生きかたにまで介入するのはまちがっている」

俺はちょっと感心した。長年の持病やひどい痛みを一発で治してくれたら、誰だってその人を「先生」と仰ぎたくなる。ヨギさんはそれと人生は別だ、といっているのだ。

車は渋谷に入った。懐しかった。半年近く、俺は「リバーサイドシャトウ」から歩いていける範囲内にしか足を運んでいなかった。

首都高速の下を回りこみ、二四六号に沿ってたつ、超高層ホテルのエントランスに車はすべりこんだ。

渋谷の街を見たとたん、俺は逃げだすことを考えた。だがたとえ逃げても、日本中の裏社会が俺を追いかける、という祖父ちゃんの言葉を思いだした。

それが嘘でないのはわかっているし、裏社会にはとんでもない奴らがいるというのもこの五ヵ月で学んだ俺は、つまらない空想は捨てることにした。

車を降りると、ドアボーイとブレザーを着た、ホテルの従業員らしいのが走りよった。

「先生、いらっしゃいませ。お久しぶりでございます」

ヨギさんはいつものジャージ姿だ。

「ご苦労さん。会場は？」

「四十八階にご用意させていただきました」

従業員の先導をうけ、ヨギさんと俺はエレベータに乗りこんだ。俺も作業衣というわけにはいかず、ジーンズをはいている。

四十八階の、中規模の宴会場が、研究会の場だった。軽食が用意され、正面に畳のおかれた演壇がある。椅子が並んでいて、そこには、三十人くらいのおっさん、おばさんがいた。入るとき、宴会場の入口を見ると、

「日本体術協会様御宴席」

となっていた。そりゃ「闇の整体師協会様」とは書けないよな。

ヨギさんが入ったとたん、全員が立ちあがり、拍手をした。まるで政治家のパーティだ。

「はい、はい、ご苦労さん」

ヨギさんは壇上にあがると、マイクを手にした。

「皆さん、お忙しいところをありがとうございます。日々、人助けに術の研鑽に邁進されていることでしょうが、今年も施術試合の日がやって参りました」

まるで司会者みたいな口上だ。

「例によって、挑戦者は予選会を勝ち抜いた術者で、わたしに挑戦していただき、勝者がこれから二年間、当協会会長の座につくこととなります」

そして壇の下に立っている俺をふりむいた。

「本日、被術者となっていただく、望月拓馬さんです」

全員が俺に向け、拍手した。俺はしかたなく頭を下げた。拍手されても嬉しくはない。

「では、前おきはこれくらいにして、早速、施術に入ります。決算、予算報告等は、この試合のあと、新会長がおこないます。挑戦者は前に」

会場がしん、と静かになった。

「はい」

立ちあがったのは、赤い派手なスーツを着た女性だった。五十ちょいくらいのおばさんだ。丸っこい顔に眼鏡《めがね》をかけている。俺は小学校時代の担任を思いだした。ふだんは優しかったが、怒るとすごいヒステリーを起こした。

女性は前に立ち、一礼した。ヨギさんが渡したマイクを手に、挨拶する。

「七年前より当協会に属しております、増田末明《ますだみめい》と申します。七年前までは、アロマヒーリングとインドヨガ、それに整体治療院を開業しておりました。日本拳法は二段で、そのご縁から、協会の存在を知り、ちょうど自分の施術の限界を感じていたこともあり、転身いたしました。本日は会長の胸をお借りして、これまで学んだ技術をすべてご覧いただこうと思います」

盛大な拍手が起こった。俺は少し安心した。女の人なら、そんな無茶はしないだろう。

「では被術者は服を脱いで、横になって」

俺は覚悟を決めた。パンツ一丁になり、畳の上に横になる。

「試合は例によって三本勝負。一本でも挑戦者がとれば、会長交代となります」

ヨギさんが説明した。司会くらいおけよ。気が散って、うまく治せなかったらどうすんだ。

「参ります」

増田というおばさんがいって、上着を脱いだ。

「まず一本目は、糖尿病で失明をされた患者さんへの施術からヒントを得た、眼球破砕《はさい》です」

破砕はまずいんじゃないの、と思う間もなく、おばさんは両手で俺の頭をつかんだ。

「キエエッ」

気合を発し、畳に俺の頭を押しつけ、ぐりぐりと両耳の下を押す。痛いなんてもんじゃない。俺は目をつぶり、悲鳴を上げた。

「ハアアッ」

最後に両瞼《りようまぶた》の上を強くこすった。

「はいっ、目を開けて」

俺は目を開けた。やばい。何も見えない。

「見えますか」

おばさんが訊ねた。俺は上半身を起こした。

「見えません」

カチッという音とともに鼻の頭にすごい熱を感じ、

「あちちっ」

俺は叫んだ。

「ご覧の通り、被術者は、ライターの火を近づけられても逃げません。見えていないからです」

おおうというどよめきと拍手が起きた。何てことしやがる。

「では、会長、お願いいたします」

おばさんがいった。垢じみた臭いが近づいた。

「横になれ」

俺は言葉にしたがった。

「目を閉じよ」

瞼の上に手がのった。いきなりぐいぐい押される。

「痛い、痛い、痛い」

「ガマンせよ」

そして眉間をつまんでひねるような感覚があって、

「目を開けよ」

とヨギさんはいった。涙がでて、視界がぼやけている。だが、見えた。

「見えます」

「失礼」

おばさんがいって、ライターの火を俺の顔に近づけた。俺は思わず、顔をそむけた。

おおうと声がまた上がった。

「見えてる、見えてる」

おばさんは下唇をかんだ。

「私の負けです」

「では二本目を」

ヨギさんがいった。

「立って下さい」

おばさんは俺にいった。無茶しないと思った俺が馬鹿だった。

「次は、腸閉塞《ちょうへいそく》及び強固な便秘治療の術です。また性犯罪者への永久的再犯予防効果もある、睾丸《こうがん》破砕」

また破砕、しかも——。

「トウッ」

気合とともにスカートをまくりあげたおばさんの蹴《け》りが俺の股間に入った。俺は悶絶《もんぜつ》した。ものすごい痛みで目の前が暗くなった。同時にたまらないほどの便意がこみあげてくる。

「どう、おトイレいきたくなったでしょう」

股間をおさえ転げ回る俺に、おばさんは得意満面の表情で訊ねた。俺は頷く他なかった。

殺す、このばばあ。

ふん、とヨギさんが鼻で笑い、俺をすわらせた。掌が俺の腰の下にあてがわれた。

ドン、という衝撃がきた。とたんに上にもぐりこんでいた玉が下に降り、痛みは消えた。さらにヨギさんは俺を仰向けにして、下腹の左右に二本の指を突き立てた。

一瞬で便意もなくなった。

「どうだ。立てるか」

俺は立った。脂汗が滴《したた》った。

「大丈夫です」

おおう。拍手。

「負けました」

おばさんがいった。

「では三本目を」

「心筋梗塞の治療を学ぶうちに得た術です。名づけてAED破砕」

仰むけになった俺の上におばさんはかがみこんだ。眼鏡の奥で目をみひらき、すさまじい表情を浮かべている。

両手の指を曲げ、俺の胸につき立てた。ちょっと痛いがたいしたことはない。

「ホオオオオッ」

ぶるぶるとその指を震わせながら押しこんできた。とたんにすごい痛みが胸のまん中にきた。

俺は口をぱくぱくさせた。息ができない。

プツン、と何かが切れるような音が体の内側でして、視界が黒ずみ、何も感じなくなった。

「ほれっ」

という声に目を開けた。

俺は瞬《まばた》きした。ヨギさんがのぞきこんでいた。

「立ってみよ」

俺は体を起こした。割れんばかりの拍手が起こった。おばさんががっくりと手をついた。

「完敗です」

「俺、一瞬、寝てました？」

ヨギさんに訊ねた。

「いや、お前は死んでおった。心拍も脈拍もなく」

「マジで？」

ヨギさんは頷き、俺の肩を叩いた。

「死んでよみがえったのだ。もう少し遅ければ、脳はよみがえらんかったかもしれん」

俺の膝《ひざ》が砕けた。その場にすわりこんだ。

研究会の残りのプログラムには出席しなくてもいいといわれ、俺は料理の折詰めをもたされて黒塗りに乗りこんだ。

運転手は行先を確認することもせずに、二四六号を川崎方面に走らせた。

十二時少し前、俺は「リバーサイドシャトウ」に帰りついた。足を上げておろす、歩くためのこの動作すらきついほど疲れ果てていた。

這うように管理室に入っていくと、白旗のおっさんが迎えた。

「これ、ヨギさんからです」

俺は折詰めをさしだした。

「そこにおけ」

おっさんは気にもせずいって、少しあきれたように俺を見つめた。

「まっすぐ帰ってくるとはな」

俺は首をふった。

「ヨギさんのいう通りでした。ここまでくるのが精一杯――」

そのあとのことは覚えていない。気がつくと俺は自分のベッドに寝かされていた。

折詰めは枕もとにあり、小さく几帳面《きちょうめん》な字で、

「お前が食え」

と書かれたメモがのっていた。

最凶のお嬢様

1

「新入居です」

その日の定時報告を終えた俺は、管理室に戻ってきた白旗のおっさんに告げた。

このひと月、午後五時に会社に報告を入れるのは俺の仕事になっている。半年を過ぎ、管理人助手の最長生存記録を更新しつづけた俺を、ようやく会社も認めたのだ。あたり前の話、口を横一文字に切り裂かれた傷跡のある白旗のおっさんより、よほど俺の声のほうが聞きやすい。いくら慣れているとはいえ、会社の担当者もおっさんより俺から報告をうけるほうがましだと思っているにちがいなかった。

報告はメールやファクスでなく、必ず口頭でおこなうことになっていて、使用する電話は、一ヵ月に一度、盗聴器のチェックをうけている。

マンション内でトラブルが生じた場合はその細かな内容と管理室の対応、備品の補給、館内の補修作業、さらには特別回収業者の出張要請など、報告の内容はかなり多岐にわたる。おっさんが俺に任せたのも、何度も訊き返されるのにうんざりしていたからだろう。

　こちらの報告に対して担当者から返ってくるのは、

「ご苦労さん」

という、そっけないひと言だ。そしてガシャンと電話が切れて終わり。

　だが今日はちがった。

「新入居者の情報だ。来月四日、三〇一号室に新入居がある。契約者は『市川《いちかわ》みずき』、一名のみの入居だ。家具搬入は当日、本人不在でうちの業者がおこなう。本人が入居するのは翌日以降ということでははっきりしていない。確定したら、改めて知らせる」

　俺の話を、おっさんは無言で聞いた。雨の中、エントランスの植えこみの剪定《せんてい》をやっていて、作業衣の上に合羽を着こんでいる。

「ひさしぶりの新入居すね」

　俺はいった。このところ退去者ばかりで、新入居はまったくなかったのだ。

　不景気のせいだろう。いくら不況に強い業界とはいえ、月額百万の家賃を払いつづけられる裏社会の人間は、そういない。もっとも裏社会の人間でなければ、ここに住む必要もない。

　だが二ヵ月で五軒もの退去があると、さすがに考えさせられる。管理室的には、入居者が減ればそれだけ仕事も減って楽にはなるが、ここに住んでいた連中が、ふつうのマンションやアパートに移り住むのかと思うと、ひとごとながら心配になる。

ある意味、この「リバーサイドシャトウ」は世間から、危険な人種とそいつらがいることで起きるさまざまなトラブルを隔離している、といえなくもないからだ。

当然ながら、まともな神経では、この「リバーサイドシャトウ」の管理人はつとまらない。ただ「見かけない顔だ」というだけで、虫の居どころの悪い住人に殺されてしまった奴もいるのだ。居住者の大半は必ずといっていいくらい武器や毒物を所持していて、ときには管理人をその〝実験台〟にする。

逆らえば殺されるし、逃げても殺される。といって、何でもいう通りにしていたら、やっぱり殺される。細心の注意と不断の努力がなければ、とうていここでは生きのびられないと俺は学んでいた。

一方で、ある意味わかりやすい、極悪人ばかりの「リバーサイドシャトウ」での生活に、俺が慣れてきたのも事実だ。

祖父ちゃんとの約束で、俺はここで一年、管理人助手をやらされることになっている。これが一生といわれたら、とっくにおかしくなるか、自殺していたろう。一年だから、何とか生きのびてやろうと、がんばっていられるのだ。

決して単純ではないが、ここにはここの「ルール」があって、住人はいちおう尊重している。尊重しない人間は死ぬか退去させられるかのどちらかで、どれだけ大金を払っていようと、それに対しゴネたり、仕返しを考える奴はいない。

もちろんそこにはバックにある会社の力もある。よくはわからないが、会社は、日本最大級のアンダーグラウンド企業で、タテついたら裏社会では生きていけないほどの力をもっているらしい。

会社の方針は、はっきりしている。家賃を払ってくれる住人が最優先、彼らの安全とプライバシーの保護が何より大切で、相手が警察だろうと暴力団だろうと、そこに一切、妥協はない。従業員は消耗品《しょうもうひん》で、使えないとみなされれば、ただちに廃棄、つまり殺される。

フン、と白旗のおっさんは鼻を鳴らした。

「家具だけを先に搬入するというのが気に入らん。結局は一日も生活しないででていくかもしれん」

「会社も焦っているんですかね。ここんとこ退去者ばかりで」

俺がいうと、おっさんは俺をにらんだ。

「その辺の賃貸アパートといっしょにするな。いい加減な人間の入居を、会社が許可するわけがない」

とはいえ、契約者名だって、どうせ本名ではないだろう。「リバーサイドシャトウ」に入居するにあたって、住民票だの何だのは、まるで必要ないことは、俺にもわかっていた。何ヵ月分もの敷金を積んだ者だけが、入居を許される。おっさんのいう「いい加減な人間」とは、犯罪にかかわっているとかどうのではなく、金をもっていない人間のことだ。

今風にいうなら、「リバーサイドシャトウ」は、「反社会的勢力」による、「反社会的勢力」に属する者のための、専用高級住宅だ。

「そうはいっても、ときどき会社もポカをやるじゃないですか。尻ぬぐいは、管理室に押しつけるくせに」

「偉そうな口を叩くな。ここにいなけりゃお前はとうに死んでいるのだろう」

俺は首をすくめた。おっさんのいう通りだ。

「そんな暇《ひま》があったら、新入居と引っ越しの告知を作れ」

「もう作ってあります」

俺はいって、先に一枚プリントアウトしておいた告知をさしだした。これを二基あるエレベータに貼り、各戸のドアポストに入れるのも管理室の仕事だ。

おっさんは目を走らせ、頷いた。

オーケーということだ。プリンターを作動させると俺はいった。

「今度は何者ですかね。女ひとりでここに住むって。またトラブルの予感がしませんか」

ふた月前、会社と関連のある芸能プロダクションの紹介で、キャバ嬢あがりのタレントが入ってきた。少しだけだが、俺とその娘は仲よくなった。が、結局わずか三日で退去した。

それで正解だった。じゃなけりゃ彼女は口封じに殺されていたかもしれない。

「お前は馬鹿か」

いつものセリフがでた。

「トラブルを抱えていない人間がここに住むか」

仰《おお》せの通りだった。

2

おっさんが珍しく体を壊した。どうやら風邪《かぜ》のようだ。三〇一号室の家具搬入の当日、寝こんでいるおっさんにかわって、業者の監督を俺がやった。エントランスからエレベータ、通路にかけての養生を引っ越し業者にさせ、とりあえず二トントラック二台分の家具を運びこませる。

それでわかったのは、三〇一号室の入居者は、とんでもない衣裳もちだってことだ。トラック一台分がすべて、洋服と靴ばかりなのだ。中には、まるで女優か演歌歌手でなければ着ないような、派手な着物やドレスもある。

もう一台のトラックには、ベッドやソファといった家具の他に、ジュラルミン製のでかい箱がいくつかのせられていた。箱には鍵がかかっていて、中を見ることはできない。

本人不在の引っ越しなので、俺は困った。

入居規約ではいちおう、武器弾薬の類《たぐい》は地下トランクルームでの保管が義務づけられている。守っている住人はわずかだが、とりあえず入居者に要請するのは、管理室の仕事だ。

「これは何ですか」

会社さし回しの業者は、揃《そろ》いのツナギを着たゾンビだった。多重債務者で、クスリの運び屋すらさせられないクズどもだ。

俺はゾンビに指示を出しているマエカワに訊ねた。マエカワは、前も会ったことのある、黒スーツの男だ。

「わからん」

横柄な態度で首をふった。

「中身によっては、地下トランクルームに保管していただかなくてはなりません」

ジュラルミン製のケースには、どれも同じ、黒いマークが入っていた。紋章のような、やけに凝ったデザインで、白い蛇が中央でとぐろを巻いている。

「部屋に運びこんでおけという指示しかうけていない」

「ご本人に確認をとっていただけますか。当マンションの入居規約は知っていますよね」

「知ってはいるが、そこは管理室の仕事だろう」

「では市川さんの電話番号を教えて下さい。管理室から連絡をします」

「俺は知らん」

「会社に問い合わせていただけますか」

意地悪な喜びを感じながら俺はいった。いつも管理人助手の俺を見下しているマエカワが困った顔になるのは、楽しい。

「面倒なことをいうなよ。とりあえず部屋に入れておいて、あとで本人に訊けばいいだろう」

「入居日はまだ確定していないのですよね。だったらそれまで地下においておくしかありません」

「待てよ。もし宝石か何かで、事故があったらマズいだろう」

「では本人の番号を」

いい合っていたのはエントランスだった。そこへエレベータから降りてきた人がいた。八〇一号のイケミヤさんだ。

「こんにちは」

イケミヤさんは珍しく、ジーンズに革ジャケットというラフないでたちだった。

「たいへんですね。管理人さんの調子はまだ、よくないのですか」

「咳《せき》が止まらなくて。住人の方にうつしちゃまずい、と」

「それはそれは」

イケミヤさんは頷き、積まれたジュラルミンケースに目をやった。

「おや」

表情がかわった。いつもの笑みが消える。

「どうしました?」

俺は訊ねた。

「いやいや、何でもありません。引っ越しですか、今度入られる方の」

イケミヤさんは首をふった。

「そうですが、ご本人がいらっしゃらないので何かとありまして」

「そうですか。そうでしょうな」

意味ありげにイケミヤさんは頷いた。俺は気になったが、マエカワの前であれこれ訊くわけにはいかない。

「それじゃいってきます」

「いってらっしゃい」

見送って向きなおると、マエカワがあきらめたように携帯電話をとりだしたところだった。

「今、会社を通して問い合わせる」

「お願いします」

助手の分際で偉そうに、とマエカワの顔はいっていた。あくまで低姿勢に、だが一歩もひかない態度を通した俺の勝ちだ。

こんなことでやり甲斐《がい》を感じている自分がふと不安になった。いいのか、俺。

問い合わせの結果、ケースは地下トランクルームに、ということになった。一件落着だ。

　業者がひきあげると、エントランスのオートロックを再作動させ、三〇一号室に施錠し、俺は管理室に戻って、コーヒーを飲む。

「終わったのか」

　声にふりかえった。赤ら顔のおっさんが部屋からあがってきていた。

「終わりました。一部、中身不明の箱があったので、ご本人の許可を得てトランクルームにおきました」

「箱?」

　おっさんは自分もコーヒーを注いで、つらそうに椅子に腰をおろした。咳きこむ。

「ジュラルミン製のケースです。カメラとか精密機械を入れるような。それが十近くあって」

　おっさんはコーヒーをすすり、目を閉じた。

「鍵がかかってたのか」

「ええ。だから中を見ようがなくて。変なマークが入ってました。黒地に白い蛇がとぐろを巻いている」

　ガチャンと音がした。おっさんがマグカップを落としたのだ。熱で赤かったおっさんの顔が青白くなっている。

る。

「大丈夫すか」

俺は急いでモップをとりだした。おっさんはうつむき、マグカップの破片を集めている。

「大丈……」

いいかけ、再び咳きこんだ。

「あとはやっときます。また寝てて下さい」

床をふき、俺はいった。おっさんは無言だった。破片をつかんだまま、じっと下を見ている。

「どうしたんですか」

「何でもない」

おっさんはつぶやいた。破片をクズ箱に投げこみ、よろよろと立ちあがった。

「三〇一号、今日の入居はないんだな」

「ありません。日どりが確定したら、連絡がくることになっています」

おっさんは小さく頷いた。ようすがふつうじゃなかった。風邪のせいもあるかもしれないが、まるで幽霊みたいに、虚《うつ》ろな目になっている。今にもばったり倒れそうだ。

「薬飲んでます？　ケンモツさん、呼びますか」

ケンモツは一四〇一号室の住人で、モグリの外科医だ。弾傷や刺し傷が専門で、風邪を治せるとは思えない。

「よけいなことはするな」

おっさんは小さな声でいった。そのまま管理室をでていってしまった。

イケミヤさんといい、おっさんといい、あのケースの紋章には何か意味があるにちがいない。おっさんのあんな表情は、これまで一度も見たことがなかった。

管理室にひとり残った俺は考えこんだ。

あれは心底、ぶるっている顔だった。

白旗のおっさんは、怯えていたのだ。

3

「お帰りなさい」

通用口をくぐってきたイケミヤさんに俺は声をかけた。夜の八時を回っている。

「ああ、ただいま」

イケミヤさんは足を止め、ロビーを見回した。

「引っ越しはもう終わったんだね」

「ええ。ご本人の入居はまだですが」

俺は答えた。管理室のモニターでイケミヤさんが帰ってくるのを待っていたのだ。

「そうですか。まあ、いろいろ事情があるでしょうから」

無表情にいって、エレベータホールに向かいかけたイケミヤさんを俺は呼びとめた。

「あの」

イケミヤさんは俺をふりかえった。

「イケミヤさんのお知り合いですか。すみません、住人の方のプライバシーに立ち入るつもりはないのですが……」

イケミヤさんは無言で瞬《まばた》きした。イケミヤさんの仕事は、プロの殺し屋だ。だが住人としては温厚で、親しみやすい。

「ああ。あのマークをね、知っていたんで。知り合いというわけではありませんよ」

「ジュラルミンの箱についていたマークですね。何なんですか」

「あれは、まあ、家紋の一種のようなものです」

「家紋？」

「ええ。竜胴寺《りゅうどうじ》という家の紋です」

「リュウドウジ？」

イケミヤさんは、ちょっと困ったような顔になった。

「助手さんが知らないのは無理はない。竜胴寺家というのは古い家柄ではあるのですが、一族で私と同じような仕事をしているんです」

「それは、あの……」

「まあ、人間の廃棄業ですね。それを古くは、江戸時代からやっているという。いってみれば業界の名門です。実際はどうかわかりません。ハクをつけてギャラを高くするためにいいふらしたのかもしれませんし。いや——」

　イケミヤさんは咳ばらいした。

「これは引っ越してこられる方には内緒ですが」

「もちろんです」

「いずれにしても、この業界には珍しく、派手というか、プライドをもっていて、仕事で使う道具などにあの家紋をつけるんです。それで私も知っていました」

　派手な殺し屋ってどうなんだ。素人の俺が考えたって、すぐつかまるか、仕返しされそうなものだが。

「でも、よくそれでつづけてこられましたね。すぐに見つかっちゃいそうじゃないですか」

「そこはまあ、腕がいいのでしょうな。それと民間より政府系の仕事のほうが多い、と聞いたこともある」

「政府系？」

「お上《かみ》の依頼ですよ。だから警察を恐がる必要がない」

　俺は頷く他なかった。殺し屋という商売があることは、このマンションで働く前から知っていたが、実物に会うのはイケミヤさんが初めてだった。だからまるでぴんとこない。

とはいえ、このマンションに住もうというのだからそれなりの悪人であることはまちがいないのだろう。

「ただ、ちょっと不思議だな、と」

イケミヤさんは気になることをいった。

「何が、です?」

「竜胴寺家というのは、今やたいへんな金持なんです。何せ江戸時代からその仕事をしてきて、土地や株、絵画などに投資していたというのですから。その一族の人なら、わざわざこのマンションに住まなくても、自分たちのプライバシーを守るくらいはできると思うんですが」

「そうなんですか」

「ええ。竜胴寺さんの当主は、京都にお住まいになっていて、南禅寺《なんぜんじ》に二千坪のお宅をおもちの筈です」

まあ中にはそんなに金持じゃない一族もいるのだろう。金持じゃないから、月百万のマンションに住むというのもどうかと思うが。

「あ、こういう話をしたことは、くれぐれも秘密に」

イケミヤさんは声を低くした。

「もちろんです」

「じゃ、これで。おやすみなさい」

その夜、白旗のおっさんは二度と管理室に姿を現わさなかった。十一時の館内巡回をすませ、俺は自分にあてがわれた部屋に入った。

いくら名門の殺し屋一族だからって、おっさんが恐がる理由が、俺にはわからなかった。

ヤバい人間なら、これまでいくらでもここにはいたからだ。きっと個人的な理由があるのだろう。とはいえ、殺されるのを恐れるくらいなら、ここの管理人を最初からやる筈がない。

俺は三〇一号の入居者がちょっと楽しみだった。

いったいどんな女がくるんだろう。

翌朝、俺が巡回から戻ると、おっさんが管理室にすわっていた。きのうよりはだいぶ顔色がいい。

「もういいんすか」

「ああ。手間をかけたな」

おっさんがいったんで俺はびっくりした。今まで一度としておっさんにねぎらわれたことなんてなかったからだ。

「やっぱり熱があるのじゃないですか。変ですよ」

「何がだ？」

うるさいと怒鳴《どな》られるかと思ったが、おっさんは静かに訊き返してきた。

「いや、何でもないです」

「きのうの借りがあるからゴミだしは俺がやっておく。お前はゆっくり朝飯を食え」

俺は目をむいた。ありえない。嘘だ。風邪の菌が脳に入っちまったのじゃないのか。

おっさんはあくまでふつうの顔だ。というか、どこか表情に張りがない。

「ゴミだしは俺もやりますよ。病みあがりの人に押しつけられない」

「悪いな」

「勘弁して下さい」

「ん？」

おっさんは不思議そうに俺を見た。

「手間かけたとか悪いな、とか。どうしちゃったんですか。白旗さんぽくないですよ。本当に体は大丈夫なんですか」

「ああ、大丈夫だ。あれから考えてな。お前ががんばってくれるから、俺もゆっくり寝ていられたわけだ。感謝しなくちゃ、と」

感謝って。つい先々月は、ギックリ腰になった俺を、使えないから廃棄するといっていたくせに。

そのとき、エントランスのインターホンが鳴った。

二人同時にモニターを見た。

ショールを巻き、サングラスをかけた女が映っていた。スパンコールがちりばめられたワンピースにハイヒールをはいている。

「はい」

俺がインターホンに応えると、

「グッモーニン！」

女は鼻にかかった声でいった。

「ちょっと早いけど直接きちゃった。さっき成田についたところなの。入れてくれる？」

女のうしろには黒塗りのセンチュリーが止まっている。

「失礼ですが、どちらをお訪ねですか」

「あらごめんなさい。ダーリンじゃないのね。わたし、市川です。今度三〇一号でお世話になる」

ダーリン。俺はおっさんをふりかえった。

おっさんはただ呆然《ぼうぜん》とモニターを見つめている。表情がまるで消え、目は虚ろな黒い穴みたいだった。

「知り合いですか」

俺の問いにおっさんは答えなかった。

「白旗さん！」

ようやくおっさんは我にかえった。

「すまん。もう一度、寝ていいか」

「そうして下さい」

俺はいった。おっさんは立ち上がり、部屋へと向かう階段にいきかけた。

「今、降りていきます」

インターホンに告げた俺をふりかえる。

「気をつけろ。あの女にだけは」

無言で見返した俺にいった。

「俺の口を、こんな風にしたのはあの女だ」

4

おっさんが管理室をでていくと、俺は大急ぎでロビーに降りていった。女はエントランスの金属扉の前に立っていた。サングラスを外し、物珍しげにあたりを見回している。

四十歳くらいだろうか。品のいい感じの美人だ。色白ですっきりと鼻筋が通っている。目元がやけにぴちっとしているのは、皺とりの整形手術をうけたからかもしれない。

「あら」

女は瞬きして俺を見やった。

「初めまして。当『リバーサイドシャトウ』の管理人助手をやっている望月です」

こんなていねいな挨拶《あいさつ》を住人にするのは初めてだった。だが、女の品のある雰囲気が俺にそういわせていた。

「よろしく」

女はいって微笑んだ。

「ご入居の際には連絡をいただくとうかがっていたのですが」

「そうなの。本当は明日からこちらにご厄介《やっかい》になる予定だったのですけれど、今夜急に関西にいかなくてはならなくなってしまって。だからその前に挨拶だけでもしておこうと思って……」

女は片手をあげた。女のうしろにひっそりと立っていた制服制帽の運転手が進みでた。色の黒い、しなびた猿みたいなおっさんだった。白い手袋をはめた手でうやうやしげに袋をさしだす。

「これ、モン・サン・ミッシェルのクッキー。シンプルだけどとてもおいしいの。フランスにいったときは必ず買うのよ」

「それはごていねいに。ありがとうございます」

モン・サン・ミッシェルが菓子屋の名なのか地名なのかもわからず、俺は受けとった。

「で、彼は？」

女は俺の目をのぞきこんだ。茶色い大きな瞳だった。

「彼、とおっしゃいますと」

「決まってるじゃない。わたしの元夫。白旗よ」

俺の目と口は開けっぱなしになった。女は流し目になって、口に手をあてた。

「もちろんわからないわよね。市川なんて名前じゃ。彼を驚かせたかったの。本当のわたしの名前は竜胴寺。竜胴寺さくらです。よろしく」

「は、はい」

「で、彼は？」

同じ問いをくり返され、俺はようやく我にかえった。

「あ、あの、今体調を崩していまして」

女の目がみひらかれた。

「あの人が？　信じられない」

「そうなんです。それで――」

「どこにいるの？　心配だわ」

女は胸に手をあてた。

「会える？　会いたい」

「それが、ちょっと入院してて」

「まあ」

「ええと、風邪をこじらせて肺炎を起こしちゃったんです」

女ははあっとため息を吐《つ》き、悲しげに首をふった。

「そうなの？　やっと会えると思って、すごく楽しみにしていたのに」

「申しわけありません」

女の目が俺の頭上の管理室のほうに向けられた。

「ずうっとあの人を捜していたの。できるならもう一度やり直したい。それが駄目でもそばにいたいって。やっと見つけたのよ」

俺に聞かせているというよりは、舞台の上で女優が喋っているように聞こえる。

「離れてわかったの。あの人はわたしにとって運命。わたしたちは出会うべくして出会い、結ばれ、そして離れた。わたしはあの人を愛し過ぎたの。あの人の全部が欲しくて。たとえ一部でも、誰かに奪われるのは我慢できなかった」

人ちがいじゃないのか。あり得ないだろう、あのゴリラ親父にそんなに惚《ほ》れるなんて。

「あのう、管理室の白旗のことをおっしゃっているんですよね」

「そうよ」

女は俺に目を移した。

「あの人の頬には大きな傷跡があるでしょう」

「ええ」

「わたしがしたの。素晴らしい声をしていた。深みがあって、落ちつきと教養を感じさせる。その声だけで、女たちは夢中になった。枕もとでずっと聞いていたいといった女もいた」

女はひらひらと掌を動かした。

「そんなの許せない。女の耳を削《そ》いだ。でもあの人にあの声がある限り、きっと同じような女が現われる。だからわたしがやったの。舌を切ってしまったら話ができなくなるでしょ」

手刀でさっと空を横一文字に切った。

「素敵なナイフがあったの。ボルジア家に伝わっていた、小さいけどそれはもう最高のペティナイフ。それでやったわ。あの人は痛いと思う暇もなかったでしょうね」

うっとりといった。

「まっ赤な血。彼の顔半分を染めて、まっ赤な血が噴きだした。わたしはそれを受けとめた。わたしの愛が彼の中から溢《あふ》れだしたのだと思って」

これは駄目だ。クスリで飛んでるとかそんなレベルじゃない。

突然、女は我にかえった。

「どこにいるの？　今すぐお見舞にいかなきゃ」

「ええと、俺にもわからないんです。何せ秘密主義で」

女の目がいきなり冷たくなった。

「おっしゃい」

「いや、本当です。病院の公衆電話から連絡があって、二、三日入院するからあとは任せたって」

女は右手をうしろにさしだした。しなびた猿の運転手が懐から今度は拳銃をさしだした。女はそれをふり払った。

「駄目、こんなの。下品でしょ。カミソリ」

運転手はヒップポケットから折り畳み式のカミソリをだした。

女がそれを開いて、俺の鼻の下にあてがった。

「きれいなお鼻。本当はお坊っちゃんね、あなた。でも鼻がなくなると、人の顔ってすごく下品になっちゃうのよ」

「か、勘弁してください」

「嫌よ。入院してるなんて嘘ついた罰だから」

女は唇の端《はし》を吊《つ》り上げて笑った。

「あっらあ！」

声がした。俺は目だけを動かした。一三〇四号のフルヤさんだった。毒物婆《ばば》あだ。

「お仕置？　楽しそうねえ」

エレベータから降りてきたばかりだ。買物カートをひっぱって近づいてくる。

「おはようございます。今度こちらに引っ越して参ります、市川と申します。よろしくお願いいたします」

俺の鼻の下にカミソリをあてがったまま、女はにこやかにいった。

「あら、そう。よろしく。フルヤです。お兄ちゃん、粗相《そそう》しちゃったのね。だからお仕置されてるんでしょう」

助けてくれるまでは期待しないが、そんな嬉しそうにいわなくてもいいだろう。俺は横目でフルヤさんをにらんだ。

フルヤさんはにこにこ笑いながら歩み寄ってきた。

「お買物ですの？」

女が訊ねた。

「そうなの。近頃はスーパーで朝の割引きがあるのよ。お魚や野菜が十時前にいくと一割引きなの」

「庶民的ですこと」

「そうよ。きれいなのとお金があるのは若いうちだけなんだから。無駄づかいはしちゃ駄目」

フルヤさんはいって買物カートからキャンディをとりだし、猿の運転手に訊ねた。

「アメちゃん、食べる？」

運転手は無言で首をふった。フルヤさんはキャンディを戻し、女にいった。

「でもあんまりひどいお仕置はやめてね。管理人さん、具合が悪いみたいだから。お兄ちゃんまで働けなくなっちゃうと、こっちが困るわ」

「そうなんですか」

「そうなのよ。あんなゴリラみたいな顔してて、意外に体弱いのよね。きっと不摂生《ふせっせい》してるのね」

カミソリが俺の鼻から離れた。

「体を壊してるって本当だったのね」

俺はしゃがみこみそうになった。

「だから本当ですって」

「いいわ。戻ってくるときには治ってるでしょうから」

カミソリを畳み、運転手に返した。

「それでわたしの荷物は部屋に入ってるのね」

「はい。ジュラルミンの箱は、地下のトランクルームです」

「あれは仕事道具だからいいわ。ふだんは使わないから」

女はすっかり俺に興味をなくしたようだ。

「じゃ、ここにいてもしようがないわね。いきましょう」

運転手に告げ、大またで車に向かって歩きだした。

「あの――」

俺はいった。喉がカラカラに渇いていた。

「いつ、東京にお戻りですか」

「そうね。来週には戻ってくるわ。それまでにダーリンの体が治っているといいわね」

女は答えて手を俺とフルヤさんにふった。

「では、ごきげんよう」

運転手が扉を開けたセンチュリーに、優雅な身のこなしで乗りこむのを、俺は見ていた。

「アメちゃん、いるかい?」

フルヤさんが訊ねた。

5

「ヤバかったっす。本当に鼻を削がれるかと思った」

「だからいったろう。気をつけろ、と」

白旗のおっさんは憂鬱げにいった。昼の休憩時間だった。

「でも、結婚していたんですよね、あの人と」

俺はいった。どこで知り合って、なんでいっしょになったのか、どっちにも訊きたい。

「その話はしない」

おっさんはぴしゃりといった。

「ここに白旗さんがいるのを知って、引っ越してきたみたいです。できるならやり直したい、それが駄目でもそばにいたいって」

おっさんは無言だった。

「来週には東京に戻ってくるっていってました」

おっさんは宙を見つめ、息を吐いた。

「なるようにしかならん」

「見た目はすごく育ちがよさそうな人ですけど」

「大金持の家だ。四百年以上つづいている京都の、な。彼女も中学からスイスに留学していた」

「すげえ」

「だから一族の人間は皆、気がつかなかった。竜胴寺家の最も濃い血が彼女に流れていることを。そしてそれは年齢とともに激しくなっている」

「昔はあそこまでじゃなかったんですか」

おっさんは小さく頷いた。

「あらゆる芸術を愛する女性だった。今や、彼女にとっての芸術とは、人殺しだ」

「それって、やっぱり一族の仕事のせいですかね。ちょっと聞いたんですけど、代々、殺し屋だって」

誰から聞いたんだとも訊かず、おっさんは答えた。

「竜胴寺家は名前の通り、もともとは寺だった。なのにあるときから暗殺を請け負い、殺した者を、自分のところに埋葬するようになった。今は寺じゃないが、広大な霊園を所有している。そこに並んでいるのは、何代もの一族の手にかかった犠牲者の墓だ。たまに整地をして、古い墓を壊し分譲しているようだが」

「特別回収の費用がいらないってことですか」

「京都で行方不明になった人間の大半が、竜胴寺家の墓地に埋まっている」

「木を隠すなら森の中。死体を隠すなら墓地の中、ですね」

「下らんことをいうな。竜胴寺家は成り立ちからして政・官とのつながりが深い。権力機構と利用しあって生きのびてきた。そのあたりの一匹狼の殺し屋とはわけがちがう」

「最強じゃないですか。そんな家のお嬢様なら」

とはいえ、結婚生活をつづけられる相手じゃないことくらい、俺も充分わかった。おっさんは逃げだしたのだ。そのあと何があったかはともかく、この「リバーサイドシャトウ」で管理人として、つかのま〝平和〟を見つけた。だがお嬢様は、逃げた夫をずっと捜していた。

「彼女がここに住めば、何人殺されるかわからん」

「そうなったら会社が退去させるでしょう」

「竜胴寺家は会社の大株主だ。たとえ他の住人を皆殺しにしても、彼女はここにいられる」

「じゃ、白旗さんが逃げるしかないですね」

おもしろくなった。このおっさんがいなくなれば、俺の〝預け先〟も消滅する。自由は目の前だ。

「どこに逃げる？　お前だって逃げられなかったからここにいる」

考えてみればその通りだ。それに戻ってきたお嬢様がまっ先に始末したくなるのはきっと俺だろう。ダーリンとの仲を邪魔する目ざわりな助手だ。殺されないのは、このマンション中で、おっさんだけかもしれない。

血の海と化した「リバーサイドシャトウ」で、あのお嬢様とおっさんが二人きりで暮らしていく。特別回収業者は大忙しだ。

俺は気分が悪くなった。ここにはここの「ルール」があると思っていたら、その「ルール」をとびこえてイカれている存在が出現したのだ。

俺とおっさんは言葉少なに、午後の作業をおこない、夕方、会社に報告をした。

「朝、三〇一号の市川さんがお見えになりましたが、ご挨拶だけで入居は来週、ということでした」

俺はいった。

「その件では、今からいう番号に電話をかけてもらいたい、ということだ」

担当者が携帯電話の番号を告げた。

「どういう意味です？」

「会社の上の指示だ」

そっけなく答えて切りやがった。

おっさんは夕食のケータリングを受けとっている。

俺は迷った末、その番号にかけた。お嬢様がでたら、おっさんにあとでかけ直させればいい。

「はい」

呼びだしに応えたのは男の声だった。

「『リバーサイドシャトウ』管理人助手の望月と申します。会社の指示で、お電話をさしあげました」

猿の運転手だろうか。

「望月さん。おじいさまにはお世話になっています。私は竜胴寺といいます」

男は重々しい声でいって、つづけた。

「今朝は妹がご迷惑をおかけしませんでしたか」

「あっ、いえ、そんな。あの……」

俺はしどろもどろになった。

「事情をどこまでご存知かはわかりませんが、妹は昔からいいだしたら聞かないのです。あれは京都とニューヨークにそれぞれ部屋をもっていて、そちらに住む必要などありません。けれどもどうしても、お宅のマンションに住みたいといって、勝手に荷物を送らせてしまったのです」

「そうなんですか」

「この数年、あれには海外での事業を担当させていました。日本におくには、いささか過激なところがあるものですから」

「ええと、はい」

「今回帰国してすぐ、あれは神戸にいっております。そのあとまたドバイにやるつもりです。ドバイの仕事は、何ヵ月かかかるでしょう。ですから当分は、そちらには戻れないと思います」

「いろいろと荷物をお預かりしていますが、大丈夫でしょうか」

「それについてはこちらで新たに手配しますので、大丈夫です。家賃はお払いしますから、預かっておいてください」

「承知しました」

おっさんが管理室に戻ってきた。俺の電話を怪訝そうに聞いている。

「あ、今、白旗がおりますが、かわりましょうか」

「いえ、けっこうです。白旗さんには、できるだけのことをしますが、万一のときはご容赦《ようしゃ》ください、とお伝えください」

そんな伝言させるなって。

「では、これで。尚、この電話番号は一度きりのものです」

「いや、あの――」

切れた。

「誰だ」

おっさんが訊いた。

「竜胴寺。妹がご迷惑をおかけしませんでしたかって」

おっさんは俺を見つめた。俺は聞いた話を一気に喋った。

「だからあと何ヵ月かは、ここに戻ってこられない。家賃は払うから搬入した荷物は預かっておいてくれって」

おっさんの顔にわずかだがほっとしたような表情が浮かんだ。

「あと、伝言」

「俺にか」

「『できるだけのことをしますが、万一のときはご容赦ください』」

おっさんは黙りこんだ。

妹のヤバさには兄貴も気づいているが、コントロールには限界がある、という意味だろう。

いずれお嬢様は戻ってくる。そのとき何が起こるのか。

できればそれまでに俺は逃げだしたいよ。

黒変

1

そいつらはいきなり襲いかかってきた。弁当を食べ終わった俺が、多摩川の河原と土手の上の道路をつなぐ階段を登り終えたときだ。

ひとりが俺の口にタオルを押しあて大声をだせないようにした上で、左右に二人ずつ、あわせて五人がかりで俺の体を押さえつけ、道路に止まっていた窓のないワンボックスカーの中にひきずりこんだのだ。

秋の、よく晴れた昼だった。午前中の仕事が一段落したのが十一時少し過ぎ。白旗のおっさんが珍しく、

「休憩していいぞ」

といったので、俺は私服に着替え、「リバーサイドシャトウ」をでたのだ。多摩川の土手をぶらぶらと歩き、たまに寄るコンビニで弁当を買い、河原で広げた。

川べりには平日だというのに、結構な数の釣り人が並んでいた。年寄りばかりかというと、そうでもない。三十代や四十代の、どう見ても働き盛りというおっさんもいて、

折り畳み式の椅子にかけ、竿先を川面に向けている。

おかしいのは、釣り人が、まるで計ったかのように等間隔で並んでいることだ。つるんできたおっさんもいるだろうに、なぜか、ぴったり五メートルくらいの間をあけて、すわっている。野球帽や麦ワラ帽子、きちっとしたフィッシングウェアからその辺で庭仕事でもしてそうなのと、格好はばらばらなのに、すわる位置だけはきれいに決まっているのだ。

俺はそういうおっさんたちの背中を眺めながら弁当を食べ、煙草《たばこ》を吸った。

少し前までなら、釣りをやる人間なんて、よほどの暇人《ひまじん》か阿呆だと思っていた。海の魚なら、まだわかる。食べる楽しみがあるからだ。だが川の、それもとてもじゃないがここで泳いでいたかと思うと食う気も起こらない、濁った多摩川の魚を釣ろうという奴の気が知れなかった。

世の中には、もっと楽しいことが山ほどあるのだ。魚を釣るくらいなら、きれいなおねえちゃんを釣っているほうがよほど楽しい。

人生に、他の楽しみが何もないような、哀れな連中の遊びが川釣りだとしか思えなかった。

だが「リバーサイドシャトウ」に叩《たた》きこまれ、管理人助手を七ヵ月やって、ときおりこの河原で弁当を食べているうちに考えがかわってきた。

ひとつは、ここの、のんびりとした時間の流れだ。

天気がいい日に河原にすわっていると、東京にもこんなにいたのかと驚くくらい、いろいろな種類の鳥の鳴き声が聞こえてくる。

青い空に浮かぶ白い雲がゆっくりと流れていくさまをあおむけになって眺めるうちに、時間はあっというまに過ぎてしまう。

俺に許されているのは、正午から午後一時までのたった一時間だ。どんなに気持がよくても、それを過ぎてこの河原にいることは許されない。

サボリは即、廃棄処分、つまり死を意味する。七ヵ月のあいだに、白旗のおっさんはだいぶ俺を認めてくれるようになったが、それに甘えたら多分アウトだと、俺にはわかっている。

それは「リバーサイドシャトウ」の管理室の掟《おきて》であると同時に、住人の掟でもある。極悪人しか住まない、「反社会的勢力」による、「反社会的勢力」に属する者のための、専用高級住宅である「リバーサイドシャトウ」には、馴《な》れ合いや温情が存在する余地はない。住人が生きているのは、だまし合い殺し合うのがあたり前の世界だ。一瞬の油断や気のゆるみが破滅につながる。「ゴメンですんだら警察はいらない」といういい回しがあるが、ここでは「ゴメン」をいう前に殺される。

そんなところで毎日働き、暮らしていたら、朝からずっとこの河原で釣り糸をたれているおっさんたちが何ともうらやましくなってきたのだ。

いいな。釣れても釣れなくてもいいから、俺もここで日がな一日、ぼんやりしてみたい、と心から思うようになっていた。

祖父ちゃんと約束した一年まで、残り五ヵ月となり、少しだけ心の余裕も生まれている。とりあえず、顔を見かける住人には、俺が管理人助手であることは知れ渡り、いきなり刺されたり撃たれたりする心配はなくなった。

だからどこか、油断していたのかもしれない。「リバーサイドシャトウ」の敷地の外で、まさかトラブルに巻きこまれるとは、夢にも思っていなかった。


ワンボックスカーの車内は、運転席と後部席のあいだがカーテンで仕切られ、フロントグラスからは、うしろのようすがのぞけないようになっていた。

車にひきずりこまれた俺は、後部席のひとつにガムテープで両手首と両足首を固定され、口にタオルを押しこまれた。

そこには男がひとりいた。ネクタイなしでスーツを着け、一番奥の椅子で煙草を吸っている。俺をつかまえた五人のうち二人が車内に残り、あとの三人は外にでると、スライドドアを閉じた。

煙草を吸っていた男が携帯灰皿に吸いさしを押しこみ、俺の前へと移動した。

五十くらいだろうか。白髪の混じった髪をオールバックにして、メタルフレームの眼鏡をかけている。

男はまぢかから、しげしげと俺の顔を見つめた。

裏社会の人間じゃない、と俺は気づいた。

最初は会社と敵対する、どこかの組なりフロント企業の連中かと思ったが、微妙に雰囲気がちがう。殺すとか、よけいな威しも一切口にせず、ただてきぱきと俺をさらった。

「望月塔馬の馬鹿孫か」

男は淡々といった。

「西麻布のクラブで安物のＭＤＭＡを千錠、中国人留学生から買って以来、行方不明になっていた。そのＭＤＭＡは、ナイジェリア人に卸《おろ》す筈だったが、結局誰の手にも渡っていない。今どきＭＤＭＡの密売くらいで切った張ったをする極道もいないんで、クスリの横どりを狙《ねら》った別のナイジェリア人にでもさらわれたかと思っていたが、死体も見つからないし、周りも騒がない。望月塔馬の孫が殺されたなら、ふつうはそれなりの騒ぎになるものだろう。いくらクスリと女のことしか頭に詰まっていないクソガキでもな」

本当のことをいいすぎだろう、このオヤジ。俺はにらみつけた。

「だいたい祖父さんの望月が、孫が行方不明だというのに落ちついているのが妙だ。そうしたらなんと、『リバーサイドシャトウ』に、お前そっくりの管理人が入ったというじゃないか。よく殺されずにいられたもんだ。お前の祖父さんに気兼ねするような住人がいるとも思えんが」

男の正体がわかった。しかしやけに手間のかかることをするもんだ。

「喋りたいか？　おい、タオルとってやれ」

男の問いに俺が頷くと、車内にいた別の男が俺の口に指をつっこんだ。思いきり噛《か》んでやろうかと思ったが、正体に関する俺の勘が外れていたらヤバいので我慢した。

タオルを押しこまれたときに頬骨をワシづかみにされ、痛みが残っている。俺はまず、顎がきちんと動くかどうかを試した。

「いいのかよ、こんなことして」

それから男にいった。

「お前の祖父さんが恐いか？　別に恐くないいな」

男は落ちついていた。虚勢を張っているようにも見えない。

「そうじゃねえよ。マッポがこんなことしていいのかっていってるんだ」

男は目を丸くした。

「ほう。よくわかったな」

「馬鹿じゃなきゃわかるさ。耳の潰れてる野郎ばっかりだ」

俺は車内に残っている二人を目で示していってやった。極道には空手好きは多いが、柔道好きはあまりいない。

「なるほど。そういうこざかしさがあるから、あそこで殺されずにやってこられたんだな」

「何なんだよ」

俺はむかついた。とにかくいやみな野郎だ。こいつらが警察でも、俺の今の立場を改善してくれるという期待はもてない。たとえ「リバーサイドシャトウ」から連れだされたとしても、一生守ってくれる筈がないからだ。

「お前、好きであそこにいるのか」

男が訊ねた。

「そんなわけないだろう」

男はにやっと笑った。笑うとよけいにいやみな顔になる。

「おいたが過ぎて、お灸《きゆう》をすえられたわけだ。お前の祖父さんも粋《いき》なことするじゃないか」

「ふざけんなよ。俺に何の用だ」

男の笑みが消えた。いきなり平手打ちをくらった。

「のぼせるな、小僧。お前みたいなクソガキには何の興味もない。お前があのマンションで切り刻まれようが殴り殺されようが、知ったことじゃない」

「だったらなんでさらうんだよ」

「訊きたいことがある」

「これが人にものを訊こうって態度か。お前なんかに何も教えてやるもんか」

頭にきて俺はいった。警察なら、どんな悪態をつこうと、殺される心配はないからな。

男はだが怒ったようすもなく、いった。

「あまりなめるなよ。確かに俺たちはマッポだが、ふつうのマッポじゃない。お前の両手両足を縛って、夜になってから多摩川にほうりこんだってかまわないんだ。第一、お前みたいなクズは、今のうち消しといたほうが手間いらずだろう」

「やってみろよ」

「度胸だけはいいな。それもマンションの外だからか？　あそこじゃそんな見得《みえ》を切ったら、たちどころにおだぶつだろうが」

俺は黙った。やけに詳しい。男は再び笑った。

「驚いたか？『リバーサイドシャトウ』がどんなところか、俺たちが知らないとでも思ってたのか。とっくに調べあげてある。あそこは、この国でも指折りの凶悪犯罪者の巣窟だ。あそこに住んでいる奴らだけで、犯した殺人の数は百を下らんだろう。まったく、とんでもねえマンションだよな。そういう奴らが枕を高くして寝られるように、セキュリティには手間と金をかけていやがるのだから」

俺の目をのぞきこみ、男はいった。

「だったらなぜほっておいてるか？　簡単だ。一ヵ所にまとまってくれてるほうが、見張りやすいからだ。プロの殺し屋、モグリの医者、詐欺師、亡命した独裁者、そんな奴らがちりぢりになって住むより、我々はよほど助かるからな。もしあそこの誰かにガサをかけてみろ。翌日には他の住人はひとり残らず消えちまう。そんな面倒はごめんだ」

そして上着から写真をとりだし、俺の顔につきつけた。

「知ってるか」

知るかといおうと思っていたが、写真を見て気がかわった。

「知らない奴がいるのかよ」

写真は、ジェーン・ホワイトだった。本名は白何《バク》とかいう、香港出身の歌手兼女優で、アジアでは有名だ。白人の父親と東洋人の母親のあいだに生まれ、十八歳から日本に留学していた。香港だけじゃなく、台湾や中国本土、韓国、日本でも人気があって、最近はハリウッド映画にまで進出していた。年は俺なんかよりずっと上の四十歳くらいだが、ガキの頃からさんざんテレビで顔を見ている。

「最近、会ったか」

「はあ?」

あきれた声をだしてから気がついた。つまり、ジェーン・ホワイトは「リバーサイドシャトウ」の住人だってことだ。

ありえない。一度も見ていない。同時に、俺の「はあ」は、男に知りたい答を与えてしまう結果になった。

男は何度も頷いた。写真を懐にしまい、

「まだ現われてないんだな」

とだけいった。

俺は舌打ちし、うなだれた。こいつに何も教えてやるもんかと思っていたのが、みごとに答を教えちまった。

「住人なのかよ」

俺はしかたなく訊いた。男は答えず、そっぽを向いた。車内に残った二人にいう。

「いいぞ、こいつをほうりだせ」

「ふざけんなよ！　訊くだけ訊いて、終わりかよ」

まるで聞こえていないかのように、男は煙草をとりだし、火をつけた。

俺を固定しているガムテープを男たちははがしにかかった。ひとりがいった。

「痛い思いをしたくなかったら暴れるな」

俺は自分の間抜けさに腹を立てていた。まさかの展開だ。

「そうだ」

男は煙草を口からはなし、いった。

「白旗に伝言しとけ。コクヘンした、と」

「何？　何だって？」

男は俺をじろっと見た。

「聞こえたろう」

2

管理室に戻ったのは、一時三分過ぎだ。壁にかかっているでかい時計の下で、白旗のおっさんはおっかない顔をしていた。

「調子にのるな！」

いきなり怒鳴りつけられた。

「昼の休憩は一時までと決まっている。今、何時だと思っている?!」

「拉致《らち》られたんです」

「下らんいいわけを」

「本当です。拉致ったのはマッポです。車にひきずりこまれて、写真を見せられました」

おっさんの表情がかわった。凶暴なゴリラが、ときどき思慮深いゴリラになる。考えてみると、本物のゴリラも味のある顔をしているもんな。

「まさか住人のことを喋ったのじゃないだろうな」

「喋ったら、廃棄でしょう？」

「当然だ」

「でもあまりに意外だったんで……」

「何がだ」

「ジェーン・ホワイトの写真だったんです。それで最近会ったか、と訊かれ、『はあ』って、いっちまいました」

おっさんの表情はかわらなかった。

「知らないんすか、ジェーン・ホワイト」

「知ってる」

「マッポの訊きかただと、まるでここの住人みたいだったんで、まさかと思っちゃったんです。でもそれが答になったみたいで」

俺はうなだれた。

「管理室の規約違反だ」

冷酷におっさんはいった。

「住人だって知ってたら喋りません」

おっさんは黙っている。

「ちゃんと帰ってきたじゃないですか。ヤバいと思ったら、ここに帰ってこない」

「お前にいくところなんかないからだ」

むかつく台詞《せりふ》だが、本当だ。

「あと、マッポの親玉みたいのが、白旗さんに伝言がある、と。知り合いですか」

「どんな伝言だ?」

おっさんは俺の問いには答えず、訊いた。

「それが意味不明なんです。コクヘンとかカクヘンとかいいやがって。訊き返したけど、教えてくれなかった」

おっさんの表情が暗くなった。

「コクヘンといったんだな」

「そんな感じでした。どういうことです？」

「もういい。九階のタイル貼りにいけ」

おっさんは首をふった。九階通路のタイルが一部はがれていて、午後はその補修をすることになっている。

おっさんは椅子をくるりと回転させ、館内のモニターに目を向けた。こうなったら、何をどう話しかけても返事はない。

俺はあきらめて管理室をでていった。


九階のエレベータホールと通路のつなぎ部分のタイルが一枚割れ、周囲の二枚がはがれかけている。それを直すのが仕事だった。

専用の接着剤と予備のタイルを手に、俺は九階に登った。

通路には、午前中届き、俺が運びあげた宅配便のダンボールがそのままになっていた。九〇四号室あてに届いた箱だ。ひと抱えある大きさだったが、もってみると意外に軽く、安心した。箱の中身が印刷通りなら、「ずんぐりコーン」て菓子だ。

九〇四号室の住人を、俺はモニター以外ではまだ一度も見たことがなかった。食事のデリバリィが週に二、三回あり、あとは今日みたいな宅配便がひと月に一度届く。部屋を一歩もでない、典型的な引きこもりで、きっと命を狙われているのだろう。

割れたタイルの残りを工具を使ってはがし、周囲のタイルも欠けているのは新しいのにとりかえて接着していると、その九〇四号室の扉が開いた。

住人とはあまり目を合わせないことにしているのだが、ちょうどタイミングが合っちまい、ダンボールを運びこもうとした男と正面から向き合う格好になった。

向こうも通路に俺がいるとは知らなかったようで、驚いた顔をしている。

「あ、すみません。管理室の者です。タイルの補修を今おこなっております」

俺は急いでいった。向こうは初めて俺を見るわけだから何をされるかわからない。

男は若かった。俺のちょい上くらいだろう。ロン毛をヘアバンドで固定し、Tシャツから陽に焼けた腕がのぞいている。引きこもりにしては陽焼けしているし、体つきもしまっていた。

「ああ……新しく入った助手って……」

「そうです。望月といいます。よろしく」

俺はいって頭を下げた。男はくすっと笑った。

「よろしく。俺はタチバナ」

そういってダンボールを運びこむと、扉を閉めた。

名乗ってくれただけでもたいしたものだ。住人の大半は、俺のことなど人間扱いしていない。

タイルを貼り終え、できばえにちょっと感心した。ここにくるまで知らなかったが、俺には工作の才能があるみたいだ。

九〇四の扉が開いた。

「お茶でも飲むかい」

タチバナが顔をのぞかせ、いった。俺はびっくりした。そんな親切をされたことなどない。

「あ、いや、でも……」

しどろもどろになったのは、毒物婆あのフルヤさんのことが頭にあったからだ。勧められてあがったら、何をされるかわからない。といって、断わるのもおっかない。

「大丈夫、大丈夫。変なことしないから。電話以外で人と喋るの、半年ぶりなんだよね」

タチバナはいって、笑いかけた。

「いいんですか。俺なんか――」

「望月さんだろ。タクマって呼ぼうか、それとも」

「えっ。俺の名前、知ってるんですか」

「このマンションの運営会社のコンピュータものぞいてるからね。さ、入って」

俺はうながされるままに、九〇四号室に入った。

まず驚いたのは、リビングに並んでいるモニターの数だった。でかい安楽椅子に腰かけたまま、六台ものモニターが見られるよう上下左右にセットされている。

「これが俺の仕事」

タチバナは明るい声でいって、ソファのひとつを俺に勧めた。

「コンピュータの専門家なんですか」

「そう。コーラといちごオレ、どっちがいい?」

「じゃ、コーラを」

ほっとしたことに封を切っていないペットボトルをタチバナはさしだした。

「小腹がすいてたらどうぞ」

ソファのわきにおかれたダンボールをタチバナは示した。運びあげたのと同じ「ずんぐりコーン」の袋がぎっしり詰まっている。

「好きなんですか、『ずんぐりコーン』」

「主食だから、俺の。これ以外のもの食うのって、三日に一回くらいじゃない」

モニター群の前の椅子にすわり、キィボードに指を走らせながら、タチバナは答えた。

「へえ。でも体に悪くないですか」

「サプリメントは飲んでる。あと、体も鍛《きた》えてるしね」

いわれてみると、リビングの隅には、トレーニング用のマシンと陽焼けサロンにあるようなボックスがあった。

「これ、陽焼け用ですよね」

「そう、紫外線ランプ」

「個人でもってる人、初めて見ました」

「なんていうかな。ハッカーってさ、体が弱そうじゃん。引きこもりでジャンクフードばっかり食ってて。ま、俺もそうなんだけど。だからイメージかえようと思って」

トレーニングマシンと陽焼けランプというわけだ。

「でも、こんなことといったら申しわけないですけど、外にでれば——」

「それが駄目なんだ」

タチバナは首をふった。目はずっとモニターに向けられていて、俺のことなんて一顧だにしない。

ついてけない。

「前にさ、『ころころコーン』が好きだったんだよ。ずっと箱買いしてて。それがあのメーカー、使ってないって表示してる遺伝子組みかえコーンを使ってるのがわかってさ。頭にきて、ウイルスつっこんで会社のシステムをめちゃくちゃにしてやった。あそこって一族経営なんだ。それもあんまりタチのよくない一族で。俺のこと、どっからか調べて、狙ってるらしいんだよね。関西のやくざに頼んで」

「あの、なんで遺伝子組みかえコーンを使ってるってわかったんですか」

「穀物メジャーってわかる？　小麦とかトウモロコシを扱ってる、アメリカの巨大商社なんだけど。そこに頼まれてハッキングしたことがあるんだ。アメリカ農務省を。そんときに、組みかえコーンの輸出先として、メーカーの名前があって。あそこって『ころころコーン』しか、トウモロコシを原料にした菓子を作ってないんだ。だから天誅を与えてやったってこと。ま、それでヤバくなって、一年前にここに越してきたんだけどさ」

「へー。そうなんですか」

七ヵ月前なら、こんなコンピュータオタクと仲よく話すなんて、想像もしなかったろう。

「そういや、タクマ、ちょっと前に山之みくるのこと、かばってやってたろう。『みかん会』とかいうストーカー連中から。ネットで見たよ」

「ああ、あいつらすか」

駐車場からマンション内に侵入しようとした馬鹿が三人、十五階のハブレさんの愛人兼ボディガードに撃ち殺された。

「三人死んだろう、『みかん会』」

「どうしてそれを？」

「翌日、運営会社の内部報告に特別回収三体って、でてたからさ」

何のことはない。管理室には、メールやファクスによる報告を禁じておきながら、会社の内部ではメールのやりとりをして、それをしっかりハッキングされているわけだ。

「あ、運営会社をのぞいてることは秘密ね。俺、ここを追いだされちゃうから」

ハッキングに関しちゃ凄腕《すごうで》かもしれないが、タチバナは口が軽かった。もっともそんなものかもしれない。生身の人間と半年も口をきかないでいたら、俺だって誰とでも仲よくなれる。

俺はタチバナの言葉に頷いた。

「もちろんです。でもタチバナさんてほとんどこの部屋をでないですよね」

「そうね。ゴミだしのときくらいかな。ま、それもひと月に一回だけど。飲みものや食べものは全部届けてもらってるし。あー、キャバクラいきたいなぁ。あの一件でもめるまでは、しょっちゅういってたのにさ」

俺もキャバクラには多少詳しい。なつかしさもあって、二人で新宿のキャバクラ話で盛りあがった。特に大ウケしたのは、歌舞伎町のキャバクラにはもてそうな客がほとんどいないって点で意見の一致を見たときだ。デブかハゲか爺《じじ》いか、そのすべてかで、しかも自分はもてている気になって、せっせと通っている。だから逆に、少し見てくれがまともな客だと、入れ食いになることがある。

大笑いし、そして俺たちは顔を見合わせた。

「まだ当分先だな」

寂しそうにタチバナがいった。

「いつまでヤバいんですか？」

「あともうちょっと。あの一族、追いだしてやろうと思って、ネットでヤバいネタをまいてるし。そのうち週刊誌とかで騒がれだす筈だから。あと一、二ヵ月かな。タクマは？」

「あと五ヵ月です」

キャバクラなんて今や、遠い宇宙の彼方だ。

「五ヵ月か。ヤバいっちゃヤバいけど、ここってさ、めったに見られないようなものを見られるじゃん。期間限定なら、ありだよね」

それは住人だったらそうだろう。

「タチバナさんて、ここの住人に詳しいんですか」

「なんで？　俺はヒッキーじゃん」

「でも会社のデータベースとかのぞいているんでしょう」

「まあね。でも管理室のほうが情報もってるだろう」

「管理人はそうですけど、俺はただの助手、すから」

タチバナはにやりと笑った。

「どの部屋のことを知りたいの？」

「ジェーン・ホワイトってわかります？」

「香港の歌手？」

「ええ。ここに部屋を借りてるみたいなんですけど」

「まさか」

タチバナは笑ってキイボードを叩いた。

「先月、データベースからひっぱった住人名簿があるから見てみるか」

モニターのひとつにリストらしいものがずらっと映しだされた。それに目を走らせ、タチバナは首をふった。

「いないよ」

「いいすか」

俺は許可を得てモニターをのぞきこんだ。ジェーン・ホワイトではなくて、白なんとかという中国名で契約しているかもしれない。

だが「白」という名もなかった。かわりに「黒」という名を見つけた。「黒小蘭」、いかにも悪女って感じの名だ。四〇三号室。

四〇三は、やはり住人の出入りを一度も見たことがない部屋だった。

同時に、俺は、マッポの親玉が白旗のおっさんに伝言だといった「コクヘン」という言葉を思いだした。「コクヘン」のコクは、「黒」という意味じゃないのか。

「この四〇三の住人のこと、わかりますか」

「中国人の女の名前だよな。今はまっ昼間でやりにくいからさ、夜中に調べてやるよ」

タチバナは愛想よく頷いた。

「ありがとうございます」

そろそろ戻らないと、またゴリラにどやされる。

「じゃ、夜にでもまた、顔だします」

「オッケー。十二時過ぎにしてよ」

「了解です」

九〇四をでてエレベータに乗りこんだ。「リバーサイドシャトウ」の住人にも、けっこういい奴がいるじゃないか。

俺は管理室に入ると、

「作業終了しました」

とおっさんに告げた。おっさんは、ん、と頷いただけだ。ロッカーに補修に使った工具類をしまった。

「次は何します？」

「別にない。ここにいろ」

いわれてコーヒーを注ぎ、俺は椅子に腰をおろした。見るともなくモニターを見ていると、三〇四号のスミスが、三階のエレベータホールに立つ姿があった。スーツにネクタイをしめている。

「珍しいすね。ネクタイしてますよ」

俺は示した。スミスは元CIAだと聞いている。工作費の使いこみでクビになったらしい。

エレベータを使って地下駐車場に降りたスミスは、止めてあるポルシェに乗りこみ、マンションをでていった。スパイというより、詐欺師みたいな白人だ。

「嫌な予感がする」

おっさんがつぶやいた。

「何ですって?」

俺が訊き返したとき、マンションの外で雷が落ちたような、すごい轟音《ごうおん》がして、建物が揺れた。

俺はすぐに外の監視カメラにメインモニターを切りかえた。エントランスから、建物外壁にとりつけたカメラまでスイッチしていくと、いきなり炎と黒煙が映った。

「何だぁ」

俺はモニターをのぞきこんだ。映像は、駐車場をでてすぐの私道だ。

「車が燃えてます」

「消火器!」

おっさんが叫んだ。

「いや、これ一一九番でしょう。消火器じゃまにあわないっす」

「いいからこい!」

白旗のおっさんに怒鳴られ、俺は大型の消火器を手に走った。

燃えているのは、スミスのポルシェだった。

消火器の泡をぶっかけたが、ガソリンが燃えているのだ。そんな程度ではとうてい追いつかない。

やがて誰かが通報したのか、消防車がやってきた。私道とはいえ、マンションの敷地外だから、俺もおっさんも見ている他ない。

火がようやく消えると、ポルシェの残骸《ざんがい》から、黒焦げのスミスが運びだされた。それを見て、俺は吐きそうになった。

場所が場所なので、野次馬は河原にいた釣り人くらいだ。

パトカーが近づいてくるのを見て、おっさんは、

「戻るぞ」

といった。事情聴取されたくないのだ。

二人で駐車場のシャッターをくぐった。そのとき、

「おい、白旗」

と声をかけてきた男がいた。野次馬の中に、あのマッポの親玉がいた。

3

おっさんは一瞬足を止め、男を見つめた。が、何もいわず、背を向けた。

「おい望月、ちゃんと伝言したのか」

男が今度は俺にいった。俺も無視することにした。すると白旗のおっさんが、男をふりかえった。

「伝言はうけとった」

「何だって?」

口を一文字に切り裂かれているおっさんの言葉は、慣れていないと聞きとりにくい。

しかたなく俺は通訳した。

「うけとったっていったんだよ」

男はポルシェの残骸を顎でさした。

「これはお前んとこの住人だろう」

「知らん」

おっさんが答えた。すると男は野次馬を離れ、こっちに近づいてきた。半分下がったシャッターをはさんで、俺たちと向かいあう。

「偶然か? コクヘンした直後に、お前んとこの住人が吹っ飛ばされたのは」

おっさんはぎろっと男をにらんだ。

「知るか」

「乗ってたのは何者だ?」

「住人のプライバシーは明かせない」

「死体を調べりゃすぐにわかるんだ。いえよ」

どうもこの二人は本当に知り合いのようだ。

「スミス」

おっさんは少し間をおき、答えた。

「何だと？　今どきスミスだぁ」

「本当にスミスっつったんだよ。白人のおっさんだ」

俺はいった。おっさんが俺をにらんだ。

「よけいなことをいうな」

男はぐいっと顔を近づけた。

「おいっ、あのぶっ壊れっぷりは、ただの火事じゃない。爆弾をしかけられたのかもしれん。爆弾だったら、お前のところのマンションの駐車場でしかけられたものだ。どうする？　自慢のセキュリティがかたなしだぞ」

「やかましい」

おっさんは唸《うな》って、俺にいった。

「いくぞ。シャッターを閉めろ」

俺は管理室からもってでたリモコンでシャッターを降ろした。男はその場につっ立ち、もう何もいわなかった。

管理室に戻った俺は、すぐに駐車場の監視カメラの映像が入ったハードディスクを作動させた。

「何をやっている？」

メインモニターに映しだし、逆送りしていると、おっさんが訊ねた。

「調べているんですよ。本当に爆弾をしかけた奴がいないか」

「お前は馬鹿か」

得意のセリフがでた。

「爆弾なら、乗りこんでエンジンをかけた瞬間に爆発した筈だ」

「リモートコントロールってのもあるじゃないですか。スイッチでドカン、て」

「あれは対戦車ロケット砲だ。これを見ろ」

おっさんが駐車場の外を映すカメラの録画を作動させた。

シャッターをくぐったポルシェが画面の隅までいったところで、ひと筋の白い煙がのび、いきなり閃光《せんこう》があがっている。白い煙は、画面の外から一文字にポルシェにのびていた。

「対戦車ロケット砲って——」

「地下のロッカーで見たろう」

「いや、そういう問題じゃなくて。なんだってそんな代物を使うんです？　スミスを殺すにしても、もう少しおだやかなやりかたがあったんじゃないですか？」

どこかいってることがまちがっているような気がしないでもないが、俺はおっさんに訊かずにいられなかった。

「そういうやりかたが好きなんだろう。スミスだって馬鹿じゃないから簡単には殺せない。あのポルシェは防弾ガラス仕様だった」

「好きって、どんな奴です。まあ、いいや。会社に報告しないでいいんですか」

おっさんは唸り声をたてた。

「お前がしろ。ケース一の一が発生したといえ。一の一は、住人が殺された、というコードだ」

俺はしかたなく会社に電話をかけた。

「はい」

聞き慣れた無愛想な声が応えた。

「ケース一の一が発生しました」

「何号室だ」

「三〇四です」

「待て」

カシャカシャとキィボードを打っている気配があった。そんなんだからハッキングされるんだよ。

「死んだのはひとりか」

「そうです」

「殺したのは?」

「不明です。車でマンションの外にでたところをふっ飛ばされました。白旗さんの話では対戦車ロケット砲だそうです」

「外だと?」

「駐車場と一般道とをつなぐ私道です」

「わかった。明日、会社の業者を向かわせる。部屋の荷物をすべて運びだし、清掃させるんで、鍵を開けろ」

「え、いいんですか、荷物を運びだしちゃって。遺族とかいたら――」

いいかけた俺の言葉をさえぎり、

「そういう契約だ」

とだけいって、相手は電話を切りやがった。

「明日、業者が荷物をひきとりにくるそうです」

受話器をおろした俺は、白旗のおっさんに伝えた。おっさんはそっけなく頷き、モニターの映像を拡大した。ポルシェがふっ飛ぶ直前の静止画像だ。白い煙の手前に小さな人影が映っている。

「こいつが犯人すね」

おっさんの指がキィボードを叩き、人影を拡大した。

地面に片膝をつき、ＲＰＧ７を肩に担いでいる。顔は白煙に隠れて見えない。

「そのまま、コマを逆送りできますか」

俺がいうと、おっさんはあたり前だという顔で俺をにらみ、指で動かした。

白煙がＲＰＧ７に吸いこまれ、粗《あら》くはあるが犯人の姿が見えた。ニット帽をかぶり、大きなサングラスをかけている。さらに逆送りすると、犯人はＲＰＧ７を手に画面の外に消えた。

「どうします？」

警察に渡さないんですかとは訊かない。得意のセリフが返ってくるだけだ。

「ほっておく。殺《や》ったのはプロだし、敷地の外だ。俺たちには関係ない」

おっさんはいって、モニターの映像をリアルタイムのものに切り換えた。とたんに、エントランスの前に立つ、さっきのマッポが映しだされた。

インターホンを押し、マッポがいった。

「白旗、駐車場の監視カメラの映像を見せてもらいにきた」

おっさんはインターホンの応答ボタンを押した。

「あのカメラはダミーで映像はない」

「何？　望月、通訳しろ」

むかつくマッポだ。おっさんが俺に顎をしゃくったので、かわって、同じことを告げた。

「ふざけんな。令状もって乗りこむぞ」

「やれるもんならやってみろ。公安部に貸している部屋を閉鎖するぞ」

おっさんがいったので俺は仰天《ぎょうてん》した。このマンション、警察も入居してるのか。

「いいのか、セーフルームがなくなっても」

おっさんは尚もいった。

マッポはエントランスのカメラをにらみつけた。

「お互い知らない仲じゃないんだ。協力しあおうじゃないか」

「断わる」

「いいのか、お前、そんなことといって。竜胴寺さくらが先日、フランスの帰りにここに立ち寄ったろう。その上、コクヘンまで押しかけてきたら、ここは戦場になるぞ」

竜胴寺さくらの名を聞いて、おっさんの体がびくりとした。あの女だ。モン・サン・ミッシェルのクッキーを届けにきた、おっさんの口を切り裂いた女。

おっさんはマッポを連れて来るように指示した。

マッポが管理室に上がってくると、俺は言った。

「席を外します」

マッポが首をふった。

「望月はここにいろ。通訳をするんだ」

「ふざけんな。なんでそんなことしてやんなきゃなんないんだよ」

「いろ」

おっさんがいった。

「タケダは耳が悪い。お前がいなかったら話がなかなか通じない」

「そういうわけだ。お、コーヒーか。俺にもくれ」

タケダはいって、おっさんの横の椅子にかけ、煙草をとりだした。

「あと灰皿も頼む」

「禁煙だ」

おっさんがいった。

「なんだって。よく聞こえないな」

タケダは片耳に手をあてながら、くわえた煙草に火をつけた。おっさんが俺に目で合図をした。しかたなく俺は灰皿と紙コップのコーヒーをタケダの前においた。

「ジェーンのことを知らせてやろうと思ったのは俺の親切だ。それくらいわかるだろう」

タケダは煙を吹きあげ、コーヒーをすすった。フルヤさんからもらったア、メ、ち、ゃ、ん、でもそのコーヒーにぶちこんでやりたい。

「それはすまなかったな」

おっさんは表情をかえずにいった。

「今度はあいだが長かったな。二年か？」

「一年と十ヵ月だ」

タケダの問いにおっさんが答えた。

「どのくらいで戻るんだ？」

「一定はしないが、最長で一ヵ月。短ければ半日だ」

何を話しているのだか、まるきり理解できないまま、俺は通訳した。

「コクヘンして日本に入国したのか」

「した。三日前だ。成田に映像が残っていた」

今度はおっさんの問いにタケダが答えた。

「日本にきた以上は、ここに立ち寄るだろう。お前がいるのだし」

タケダは意味ありげにいった。おっさんは答えない。

「ところでさっきのマル害は何者だ」

「だからいったろう、スミス。国籍はブラジル」

「何の商売をしていた?」

おっさんは黙った。タケダはいやみな笑みを浮かべ、おっさんの顔をのぞきこんだ。

「ギブアンドテイクだぜ、白旗」

おっさんは息を吐いた。

「元CIA。工作費の使いこみでクビになった。防衛省の非公式顧問をしていた」

おっさんが答えたので俺はびっくりした。タケダにどんな弱みを握られているんだ。

「なるほど、防衛省か。だが殺られたのは防衛省がらみじゃねえな。昔の恨みか」

「ボリビアとシエラレオネで現地政府の財産を横領した疑いをもたれていた」

「ボリビアならあるな。だからアメリカに住めなかったんだな」

タケダは頷き、立ちあがった。

「殺ったのはプロだ。カメラに何か映ってたか」

「RPG7だ。私道で待ち伏せて、ポルシェにぶっ放していた。犯人までは映りこんでなかった」

おっさんは平然といった。タケダは首をふった。

「映っていたってプロじゃどうしようもない。今頃、空港に向かってるだろう。手間とらせたな」

俺はあきれた。いいのか、警察がそんなにやる気がなくて。

タケダは管理室をでかけ、おっさんをふりかえった。

「ジェーンによろしくな」

おっさんが黙っていると、タケダは首をふった。

「なんだってあんな美人がお前に惚れたんだろうな」

タケダがでていったあと、俺はただたまげておっさんを見ていた。あのジェーン・ホワイトがおっさんに惚れている。どういうことなんだ。

「何も訊くな」

おっさんがいったので、俺は頷く他なかった。

4

その晩の一時、俺は九〇四号室を訪ねた。

「いらっしゃい」

タチバナはにこやかに俺を迎えた。汗染みの浮いたスウェットを着ている。

「タクマを待つあいだ、トレーニングしてたんだ。着替えるからちょっと待ってよ」

俺にダイエットコークのボトルを渡し、バスルームに消えた。やがてシャワーを浴びたのか、濡れた頭をふきながら、別のスウェットを着て戻ってきた。

「さてと、じゃちょっくらのぞいてみるか」

タチバナはモニター群の前に腰をおろした。

「ハッキングって、そんなに簡単にできるんすか」

猛烈な勢いでキィボードを叩き始めたタチバナに、俺は訊ねた。

「最初に入りこむのが一番面倒かな。一度入っちゃえば、次は簡単に入れるよう、専用のドアを作っておく」

「でもそのドアが見つかったら、ここがばれるんじゃありませんか」

「ぜーんぜん」

タチバナはいちごオレの紙パックにストローをつき刺しながら首をふった。

「世界中をぐるっと回って入ってるんで、追跡はできっこない。そこはプロですから」

ぽんとキィボードを叩いた。モニターにざっと表が映った。

「四〇三の、会社のデータだよ」

俺はモニターに近づき、のぞきこんだ。借り主は「黒小蘭」、女性。契約は四年半前。

「写真、あるよ。会社は契約時に入居者に写真を提出させてる」

「見せて下さい」

英文の契約書らしき文書がモニターに映った。写真が貼られている。

「やっぱり」

「おっと」

俺とタチバナは同時に声を発した。

写真はジェーン・ホワイトだ。

「こんな有名人が住んでいたんだ。職業は『シンガー』になってる」

タチバナは俺をふりかえった。

「見たことあるんだ」

俺は首をふった。

「一度もないです」

「でもなんでこんなとこ住むんだ？　山之みくるみたいに、ストーカーに追っかけられているのかな」

そうじゃない気がした。タチバナはカシャカシャとキイボードを叩いた。

「トランクルームに荷物も預けてるし、家賃は香港銀行の口座から引き落としになってる」

地下のトランクルームをジェーン・ホワイトが借りていると聞いて、俺は興味をそそられた。白旗のおっさんに見つかったら廃棄処分の危険はあるが、そこをのぞけば何かわかるかもしれない。

「他に何か、情報はありますかね」

「入居してすぐに特別回収を申しこんでる」

「えっ」

タチバナは俺をふりかえった。薄気味悪そうにいう。

「回収は三体。うち一体は、管理人助手となってるよ」

つまり俺の何代か前の先任者だ。

「やっぱ人ちがいじゃない？」

タチバナは首をふった。

「ありがとうございました」

「いいの、もう」

「充分です。そろそろ戻らなきゃならないですし」

俺はいって、玄関に向かった。

「あ、そう？　また遊びにきて。『ずんぐりコーン』食べに」

「またきます」

部屋をでて、もらったペットボトルを握りしめたままだったことに気づいた。

管理室に戻った。おっさんの姿はない。きっと自分の部屋にいる。

俺は地下トランクルームの監視カメラのスイッチを切り、予備のマスターキィをとりだした。ちらっとのぞくだけだ。ちらっとのぞいて、すぐ戻ればバレない。

エレベータで地下に降りた。トランクルームは大きな部屋で、内部に各戸別の大型ロッカーがおかれている。部屋に入るカードキィとロッカーを開くキィは別だが、マスターキィなら両方開けることができる。

トランクルームの扉を開けると、自動で照明が点灯した。部屋番号を記された扉がずらっと並んでいる。背筋がぞくぞくした。でかい棺桶を並べた死体置場みたいだ。トランクルームの扉を閉めた。自動でロックがかかり、照明が消える。俺は腰に吊《つ》るした懐中電灯をつけた。ロッカーの番号を確認しながら、四〇三を探した。すぐに見つかった。

四〇三の扉にマスターキィをさしこもうとした、そのときだった。トランクルームの扉のロックが外れる音がした。

やばい、誰かきた。

俺はとっさに四〇二のロッカーをマスターキィで開け、中にとびこんだ。四〇二は空き部屋だった筈だ。

ロッカーの大きさは一畳くらいある。奥に棚がとりつけられていて、手前に大きな荷物、棚に小物類をおく仕組だ。

ロッカーの扉を内側から閉めた瞬間、トランクルームの扉が開く、ごろごろという音が聞こえた。

俺はロッカーの床にしゃがみこんだ。話し声がした。どうやらひとりじゃないようだ。

「こんな夜中にごめんなさい」

女の声がいった。

「どうしても必要になったから」

ぴんときた。ジェーン・ホワイトだ。

「いつまで日本にいるんだ」

男の声、それも白旗のおっさんの声がいった。

「しばらくはいる。契約があと一件残ってるの」

四〇三のロッカーが開く、がしゃんという音がして、俺はびくっとなった。ロッカーの扉の下には空気孔がある。目をあてた。

おっさんとジェーン・ホワイトの姿が見えた。ジェーン・ホワイトはキャップをかぶり、ジーンズ姿だ。手に練習用のゴルフバッグをもっていた。クラブを二、三本入れてもち歩くためのケースだ。

「またここの住人か」

おっさんがいった。母国語でもないのに、ジェーン・ホワイトはおっさんの言葉を理解できるようだ。

ゴルフバッグをロッカーに入れようとしていたジェーン・ホワイトの手が止まった。

「あなたには関係ない」

「関係あるさ。君がここで仕事をしたら、私が困る」

「それだけ？」

ジェーン・ホワイトはくるりとおっさんをふりかえった。俺は息を呑《の》んだ。ジェーン・ホワイトはどこからとりだしたのか、拳銃を握っていた。銃口を、おっさんの顎の下にあてがった。

「本当はきてほしくないんでしょう」

冷たい声でジェーン・ホワイトはいった。

「わたしに戻って欲しい、ジェーン・ホワイトに。ちがう？」

「そうだ」

「ごめんなさい。今のわたしはジェーン・ブラックよ。戻る気はない。少なくとも、もう一件の契約を終えるまでは」

おっさんはあきらめたように目を閉じた。

「俺はもう、二度と君にコクヘンしてほしくないと願っていた」

「コクヘン？　おもしろい。日本人っておもしろい言葉を使うのね」

「警察でも、その言葉を採用してる」

「名付け親はあなた？　白蘭春《ハクランシュン》が黒小蘭《コクショウラン》にかわるから？　黒く変わるという意味なのね」

「そうだ」

「わたしが黒変しなかったら、あなたとは出会わなかった。それでも二度と黒変してほしくない？」

「君には、歌手としての人生だけを歩いてほしかった」

「わたしは女優でもあるの。忘れた？」

おっさんは目を開いた。

「わかっているよ、もちろん。ジェーン・ホワイトであるときの君の、私はファンだった」

「今はファンじゃない？」

「ジェーン・ブラックはね」

「人殺しが嫌いなの？　こんなところで暮らしているくせに」

カチリという音がした。ジェーン・ホワイトが、おっさんの顎の下にあてがった拳銃の撃鉄を起こしたのだ。

「好きとか嫌いの問題じゃない。今日、君はこのマンションの住人をひとり殺し、会社に損害を与えた」

「いくらでも次の住人は見つかるでしょう」

「それはどうかな」

「見つからないとしても、あなたが気にすることじゃない」

おっさんは息を吐いた。

「そうだな」

ジェーン・ホワイトは拳銃をおろした。撃鉄を元に戻す。その手つきを見て、拳銃を相当扱い慣れていると、わかった。

「今でもあなたが好きよ。でもわたしの仕事の邪魔をしたら容赦《ようしゃ》はしない」

ジェーン・ホワイトはいって、ロッカーにゴルフバッグをしまい、スーツケースをとりだした。ロッカーの扉を閉める。

「さよなら、シロハタ。久しぶりに会えてよかった」

おっさんの頬に、チュッと音をたててキスをした。そして足早にトランクルームをでていった。

何がなんだかさっぱりわからなかったが、俺は全身汗まみれになっていた。

それは白旗のおっさんも同じで、額《ひたい》に汗が光っている。

おっさんはしばらくそこにつっ立ったままうつむき動かなかった。

やがて顔を上げ、いった。

「でてこい。そこに隠れてるのはわかっている」

俺はロッカーの扉を開いた。

「カメラのスイッチが切ってあったんで、そうだろうと思っていた。もしジェーンに見つかっていたら、その場で殺されたろう」

「どうなっているんすか。俺にはさっぱりわからない」

「わかる必要はないが、教えておいてやる」

いって、おっさんは長いため息を吐いた。

「ジェーン・ホワイトの中には、もうひとり別の人格がいる。というより、彼女は二人でひとりなんだ」

「二重人格ってことですか」

「昔はもっといた。多重人格症で、最大七人が、彼女の中にいた。だがひとつの人格が、五つの人格を殺し、二人が残った」

「それが、黒小蘭」

「そうだ。黒小蘭は、プロの殺し屋で、白蘭春を演じることができる。ジェーン・ホワイトとして世界中を旅しながら、暗殺を請け負う。一方、白蘭春は黒小蘭を知らない。だから白蘭春になったとき、彼女は黒小蘭のしたことをまるで覚えていない」

「なんでそこまでわかってて、警察はつかまえないんですか」

「確実な証拠がないのと、逮捕して裁判にかけても白蘭春を演じられたら、心神喪失で有罪にできない可能性があるからだ。国際的にあれだけ知られた芸能人を逮捕し、有罪にできなかったら、どれほどの損害賠償《ばいしょう》を請求されるか、わからない。あるいは責任を追及される。それにこれまで彼女を使ってきた中国政府などが黙っていないだろう。万一、これまでの仕事のことを喋られたら、たいへんだからな」

「どうして彼女を知ったんですか」

おっさんは俺をにらんだ。

「調子にのるな。そこまでお前に話す必要はない」

「彼女、また戻ってくるんですよね」

「白蘭春に戻らなければな。黒小蘭が姿を現わす時間は短い。二年間に一ヵ月かそこらだけだ」

「そんなんでよくプロの殺し屋がつとまりますね」

「契約する側はわかっているし、代理人《エージェント》も急ぎの仕事はうけない。うければ必ず彼女はやりとげる。おそらく今日のスミスも、二年以上前からのオファーだったのだろう」

俺は首をふった。まったく、とんでもない住人もいたもんだ。

「彼女がマンション内で仕事をしなかったのは入居規約を守ったからだ」

「それは、よかった……すね」

おっさんは首を巡らせ、唇をひき結んだ。目は、ジェーン・ホワイトがでていったトランクルームの扉に向けられている。

「問題は、次の彼女の標的だ。まちがいなく、ここの住人だ」

「誰なんすか」

おっさんは俺に目を戻した。

「お前は馬鹿か。それがわかったら、苦労はしない」

だよな。

あと五ヵ月、なんとかなると思った、俺の考えは甘かったかもしれない。

おっさんの頬には、赤いルージュのキスマークが残っていた。

二〇一号室

1

生まれてこのかた、こんなに寒い十二月は初めてだ。東京じゃふつう、最低気温が氷点下までさがるのは年が明けてからのことが多いが、今年は十二月に入ってすぐ最低気温がマイナス二度って日がやってきた。

俺が管理人助手をやっている「リバーサイドシャトウ」は、多摩川の河原近くに建っている。そのせいか、風が吹くと猛烈に寒い。

二〇一号に新入居があった日も、風の強い、めちゃくちゃ寒い日だった。会社さし回しのゾンビどもが荷物を搬入するのを、俺は寒空の下、監督しなきゃならなかった。作業衣の上にジャンパーを着て、キャップと耳あてをつけていても、ときおり強風が吹きつけてくると、いてもたってもいられないくらい寒い。

生きる気力がとうになくなったようなゾンビどもですら、ガタガタ震えている始末だ。

二〇一号の新入居者は、サダムというエジプト人だった。日本語はほとんど話せない。会社によれば、サダムは高所恐怖症で、二階の部屋を希望し、尚かつ隣室がひとつしかない二〇一を選んだのだという。「リバーサイドシャトウ」は今、空き部屋が多く、会社は入居者の希望に沿った空き室を斡旋《あっせん》している。

「リバーサイドシャトウ」は十五階建てで、一階部分に居住部はなく、二階から上が賃貸スペースだ。

二階は二〇一と二〇三の二部屋が空いていて、サダムはすんなり二〇一に入居することになった。

英語は話せるというサダムの相手は、白旗のおっさんがした。口の両端を切り裂かれた傷跡のせいでおっさんの日本語はひどく聞きとりにくいが、不思議なことに英語になるとけっこう通じるようなのだ。

おっさんがこんなに英語が堪能だと知らなかったので、俺はびっくりした。

サダムの引っ越し荷物はたいして多くなかったが、木でできた長持《ながもち》のような衣裳ケースのでかいのが五つほどあって、それがめっぽう重いらしく、ゾンビどもはひいひいいっていた。

中身は何だとおっさんが訊ねると、サダムは肩をすくめ、ゾンビたちに手振りで荷物を降ろせと指示した。

開けてみろ、とおっさんに身振りで示す。

おっさんは長持の蓋《ふた》を開いた。ぎっしりと砂が詰まっている。

「サンド?」

訊いたおっさんに、サダムは「イエス、イエス」と頷いた。そしてペラペラ喋る。どうやら故郷のアスワンの砂で、祖先の何ちゃらが含まれているので、大切に持ち歩いているのだという。

「これ全部、砂ですか」

俺は積みあげられた長持を示して訊ねた。

「イエース」

神経質そうな顔にヒゲを生やしたサダムは答えた。

「まさか部屋にまいたりしませんよね」

おっさんが通訳すると、サダムは神妙な顔で、

「ノウ」

と否定した。

「だったらしょうがない。砂をトランクルームに入れろともいえん」

おっさんはいった。

引っ越しは午前中で完了した。荷物はすべて二〇一号室に搬入された。地下トランクルームに保管しなければならないような武器弾薬の類を、サダムはもっていないと申告した。

業者が帰ると、サダムはそのまま部屋にこもった。俺とおっさんは管理室で熱いコーヒーにありつく。

「エジプト人て、そんなに砂を大事にするんですか」

「聞いたことはないな」

管理室のモニターで、各出入口をチェックしながらおっさんはいった。引っ越しのあった日は、シャッターの降ろし忘れや、搬入から洩《も》れた家具の放置がありがちで、それを確認しているのだ。

「だいたいエジプト人かどうかも怪しいもんですよね」

俺がいうと、おっさんは俺をちらりと見やった。

「わかってますよ。住人のプライバシーは最優先だ」

おっさんは返事のかわりにフンと鼻を鳴らした。「反社会的勢力」による、「反社会的勢力」に属する者のための、専用高級住宅である「リバーサイドシャトウ」に、本名や国籍を明らかにする住人などいない。こないだ、マンションをでたところで乗っていたポルシェごとRPG7でふっとばされた三〇四号のスミスもブラジル人といっていたが、本当は元CIAのアメリカ人だった。

「他の住人に迷惑をかけたり入居規約を破らない限り、何をしようと住人の自由だ」

おっさんはマグカップを唇にあてがいながらいった。その「何を」の中には、殺人も含まれる。俺がここにほうりこまれてからじき十ヵ月になるが、その間だけで六人が死んだ。六人のうち、警察が捜査にやってきたのはスミスだけで、それはふっとばされたのが、マンションの敷地外だったからだ。敷地内で死者がでた場合は、特別回収業者に任せることになっている。

「あっ」

ぼんやり窓から外を眺めていた俺は声をあげた。

「雪です。降ってきやがった」

朝からどんより曇っていたから、もしかするとと思っていたが、大きな雪が風にあおられて宙を舞っている。

雪は見る見る激しくなり、吹雪のようになった。俺はパソコンを立ちあげ、天気予報のサイトを見た。

「げっ」

雪は今夜から強まり、明朝までに二十センチ積もると予測されている。

「明日は雪かきだな」

おっさんがぽつりといった。

「一時間早く起きるぞ。そのつもりでいろ」

2

翌朝午前五時前に起きた俺は、十分間ほどストレッチをした。以前掃き掃除をしていてギックリ腰をやったことがあり、中腰の姿勢がつづくであろう雪かきに備えて、体をならしておきたかったのだ。

ストレッチをしながら笑ってしまった。十ヵ月前には考えもしなかったことだ。雪かきに備えてのストレッチなんて。

まず雪かきをする生活がありえない。天候なんてまったく気にしたことがなかったし、寒かろうが暑かろうが、それに自分の体を合わせる必要はなかった。

寒けりゃ暖房をがんがんに入れて部屋にこもっていればいいし、暑けりゃ冷房だ。だいたい自分の体を守ろうなんて考えもしなかった。体力には自信があったし、そのくせ疲れることは大嫌いだった。

そんな俺が、ギックリ腰の予防にストレッチをしている。それも外がまだ暗い、午前五時に起きて。

午前五時まで遊んだことはいくらでもあるが、起きるのは、この「リバーサイドシャトウ」に叩きこまれてからだ。

これってもしかして「進歩」って奴じゃないのか。自分の体を自分で守ろうって頭が働くようになったのだからな。

ストレッチを終え管理室にいくと、白旗のおっさんがコーヒーをいれていた。二人分の防寒着と長靴、プラスチック製のシャベルなども用意されている。

「おはようございます」

俺がいうと、おっさんはそっけなく頷き、コーヒーの入ったマグカップをよこした。

前は安物の豆を使っていたが、最近は俺が買ってくる豆にかえて、味がよくなった。豆をかえた日、「よけいなことをするな」といわれたが、ひと口飲んだらそれ以上文句がでなくなった。以来、豆の買いだしは俺の役目だ。

「まず駐車場の出入口だ。住人が車ででかける前に傾斜部分の除雪をすませる。そのあと、エントランス周辺をやり、最後が他の共用部分だ」

おっさんがいい、俺は頷いた。

外にでると雪はやんでいたが、それまで見たこともない銀世界が広がっていた。しかも多摩川からの風にあおられたのか、壁ぞいに五十センチ以上はある雪の吹きだまりができている。

雪かきで大変なのは、雪を掘ることじゃない。掘った雪を邪魔にならない場所に運び、積みあげる作業だ。どんどんかさを増していくために、場所を考えないと、運ぶための通路がなくなってしまう。

ものの三十分で、俺とおっさんは息を荒くした。軍手をしていても、掌《てのひら》にマメができた。

駐車場周りの雪かきだけで一時間以上がかかり、エントランスの雪かきを始めたのは、午前七時近くだった。日が昇り、暑くなってきた俺は防寒着を脱いだ。

エントランスから外の公道につながる通路の除雪を終えたのは午前八時過ぎだ。まだひとりの住人にも会っていない。毎日通勤するような住人はいないのだから、当然といえば当然だが、これなら早起きする必要もなかった。

「よし。共用部にかかる前にひと休みする」

車一台分の幅を通路に確保すると、おっさんはいった。この通路に車が入ってくるとすれば、宅配便のトラックか住人を乗せたタクシーくらいだ。あとはここを訪ねてくる人間の車だが、今日はそんな車がきても止めておける場所はない。

白旗のおっさんがシャベルをかつぎ、エントランスに戻ろうとしたとき、車の音が聞こえた。

たった今、雪かきを終えたばかりの通路に、でかい黒と銀のツートーンの車が進入していた。ロールスロイスだ。チェーンの音をがらがらとたてながら、まっすぐ進んでくる。帽子をかぶった運転手の姿が見えた。「京都」ナンバーのプレートをつけている。

おっさんも音を聞きつけ、立ち止まっていた。ロールスロイスなんて、今どき、やくざも乗らない車だ。

ロールスロイスはまっすぐに通路を進み、エントランスの手前で停止した。制服姿の運転手が後部席のドアを開くと、背の高い男が降りた。カシミヤ製と思《おぼ》しい紺のジャケットにグレイのパンツ、白いシャツにペーズリー柄のアスコットタイをしている。オールバックにした髪にひと房白髪が入っていて、俺はちょっと見とれた。キザだが、それがまったく嫌みじゃない品がある。

面長《おもなが》で、陽焼けしていた。

「昨夜のうちに上京するつもりだったのだが、雪で道路が大渋滞していてね。今、たどりついたところだ」

男はいきなりいった。白旗のおっさんを見ている。おっさんもじっと男を見返しているところをみると、二人は知り合いのようだ。

「帰りは新幹線のほうが賢明かもしれない」

いって、男は咳ばらいした。

「ところで、手洗いをお借りしたいのだが、可能だろうか」

おっさんは小さく頷いた。そして俺に、

「管理室に案内してやれ」

といった。

「はい。どうぞ、こちらへ」

俺は男に告げて歩きだした。

「車はここで待たせておいてよいかな」

「いや、それは困る。公道のところまで戻って止めておいてくれ」

おっさんが答えたが、男は首を傾《かし》げた。

「すまない。もう一度いってくれないか」

おっさんの言葉が聞きとれなかったようだ。

「あの、今きた道を戻って、公道で止めておいて下さい」

俺は〝通訳〟した。男は初めて俺の存在に気づいたとでもいうように、まじまじと見た。

「君は？」

「管理人助手の望月です」

「ああ」

男は小さく頷いた。

「おじいさまを存じあげている」

俺は思わず男を見返したが、男は運転手に向きなおっていた。

「ではそうしてくれ。そう、三十分から一時間かかるかな」

「承知いたしました」

運転手は答えて、ロールスの運転席に乗りこんだ。重々しいエンジン音とチェーンの唸《うな》りをたて、ロールスはバックしていった。

なんで祖父ちゃんを知っているのか訊きそびれた俺は、男の前に立って歩きだした。男もそれ以上俺に話しかけようとしない。

管理室に案内すると男にトイレの場所を教えてやり、俺はあとからきたおっさんの顔を見た。

おっさんは短く、

「ここにいろ」

といった。さっきのやりとりで通訳が必要と思ったようだ。

水音がして、男がトイレをでてきた。まっ白なハンカチで手をふいている。トイレには手ぬぐいがかかっているが、それを使う気はしなかったのだろう。

「さて」

男はいって、鼻から息を吸いこんだ。

「いい香りがする。この匂《にお》いは、フレンチロースト、かな？」

おっさんが目配せした。俺はコーヒーを注いで、男にさしだした。男は香りをかぎ、

「フレンチローストはいれたてに限るが、これはやや煮つまってしまっているな。とはいえ、十時間近くも車に閉じこめられていた身としては、ありがたい」

ブラックですすった。

「そんなに？」

俺が思わずいうと、男は頷いた。

「昨夜のうちに東京に入り、一泊してここを訪ねるつもりだったのだが、名神も東名もひどい雪でね。今までかかった。そこで直接きた、というわけだ」

白旗のおっさんを見た。

「先日は妹が迷惑をかけた」

その言葉を聞いた瞬間、俺は気がついた。男の声をどこかで聞いたことがあると思っていたのだ。

俺は男と電話で一度話している。

竜胴寺だ。京都ナンバーのロールスに乗ってきたことといい、まちがいない。

おっさんの口を切り裂いた、元妻の竜胴寺さくらの兄にちがいない。

「竜胴寺さん、すか」

男は頷いた。

「立ち話も何だ。すわらせていただいてよろしいかな」

「あ、すみません。どうぞ」

白旗のおっさんが俺をにらんでいる。竜胴寺は椅子をひきよせ、優雅な仕草でパンツの膝の上をたくしあげ、腰をおろした。

「急いでこちらにきたのは他でもない。妹のことだ」

「またくる、いや、こられるんですか」

竜胴寺は首を傾げた。

「さて……。あるいはその可能性もある」

「確か、ドバイにいかれたのでは？」

電話で話したとき、竜胴寺は「今回帰国してすぐ、あれは神戸にいっております。そのあとまたドバイにやるつもりです。ドバイの仕事は、何ヵ月かかるでしょう。ですから当分は、そちらには戻れないと思います」

と、妹についていった。

「ドバイでの仕事が終わったということか」

おっさんが訊ねた。

「終わったといえば、終わったのだが……」

竜胴寺家は、名前の通り、もともとは京都で何代もつづく寺だった。それがあるときから殺しを請け負う一族になり、今やたいへんな金持なのに、政府の依頼で殺人をこなしている、というのが、おっさんと八〇一号のイケミヤさんから聞いた話だ。

竜胴寺はふっと息を吐いた。

「今回妹に任せたのは、テロネットワークに資金援助をおこなっているアラブ人の処理だった。依頼は、そのアラブ人の親族でもあるドバイの大物からきた。まあ、身内を自ら殺すというのは、誰でもためらうものだ。ちょうどいい、と私は思った。さくらを日本においておくと、問題をおこしがちだからだ」

言葉を止め、いたましそうにおっさんの顔を見た。

「君の頰を切ったときから、あれの心はいささかバランスを崩し始め、今では別世界に入りこんででてこなくなることもある」

「放置しておくからだ。治療をうけさせるべきだった」

おっさんがいい、俺は訳した。

「ふたつの点でそれを躊躇した。ひとつは、我が家の外聞。もうひとつは、医師に、竜胴寺の家業のことを知られてしまうのではないか。患者の妄想《もうそう》だと思ってもらえるとは限らない」

竜胴寺はため息まじりにいった。

「ドバイでの仕事に失敗したのか」

おっさんは訊ねた。

「失敗はしていない。ドバイからアブダビに向かう、ターゲットの車を爆破した。ただ、問題が生じた。その車にＵＡＥの情報機関の男が同乗していたのだ。ターゲットひとりを処理する方法もあったと思うのだが」

「ＵＡＥって何ですか」

「ユナイテッド・アラブ・エミレーツ。アラブ首長国連邦だ。あの国の情報機関にはかなり優秀な分析力がある。結果、依頼人と実行者、つまり妹のことを向こうはつきとめてしまった」

「報復か」

おっさんがいった。

「その可能性はある。ＵＡＥともパイプがないわけではないので、現在、ことを荒だてないでおさめる方法がないか、探りをいれているところだ」

「それでさくらさんはどこにいるんです？」

俺は訊いた。竜胴寺は首をふった。

「行方不明だ。ドバイをでて香港に飛んだところで、連絡がとれなくなった」

「もしかして殺されてしまったとか――」

「かもしれないが、別の可能性もある」

竜胴寺はおっさんに目を戻した。

「あれは、私にうとまれている、と思っている。家名を汚す妹に、腹をたてているのではないか、と。君に対してしたことを、私はきつく責めた。以来、さくらと私のあいだは、決してうまくはいっていない」

「あんたが裏切ると思っている」

おっさんがいった。竜胴寺は頷いた。

「ドバイの依頼人と同じで、身内の処理を他人に任せるとすれば、UAEのエージェントがさくらに報復するのを看過する、と私を疑っている可能性はある。となると、居場所を私には教えないだろうし、竜胴寺家の住居にも近づけない。そこで――」

「三〇一号室」

俺はいった。竜胴寺さくらは「市川みずき」の偽名で三〇一号室を借りている。

竜胴寺は俺を見た。

「妹がここにいる、ということはないかね」

俺は首をふった。

「最初にここにこられたきり、さくらさんは――」

「よけいなことをいうな」

おっさんがさえぎった。

「住人のプライバシーを部外者に教えるわけにはいかない」

俺は思わずおっさんを見た。あんなにおっかない女でも「住人」なら守る、というのか。

「なるほど」

竜胴寺は頷いた。

「私も、もしここにあれがいたとしても連れて帰れるとまでは思ってはいなかった」

「もうわかっているだろうからいうが、今はいない。しかしきたとしても、あんたに伝えるわけにはいかない。管理業務に反する」

「それはかまわない。ただ、警告しておきたかっただけなのだ。またしても君に迷惑をかけるのは、心苦しい」

おっさんは答えなかった。竜胴寺はわずかな沈黙のあと、いった。

「今思えば、あれが君を見初《みそ》めたときに警告すべきだった。まさか結婚するとは考えもしなかった」

「脅迫されたから結婚したわけじゃない」

おっさんがいった。竜胴寺は不思議そうにおっさんを見つめた。

「では本気で妹を愛していたというのか」

「惹《ひ》かれていた。それは本当だ。もうひとつ、自分をかえたい気持もあった」

「なるほど。確か君は、うちの担当になる前は、潜入捜査をしていたのだったな」

潜入捜査。いったいどういうことだ。おっさんは元刑事なのかよ。

「その話はなしだ。彼女のしたこととは関係がないし、今は今だ」

おっさんの口調が険しくなった。竜胴寺は息を吐いた。

「わかった。とりあえず私は、伝えるべきことを伝えられた。電話でもよかったが、私の通話を監視、盗聴している人間がいたら、妹の疑いどおりになってしまう」

「それでもいい、と思っているのじゃないか」

竜胴寺は首をふった。

「あれは確かに困った存在だ。しかし妹は妹だ。他人に殺されて、よかったと思うほど、私は情の薄い人間ではない」

いって、立ちあがった。

「それでは失礼する。コーヒーをごちそうさま」

俺を見た。

「今夜、おじいさまに会う予定だ。何か伝言はあるかな？」

俺はびっくりした。だがとっさには何も思いつけず、首をふった。

「よくやってる、そう伝えてくれ」

おっさんがいった。

「わかった。きっと伝えよう」

竜胴寺は頷いた。

「では」

管理室をでていった。

「帰るところを見届けろ」

おっさんが命じた。俺は急いで竜胴寺のあとを追い、ロールスロイスに乗りこむ姿を見送った。

管理室に戻ると、おっさんはぼんやりした顔でコーヒーを飲んでいた。

「共用部の雪かき、やらないんですか」

俺はいった。いろいろ訊きたいことはあるが、どうせまともに答えちゃもらえないだろう。

おっさんはコーヒーカップを戻し、

「そうだな」

と、息を吐いた。

「だがその前に、二〇一号室だ」

「二〇一号室？　きのう入居した？」

立ちあがり、ロッカーの扉を開くと、抗弾ベストとショットガンを、おっさんはとりだした。わけもわからず見ている俺にいった。

「二〇一の上は何号室だ？」

3

「爆発物を使った暗殺が銃を使うより優れている点は、量さえおしまなければ結果がでるところだ」

抗弾ベストを身につけながら、おっさんはいった。

「量をおしまないって……」

「早い話、このマンションすべてを吹きとばすほどの爆薬をしかけ、三〇一に竜胴寺さくらがいるときに爆発させれば確実に仕止められる。しかもぼうだいな瓦礫《がれき》は、実行犯につながる証拠の発見を困難にする」

ショットガンの装弾を確かめ、おっさんは俺を見た。

「つまり、二〇一のサダムは、さくらさんを狙った暗殺者だってことですか」

「まちがいない。竜胴寺さくらはドバイの仕事の前にここの賃貸契約をしている。UAEの情報機関は唸るほど金をもっていて、情報収集におしみなく使う。おそらくすぐにここをつきとめた筈だ」

「でもサダムさんは武器弾薬のもちこみを――」

いいかけ、俺は気づいた。あのくそ重かった長持だ。

「砂じゃなくて、火薬、すか」

「底のほうにプラスチック爆薬をしきつめてあったのだろう。あれだけ大量にあるものが爆薬かもしれんとは疑わない。住居にもちこむには多すぎるからな」

確かにそうだ。拳銃やライフル、手榴弾くらいなら、住人の誰がもっていてもおかしくない。だが何百キロという爆薬を部屋にもちこむような馬鹿がいるとはふつう思わない。「リバーサイドシャトウ」という、極悪人専用のマンションだからこそだ。半端なプロは、ここにはいない。

「どうするんです？」

「規約違反だ。退去してもらう」

ショットガンのポンプをスライドさせ、初弾を装塡《そうてん》したおっさんはいった。

「でもヤバくないすか。押しかけていったら、爆発させるかも」

「二〇一にしかけた爆薬で上の階の部屋にいる人間を確実に殺すには、間取りを考え、すべての部屋に爆薬をしかけなきゃならん。さらに二〇一の天井に集音マイクをとりつけ、帰宅を確実に知る必要もある。サダムはひとりだ。それだけの作業を終えるには二、三日かかる。だから早いほうがいい」

「自爆テロとかは？　映画とかでいるじゃないですか、体に爆弾巻きつけてる奴」

おっさんは首をふった。

「自爆テロに駆りだされるのは、ろくに爆薬も扱えないようなアマチュアで、サダムはちがう。部屋に爆薬をしかけ、竜胴寺さくらの暗殺を計画する時点で、プロの工作員だ。

サダムは自爆などしない。さくらの帰宅を確認したらここをでて、安全な場所からリモコンで、爆発させるだろう」

「でも邪魔されたら、キレるかもしれないじゃないですか。でかけるのを待ちましょうよ」

おっさんは俺を見つめた。

「恐いのか」

「もちろんですよ」

俺は力をこめていった。ショットガンの銃口が俺の腹を狙《ねら》った。

「退去勧告に協力しないなら廃棄処分だ」

俺は口を開け、それから閉め、首をふった。「よくやってる」なんていわれて、その気になった俺が馬鹿だ。いくらがんばってきても、このおっさんは「使えない」と思ったら、簡単に俺を殺すんだ。

だからいわれる前にいってやった。

「俺は馬鹿ですよ」

4

「リバーサイドシャトウ」の管理室には、各階、各戸別の配電盤がある。まずおっさんはそれで二〇一の電源を落とした。もしサダムが起きて作業をしていれば、照明が消えたことで異変に気づく筈だ。

それから館内電話で二〇一を呼びだした。

英語で、

「管理室です。雪のせいで当館の電気設備に故障がでています。これから管理室の者が、ブレーカーのチェックにうかがいます」

と告げた。

合鍵があるのだからそれを使う、という手もあるのでは、とおうかがいをたてたら、

「お前は馬鹿か。勝手に鍵を開けて入ってくる奴がいたら、まず撃つだろう。それが常識だ」

ときた。

「いけ」

館内電話の受話器をおろし、おっさんは俺に告げた。サダムは起きていたらしく、すぐに電話に応えたようだ。

大型の懐中電灯を手に、俺は二〇一のドアの前に立った。インターホンが使えないのでノックする。

「コンシエルジュ、コンシエルジュ」

と叫ぶと、ドアガードをかけたまま、細めに開き、サダムのヒゲ面がのぞいた。室内

はまっ暗だ。俺は懐中電灯をふり、天井を指さした。

「チェック、チェック」

サダムは困ったような顔をして、英語を喋った。入れたくないといったようだが、俺は意味がわからないフリをして、チェックをくり返した。

サダムは首をふり、ドアを閉じた。ドアガードが外れる音がして、ドアが開かれた。ドアの陰にいたおっさんが俺を押しのけ、ショットガンをサダムの顔に向けた。

サダムの目がみひらかれた。おっさんは手ぶりで、サダムにしゃがめ、と命じた。

サダムはTシャツに作業ズボンをはき、胸まであるビニールのエプロンをつけている。ぶつぶついいながら、上がり框《かまち》に膝をついたのを見届け、俺はガムテープで、うしろに回したサダムの手首を固定した。

「両足首にも巻きつけろ」

おっさんがいったので言葉通りにする。そのまま玄関の通路にサダムを転がし、俺とおっさんは二〇一のリビングに入った。

五つの長持すべての蓋が開き、砂の小山が床に作られている。そのかたわらに、天井に届くほど積みあげられた、黄色いレンガのようなかたまりがあった。コードのつながったペン型の管の束が、床に何十本とおかれ、乾電池のパックも同じくらい散らばっている。

おっさんはレンガのかたまりの山を見上げた。

「これが全部爆発したら、『リバーサイドシャトウ』は跡形もなくなる」

そして床にはらばいにさせたサダムに歩みよった。英語で何かを話しかけたが、サダムは目を閉じて答えない。

俺は二〇一の他の部屋をのぞいた。奥の六畳間には、床にぎっしり黄色いレンガがしきつめられている。そこにもコードのついたペンの束があった。

「プラスチック爆薬は、つないだ信管に信号が届かない限り、叩いたり火をつけても爆発はしない。刺さっている信管を全部抜け」

おっさんがいった。しきつめられたレンガの半分にペンが刺さり、尻からのびたコードがよりあわされている。そのペンが信管のようだ。

もうひとつの八畳間には、ビニール傘を改造した集音マイクとアンプがおかれていた。上の階の音を拾い、竜胴寺さくらが帰ってきたら、それと知るためだろう。

「抜いても大丈夫なんですか」

「大丈夫だ。見ろ」

床の上に、スマートフォンがおかれ、アダプターで電池のはめこまれた箱とつながっている。その箱に接続された分配器から、何十というペンのコードがのびていた。

「すべての信管をセットしたら、この部屋をでて、集音マイクが三〇一の音を拾うのを待つんだ。三〇一にさくらが帰ってきたら、このスマホを呼びだす。それで起爆する」

「まちがい電話でもヤバいじゃないすか」

「だから部屋をでる直前まで、スマホの電源は切っておく」

俺はサダムを見やった。はらばいのまま首をもたげ、生気のない顔で俺たちを見ている。

「皆殺しにする気だったとは、とんでもない野郎だ。どうするんです？　特別回収ですか」

おっさんは首をふった。

「任務でやったことだ。殺しても意味はない」

「じゃあ、はなすんですか」

「それを考えてる。お前は信管を抜け」

俺はいわれた通り、ペンをレンガから抜いて回った。安全だといわれていても、ひっこ抜くときはどきどきした。が、最初の何本かを抜くと平気になり、かたっぱしから外せるようになった。

抜いたペンを束にして、しきつめられていたレンガを管理室からもってきたダンボールに詰め、台車の上にのせていく。

作業が全部終わったのは昼過ぎだった。プラスチック爆薬を詰めたダンボールは、全部で八箱にもなった。

おっさんはそのあいだにサダムを管理室に連れていった。

空いている地下トランクルームにダンボールをしまいこんだ俺は、管理室に戻った。

「終わりました。あのプラスチック爆薬、どうするんです？」

「回収させる」

「会社にですか？」

「いや、会社に任せても処分に困るだけだ。役所に任せる」

「役所？」

「今、タケダに連絡した」

おっさんがいったので、俺は顔を見直した。

「あの嫌みなデカですか」

「こいつの処分も任せる」

管理室の椅子にガムテープで縛りつけたサダムを顎でさし、おっさんは答えた。

「刑務所《ムショ》いきか」

俺がいうと、おっさんは首をふった。

「いや、国外退去だろう。裁判に必要な証拠を集める捜査を、ここでさせるわけにはいかない」

俺はおっさんをまじまじと見つめた。

「何だ」

「白旗さんて、昔デカだったんでしょう」

おっさんは大きく息を吸いこんだ。

「知りたいか」

俺は首をすくめた。

「別にいいたくなきゃいいです」

おっさんはマグカップのコーヒーをすすった。ひとり言のように聞こえる口調でいった。

「潜入捜査に失敗したんだ。室戸と同じ劇団にいたのは警察に入る前だ。俺の身代わりに、お袋が殺され、役所は現場から俺を外した。そしてリハビリがわりに、竜胴寺との連絡係にした」

「そこでさくらさんと会って結婚した？」

「気づいたらそんなことになっていた。まあ別にかまわないか、と思った。竜胴寺にいったように、さくらにそのときは――」

言葉を呑みこんだ。

「それで警察を辞めたんですか」

「いる理由がないだろう。とはいえ、竜胴寺の家業をやろうとも思わなかった。ヒモみたいなもんで、ぶらぶらしていた。そうしたら、以前仕事でかかわったジェーン・ホワイトに京都で偶然、再会した」

俺はおっさんを見つめた。

「さくらは人違いをした。ジェーンを狙って、まったく無関係な中国人観光客の女性の耳を削《そ》ぎ、殺した。竜胴寺がそれをもみ消し、俺の顔をさくらは切った」

俺は息を吸いこんだ。その話は、竜胴寺さくらからも聞いていた。うっとりとした表情で、おっさんの顔から噴《ふ》きだした血は、自分の愛が溢《あふ》れだしたのだといったものだ。

おっさんは目を閉じた。

「俺のせいで無関係な人間がひとり死んだ。だから俺は、報いだと思うことにした。さくらと別れて、ここにきた。人前にでる必要のない、静かな生活がしたくてな」

不意にサダムが椅子からたちあがった。どこからでてきたのか、薄いカミソリの刃のようなものをもっていて、それでガムテープを切っていたのだ。

サダムはデスクにおいてあったショットガンにとびついた。

俺はサダムの腰にタックルした。サダムといっしょになって床に転がる。サダムの手の中でショットガンが暴発し、すごい音がしてモニターが吹っとんだ。耳がキン、となる。

サダムの肘《ひじ》打ちが肩にあたり、俺は体をよじった。おっさんがサダムの手からショットガンをもぎとろうとして、もみあった。

俺は立ちあがり、何か武器はないかと見回した。あるのはマグカップとコーヒーメーカーだけだ。

サダムの手がショットガンのひき金にかかっている。俺はコーヒーメーカーをサダムの顔に投げつけた。メーカーが砕け、熱いコーヒーを浴びたサダムが悲鳴をあげた。

おっさんが奪ったショットガンの台尻でサダムの頭を殴りつけた。それでもサダムは立ちあがり、今度はくわえていたカミソリの刃を手に、俺に向かってきた。

おっさんが撃った。

まるでワイヤーアクションのようにサダムの体がとんだ。血や肉が壁にとび散り、ぼろきれのようになって壁にうちつけられる。

「くそっ」

おっさんがつぶやいた。

ひと目で死んだとわかった。首が半分ちぎれかけていて、俺は吐きそうになった。

おっさんは首をふり、俺を見た。

「大丈夫か」

俺は頷いた。

「大掃除、すね」

おっさんは息を吐き、どすんと椅子に尻を落とした。

「俺のミスだ。こいつら工作員が丸腰でいるわけがないのに」

エントランスのインターホンが鳴った。今、目の前で人ひとりが撃ち殺されたタイミングで聞くと、あまりに日常的な響きで、俺は笑ってしまった。

おっさんが首をふった。

「しゃきっとしろ。笑うのはヒステリーの前兆だ」

笑いをひっこめると、今度は吐きけがすごい勢いでこみあげ、口をおさえた俺はトイレに駆けこんだ。

5

たいしてない胃の中身を全部戻した。まだ朝飯も食べていなかったのだ。うがいをして顔を洗うと、少し気分が落ちついた。

管理室に入ると、椅子にふんぞりかえったタケダがいた。煙草《たばこ》を吹かしている。

「まったく、こんな天気の日に呼びだしてこれかよ」

スーツの足もとは黒いゴム長靴だった。

「無傷で渡すつもりだったが、俺のミスで逃げられそうになった」

おっさんが答えた。

「こんなホトケもって帰っても、余分な仕事が増えるだけだ。そっちで処分しろ」

タケダは横柄な口調でいい、俺をふりかえった。

「まだ生きてたのか、お前」

「うるせえんだよ」

さすがに俺はキレた。

タケダは怒りもせず、げらげら笑った。

「おうおう、威勢《いせい》がいいな」

足元に首がちぎれかけた死体が転がっているというのに、いったいどういう神経してるんだ、この刑事は。

「死体は回収業者に任せるが、プラスチック爆薬をひきとってもらいたい。二、三百キロある」

おっさんがいった。俺が通訳すると、タケダはあきれたように目玉を回した。

「今日じゃなくていいか。トラックの手配がつかない」

「いつでもいい」

「竜胴寺さくらがドバイでやらかしたって話は、こっちにも入ってた。まさか東京にまで工作員を送りこんでくるとはな。UAEはよほど頭にきたんだろう」

「竜胴寺はパイプを通じて事態の収拾にあたるといっていた」

タケダは首をふった。

「オイルマネーを腐るほどもってる連中だ。金じゃカタはつかないぞ。下手すりゃ竜胴寺家もこれで断絶だ。まあ世の中は、そのほうが平和になるが」

「お前のいってることはまちがってないがこいつの口から聞くと、なんかムカつく。

「お前の一件以来、役所もあそこに発注するのは控えてきた。だからドバイの仕事なんてうけおったんだろうさ」

タケダは鼻を鳴らした。

「そのドバイの仕事というのはいつだった？」

おっさんが訊ねた。

「さくらが車を吹っとばしたヤマか。四ヵ月前だ。香港で行方がわからなくなったのが三ヵ月前。おそらく中国に入り、そこで偽のパスポートを手に入れて、日本に戻ってくるつもりだろうな。戻っても京都に帰れないとなると、ここにくる公算は高いぞ」

「それはいい」

おっさんは首をふった。

「俺が心配しているのは、CO《シーオー》だ」

タケダはおっさんを見つめた。

「COか。あるかもしれんな、こいつが失敗したとなると」

いってサダムの死体を見た。

「何ですか、COって」

俺は訊いた。

「コントラクト・アウト。今ふうにいえば、アウトソーシングって奴だ」

タケダが答えた。

「つまり、外部の殺し屋にさくらさんを殺させる？」

「自前の人間でうまくいかなけりゃ、当然、人に任せることも考える」

タケダはいって、おっさんに目を戻した。

「お前、何か知ってるのか」

「いいや。この先殺し屋がやってきたら厄介だと思っただけだ」

「ふうん」

タケダは疑わしげにいった。

「まあいずれ、外務省経由か何かで、こいつのことは問い合わせがくるだろうが、ここに入居して以降、行方不明という返事をしておく」

タケダは立ちあがった。

「さすがにUAEも新しい工作員を送りこんでくるような真似はしないだろう。竜胴寺さくらがここにいるとわかってれば、COで用がすむ」

それを聞いて、俺はおっさんの考えがわかった。

タケダは管理室のドアを開け、いった。

「この雪がとける頃、プラスチック爆薬の回収車を回す。あとはお前らの問題だ」

「手間をかける」

おっさんはいった。タケダは首をふった。

「元相棒だからな。できるだけのことはするさ」

俺は思わずおっさんを見た。タケダとパートナーだったのか。

タケダがエントランスをでていくのを、俺とおっさんは見送った。

「よくあんな奴と組めましたね」

おっさんは少し黙っていたが、いった。

「俺はお袋だったが、あいつは女房と子供を殺された」

「えっ」

管理室に戻ると、おっさんがロッカーから特別回収用の袋をとりだした。

「こいつは俺がやる。お前は共用部の雪かきを頼む」

「わかりました」

管理室をでていきかけ、俺はふりかえった。

「あの、さっきのCOの話ですけど」

おっさんは俺が気づいたことがわかっていたようだ。小さく頷き、いった。

「タイミング的には、可能性はある。ジェーンは、契約があと一件残ってるといっていた」

コントラクト・アウトで、UAEは竜胴寺さくらの暗殺をジェーン・ホワイト、じゃなかった、ジェーン・ブラックに依頼していたかもしれない。

「どっちも住人ですよね。どうするんですか」

おっさんはつかのま考え、答えた。

「わからん」

おっさんが「わからん」というのを、俺は初めて聞いた。そしてあの二人が「リバーサイドシャトウ」で対決したら、いったいどうなっちまうのだろう、と思った。

わからんじゃなく、わかりたくない、というのが本音にちがいなかった。

元日の来訪者

1

俺がうんと小さいとき、元日は祖父ちゃん家《ち》で過すのが恒例だった。両親やその兄弟一家、親戚《しんせき》が、世田谷にある馬鹿でかい屋敷に集まり、新年の挨拶を交す。作りおきのおせちじゃなくて、複数の料理人が和洋中のとんでもなく豪華な料理を朝から用意していた。キャビアなんて知らなかった俺は、黒っぽい粒々がのったパンケーキを、「虫のウンチケーキ」と呼んでむしゃむしゃ食っていたもんだ。

正月の集まりにいかなくなったのは、中学三年生くらいからだろうか。いけば祖父ちゃんや親戚がしこたまお年玉をくれることはわかっていたが、女と遊んだり街で喧嘩をするほうが楽しかったのだ。それに祖父ちゃんのお年玉は、元日じゃなくても、あとで顔をだせば貰《もら》えた。

あの頃の俺は、フカヒレや北京ダック、キャビアやフグ刺よりハンバーガーやフライドチキンのほうがうまいと思っていた。

今なら迷わず祖父ちゃん家の料理をとる。だが「リバーサイドシャトウ」から祖父ちゃん家は一千万光年くらい離れている。実際はほんの十キロ足らずだが。

「リバーサイドシャトウ」で迎える新年は、静かに明けた。住人の多くが暮れのうちに海外にでかけてしまったからだ。十五階のハブレさん一党はタイに、八〇一号室のイケミヤさんは台湾、一四〇一のケンモツはハワイ、仲よくなった九〇四のタチバナも、沖縄にいっている。

暮れからこっち、顔を合わすのは毒物婆あのフルヤさんくらいだ。そのフルヤさんは、大晦日《おおみそか》の晩、「おせちのおすそ分け」だと、黒豆の煮たのや栗きんとん、数の子を管理室に届けてくれたが、もちろん食べずに即ゴミ箱に叩きこんだ。

二十年ぶりに「紅白歌合戦」を観て、多摩川の川面を伝わってくる除夜の鐘を聞いた。

元日の午前六時、いつものように起きた俺は、管理室でコーヒーを飲んでいる白旗のおっさんに、

「明けましておめでとうございます」

と挨拶した。おっさんはそっけなく頷いただけだ。俺はちょっとムカついた。「リバーサイドシャトウ」が、外の世界とはまるでちがうというのはわかっているが、新年の挨拶くらいしたっていいだろう。

だがおっさんがそっけないのには理由があった。

「侵入者だ」

「え？」

おっさんがモニターの映像を巻き戻した。

ゴミの集積所の外部扉にとりつく黒っぽい人影が映っていた。時刻は午前三時二十六分。動くものに反応するライトがある筈だが、点灯していない。

「ライトがついていませんね」

俺はいった。おっさんが顎をしゃくった。割れた電球がテーブルの上にあった。

「前もって消音器つきの銃で照明を壊したんだ」

人影はカード読みとり式の扉を開き、集積所の中に入りこんだ。そこからならマンション内に侵入可能だ。

「どうして警報が鳴らなかったんですかね」

俺はいった。敷地外とマンションをつなぐ出入口は、エントランスや駐車場、このゴミ集積所など何ヵ所かあるが、ロックを壊そうとしたりフェンスに負荷がかかったりすると、すぐに警報が鳴る。

「侵入者はカードロックの解読装置を使って、鍵を開けた。その直後、集積所の監視カメラからマンション内の全カメラに干渉した」

「全カメラ？」

おっさんが操作パネルに触れた。マンション内にあるカメラの映像がすべて午前三時二十分台に巻き戻された。全部のモニターが砂嵐になった。ロビー、エレベータ、各階エレベータホール、どのカメラにも何も映っていない。

映像が早送りになり、午前三時三十一分、モニターは正常に戻った。無人のロビーやエレベータホールが映しだされている。

「約五分間、侵入者がどこで何をしたか、映像がない」

「ヤバくないですか、それ。住人に何か被害がでてません？」

「今のところ連絡はない。が、部屋で殺されていたら何もできない」

「そりゃそうだ」

俺は住人リストをパソコンに表示した。入居者のうち、長期旅行にでかけていないのは八世帯だ。

「四分あれば、住人を殺害してマンションをでていくことは可能だ。ロックの解除、モニターへの干渉、プロの手口だ」

俺はリストを見つめた。八世帯のうち五世帯は、引きこもりの住人だった。暗殺や誘拐を警戒して、この「リバーサイドシャトウ」で暮らしている。そいつらが殺されたとなったら、マンションの信用はガタ落ちだ。

「ひと部屋ずつ回ります」

「まだ早い。元旦ということもあるが、何もなかったら住人の大半は眠っている。それを叩き起こして回ったら、侵入者があったと知らせるようなものだ」

「でも――」

「それにまだ侵入者が外にでていったという確証はない」

「え？」

「モニターへの干渉は、このあと起きていない。五分以内に侵入者が離脱したのなら映っていなくて当然だが、建物内にとどまっているという可能性もある」

「とどまっている……」

俺はつぶやいた。旅行中の住人の部屋以外にも「リバーサイドシャトウ」には空き部屋がある。そのどれかに隠れているかもしれないとおっさんはいうのだ。

「けど何のために？」

「誰かを殺す、何かを盗む、あるいは建物すべてを吹きとばす」

先月、二〇一に入居したサダムが三〇一の竜胴寺さくらをマンションごと爆殺しようと、大量のプラスチック爆薬をもちこんだことを、おっさんはいっているのだ。

竜胴寺さくらはまだ入居していない。が、兄貴の話では、ここしか隠れる場所がないという。

「でも建物全部を吹っとばすには、荷物が少なくないですか」

モニターに映った人影は、リユックしか背負っていない。

「五分のあいだに外から大量の爆薬を運びこめますかね。ゴミ集積所は――」

俺がおっさんを見ると、

「調べたが何もない。少なくとも一階には不審物はなかった」

と、首をふった。

俺はパソコンに空き部屋のリストをだした。今は二十室近くある。

「じゃあ、先に空き部屋からいきますか」

「やむをえんな」

おっさんはいって、ロッカーからショットガンと抗弾ベストをとりだした。

2

空き部屋の扉にキイをつっこみ、錠を開けるのは、もちろん助手の仕事だ。中から撃たれるのは俺で、おっさんが反撃するというわけだ。抗弾ベストとヘルメット、軍手をつけて、エレベータに乗りこんだ。

旅行中の部屋のチェックは、そこの住人と連絡がついてからおこなうことにした。住人が中に何かの罠《わな》をしかけていないとは限らないからだ。特に十五階のハブレさんの部屋は危ない。ガラガラ蛇を飼っていて、留守にするときは部屋に放していると聞いていた。

その間のエサはどうするかというと、卵や生きたモルモットをおいていくのだという。

上からチェックを始めることにして、最初が十二階の一二〇二だった。

まずしゃがんで扉にべったりと耳をあて、中から音が聞こえないか調べた。中に誰かいて動き回っていたら、気配くらいは感じるかもしれない。

静かだった。

俺はマスターキイをそっと鍵穴にさしこんだ。なるべく静かに、音をたてないように回す。扉はスティール製でかなり厚い。だからよほど威力があるライフル銃とかじゃない限り、弾丸は貫通しないとおっさんはいった。

侵入者はそんなでかい銃をもってはいなかった。せいぜい拳銃だろうし、消音器をつけていたらさらに貫通力は落ちるから、扉ごしに撃たれる心配はないという。

心配だよ。撃たれるのは俺なんだから。

新年早々、こんなにヤバい仕事をやらされるとはついてない。といって文句を垂れれば、廃棄処分が待っている。

死体処理を頼む特別回収業者は、確か三が日は休みだという通知がきていた。ノブをひっぱりながら、頭の片隅でそんなことを考えた。

おっさんがショットガンの銃口をつきだしながら室内に踏みこんだ。俺は少し遅れてそのあとについていった。

家具も何もない、がらんとした部屋には誰もいなかった。

「次だ」

「一一〇一です」

空き部屋は、現在ほぼ各階にある。裏社会の景気の悪さが、「リバーサイドシャトウ」の入居率の低さに反映されているというわけだ。

階段を使って十一階に降り、同じ作業をした。結果は無人。

十階、九階、八階、七階、六階、五階、四階と空き部屋チェックをすませていく。

「三階は三〇四です」

工作費の使いこみがバレてCIAをクビになったスミスが九月まで住んでいた部屋だ。二重人格の殺し屋ジェーン・ブラックに、愛車のポルシェごと対戦車ロケット砲で吹っとばされた。翌日、会社の業者がきて、部屋の荷物を運びだした。

ドアに耳をあてた。さすがに慣れてきて、あまり恐くなっている。侵入者はたぶんとっくにでていっていて、八部屋のどこかに死体が転がっているのだ。

が、耳をあてたとたん、俺は凍りついた。かすかな咳《せき》ばらいが聞こえたのだ。

思わずおっさんを見上げた。扉を指さし、喉に手をあてる仕草をした。

おっさんの表情が険しくなった。俺はマスターキィを三つある鍵穴にそれぞれさしこんだ。息を殺し全神経を指先に集中して、ゆっくりと回す。

錠が外れる最後の瞬間、カチリという音がする。中にいる奴が静かにしていれば必ず聞こえた筈だ。

鍵が開いたとたん、俺は横っとびに扉の前から逃げた。中から撃ちまくられたらたまらない。

「ノブを引け」

おっさんがショットガンをかまえながらいった。俺は泣きたくなった。絶対撃たれる。

元日が俺の命日だ。けど、誰も線香はあげない。いつ死んだかなんて、会社は知らせない。祖父ちゃんには知らせるかもしれないが、きっと、「そうか」で終わりだろう。

悩んだあげく、扉の側からノブをつかんだ。反対側からつかむと開いたときに俺の手が中から見える。手首を吹っとばされたくない。

ノブを回し、引いた。が、十五センチくらい引いたところで止まった。ドアガードがかかっている。昔はチェーンだったが、今はU字型の鉄棒だ。これがかかっているってことは、中に人がいる証拠だ。

中からは何の反応もない。

俺は扉の前にうずくまったままおっさんを見上げた。膝が震えている。

どうする。中の奴はでられないし、外の俺たちは入れない。ドアガードを切断するには、金属カッターのついたチェーンソウが必要だ。

「両手をあげてでてこいといえ」

おっさんが小声でいった。頬を横一文字に切られているおっさんが大声をだしても、「ヒョウヘホハヘへ、へへホヒ」としか聞こえないからだ。

俺はぐっと下腹に力をこめた。

「中の奴！　両手をあげてでてこい！」

扉のすきまに向かって叫んだ。

返事はない。

「どうしたの、ダーリン」

そのとき声をかけられ、俺はとびあがった。

白旗のおっさんも凍りついている。

廊下の先、エレベータホールに和服姿の女が立っていた。着物のことはわからないが、光沢のある生地でできた、えらく高そうな羽織をまとっている。色がまっ白で、すっきり鼻すじが通った美人だ。

竜胴寺さくらだった。

「どうして――」

おっさんが呆然としたようにつぶやいた。

「あのあと、会社から鍵を送ってもらったの。管理室をのぞいたけど、姿が見えなかったから……」

おっさんのかまえているショットガンをちらりと見やり、竜胴寺さくらはいった。

俺は気がついた。竜胴寺さくらは、市川みずきという偽名で三〇一号室を借りる契約を結んでいる。

「中に誰かいるのね。泥棒さん？」

竜胴寺さくらは微笑み、歩みよってきた。

「君には関係ない。これは管理室の仕事だ」

おっさんがいった。

「でもお正月はわたし、ここで過すつもりなのよ。同じ階に泥棒さんがいたら、恐いわ」

「だったら部屋にいなさい」

「手伝うわよ。この坊やよりはわたしのほうが役に立つ。知っているでしょう」

竜胴寺さくらは寄り添うようにおっさんのかたわらに立った。まっ白い指先で、ショットガンの銃身に触れる。

「いいわね、ショットガンて好き。あなたみたいにたくましい」

「頼む、さくら。部屋にいてくれ」

懇願《こんがん》するような声をおっさんはだした。俺は黙っていた。

何もいえるわけがない。初めて会ったとき、この女は俺が嘘をついたと、カミソリで鼻を削《そ》ごうとした。

「い、や」

まるでベッドの中にいるような甘い声を竜胴寺さくらはだし、扉をのぞきこんだ。

「あら、これが邪魔なのね」

ドアガードを見て、すぐに気がついた。

「わたしの仕事道具はどこ?」

俺に訊ねた。

「あの、地下のトランクルームです」

「そう。じゃ、待ってて」

くるりと踵《きびす》を返し、エレベータに乗りこんだ。

「どうします？」

まさかこのタイミングで竜胴寺さくらが現われるとは。おっさんの顔もまっ青だ。

「どうしようもない。まずは侵入者の排除だ」

おっさんはいった。

「リバーサイドシャトウ」にベランダはないし、鉄格子がはまっているので、侵入者は窓からは脱出できない。

エレベータの扉が開いた。竜胴寺さくらがでてくると、小さなガラス壜《びん》をさしだした。

「これを使うといいわ。これひと壜をバスタブ一杯のお湯で薄めても、人間ひとり骨まで溶かしちゃう薬よ。使うときは気をつけてね。指先についただけで、片手がなくなる」

濃紺の小壜には、白い蛇がとぐろを巻いた、竜胴寺家の紋章が入っている。

「あなたが使いなさい。ダーリンが怪我したら大変でしょう」

俺に押しつけた。そこかよ。が、逆らわないことにした。ひと言でも文句をいったら、この場で殺される。

「わたしももってきちゃった！」

いたずらっ子のように舌をだし、竜胴寺さくらは帯からでかい銀色のリボルバーをひき抜いた。

「これね、ＫＴＷが入ってるの、３５７の。テフロン加工だから、この扉も撃ち抜けるわ」

俺には意味がわからなかったが、超強力な弾丸が装塡されているようだ。

「さっ、かけて」

竜胴寺さくらはリボルバーを両手でかまえ、着物の裾が割れるのも気にせず、足を開いた。

俺は白旗のおっさんを見た。おっさんはしかたないというように、小さく頷いた。

俺は小壜の蓋をとった。強烈な酸の臭いでむせそうになる。

「ちょっとでいいわよ。あんまりかけると、床に穴があいちゃうから」

いわれる通り、小さじ一杯分くらいをドアガードの鉄棒に落とした。次の瞬間、白い煙がもわっと立ちのぼり、ジジジジッと鉄棒が泡立つ。

小壜に蓋をして、廊下の離れた場所においた。

鉄棒は見る見る腐食し、溶けていった。

「もう一度、いえ」

おっさんが俺を向いた。が、竜胴寺さくらのほうが早かった。

「中の人！　でてらっしゃあい」

中から返事はない。

おっさんがノブを引いた。溶けた鉄棒の切れ端がごとんと落ちる。

竜胴寺さくらがすっと腰をおとした。おっさんの腰の高さで銃をかまえている。和服姿なのに、ぴたっとそれが決まっていて、俺はちょっと感心した。さすがに殺し屋界のサラブレッドだ。

「わかった！　撃たないでください」

訛《なまり》のある日本語が聞こえた。目だし帽に黒いハイネックのセーターを着た大柄な男が、三〇四の室内から両手をあげて現われた。おっさんを見、つづいて竜胴寺さくらを見ると、大きく目をみひらいた。その瞳が青いことに俺は気がついた。

「顔を見せて」

竜胴寺さくらはいった。男は目だし帽を脱いだ。赤毛の白人だった。

3

白人を管理室まで連行した。竜胴寺さくらもくるといいはったが、おっさんが何とかいいくるめ、三〇一号室に押しこんだ。

手錠をかけた白人を管理室の椅子に縛りつけると、おっさんは俺に三〇四号室のようすを見てこいといった。

三〇四号はカーペットがはがされ、床板もめくられていた。風呂場やトイレの換気口の蓋もとり外されている。どうやら徹底して家捜しをしていたようだ。

管理室に戻ると、白人のリュックの中身がテーブルに広げられていた。でかい消音器つきの拳銃、工具類、小さなパソコン、何に使うかわからない電子機器類などだ。

「三〇四で何かを捜したみたいです。たぶんそんなに大きくないものです」

俺はおっさんに報告した。

「警察オーケー、一一〇番しますか？」

白人がいった。

訛ってはいるが達者な日本語だった。

「一一〇番はしない。ここがどんなマンションなのかは知っているだろう」

おっさんがいい、俺は〝通訳〟した。白人は肩をすくめた。

「あの部屋で何を捜していたんだ？」

白人は黙っている。あたりまえだが、白人は名前や身分のわかるようなものを何ひとつもっていなかった。

「黙っていたら、お前は生きてここからでられない」

おっさんは白人がもちこんだ消音器つきの拳銃をとりあげた。

「これは米軍の特殊部隊が使っている銃で、そんじょそこいらじゃ手に入らない代物だ。スミスの元同僚か？」

白人は答えない。

「殺されてもかまわないようですね」

俺がいうと、白人は上目づかいで俺を見た。

「私が死んだら、君らのボスが困ります」

「ボスって誰のこといってるんだよ」

俺は白人をにらんだ。

「もちろんこのアパートのオーナーです。私はカイシャとも取引してます」

「会社とつきあいがあるのなら、なぜわざわざ忍びこんだ？　会社を通して部屋を見せてくれと頼めばすむことだ」

白旗のおっさんがいった。

「時間の節約です。私、誰も怪我させてません。入って帰る、それだけです。だから帰らせて下さい」

「捜しものは見つかったのか？　見つかってないだろう」

白人は口をすぼめた。急に明るい顔になり、いった。

「こうしましょう。あなたたちにボーナス払います。私を帰して下さったら一万ドル。それぞれに。捜しているもの見つかったら、あと一万ドル」

「ふざけたこといってんなよ。ここは金で何とかなるところじゃないんだよ」

俺は怒鳴った。白人は目を丸くした。

「あなたのカイシャ、お金大好きです。あなたはちがいますか」

「捜しているものが何だかわからなければ、協力しようがない」

おっさんがいった。

「私を帰して下さったら教えます」

「名前とここにきた目的をいわない限り、解放などできん」

「じゃ、カイシャに電話して下さい。カイシャの偉い人、私は知っています」

「今日が何月何日か、わかっているか？　会社も休みだ。働いているのは、我々管理室だけだ」

「オウ」

白人は目玉をぐるりと回した。

「日本人、お正月、大好きでした」

埒《らち》が明かない。俺はふと思いつき、いった。

「彼女に任せましょう」

「彼女？」

おっさんは俺を見た。

「さくらさんです。きっとこいつを喋《しゃべ》らせますよ」

白人の表情がかわった。

「ノウ、ノウ、ノウ！」

やはりな。竜胴寺さくらを見て目を丸くしたとき、絶対知っていると思ったのだ。

おっさんも白人の変化に気づいた。

「そうだな。彼女ならきっと口を割らせてくれるだろう。喋る舌が残っているかどうかわからんが」

「部屋に電話します」

俺は館内電話をとった。

「オーケー！　オーケー!!　話します」

白人が叫んだ。

白人はスピースと名乗った。たぶん本名じゃない。スミス（本名はクインといったらしい）の元同僚で、二人は幽霊会社を東京に作り、下請けへの支払いの名目で、工作費をCIAに払いこませていた。

横領がバレたとき、クインがすぐに逃げだしたため、スピースは関与を疑われずにすんだ。幽霊会社の設立には日本が長いクインしかかかわっていなかったからだ。

クインは逮捕を逃れようとこのマンションに住み、スピースはクインのために日本での稼ぎ口を世話してやった。クインが捕まれば、自分のキャリアも終わりになる。

ところがクインがジェーン・ブラックに殺され、私物がすべて会社に回収された。CIAは、会社と契約し、この「リバーサイドシャトウ」に「セーフルーム」を確保している。

スピースはその窓口だったため、クインを住まわせられたし、回収されたクインの私物も調べることができた。

その中に、クインがもって逃げた幽霊会社の帳簿がある筈だった。帳簿は、スピースが横領に加担した証拠になる。スピースにとっては弱み、クインにとっては命綱だ。

だがUSBメモリにおさめられた帳簿が、クインの私物の中になかった。クインが三〇四号室に隠し、今もそこにあると考えたスピースは「リバーサイドシャトウ」に侵入したというわけだ。過去、CIAが「リバーサイドシャトウ」に契約したセーフルームを使ったとき、手配したスピースは、ここのセキュリティシステムを知っていた。

「USBメモリ、すぐに見つかってでていけると思っていました」

だが見つからなかった。今後三〇四号室に入居した誰かが偶然にUSBメモリを見つけ、悪用（しないわけないよな、ここの住人になるような奴なのだから）されるのを、スピースは恐れていた。

「クインを殺させたのもお前か」

おっさんが訊ねた。

「あれは私ではありません。たぶん、日本政府です。クインが働くところない、というので、内緒で防衛省の人を紹介しました。クインは非公式の顧問をしていました。それがワシントンにわかりそうになって、あわてた防衛省の人、クインを処分したのだと思います。クインが死ねば、関係はわかりません」

怪しいものだ。こいつが殺させた可能性は充分にある、と俺は思った。それに防衛省の役人がジェーン・ブラックを雇ったのだとしても、あんな派手な殺し方をするような依頼は、決してしないだろう。

政府系の仕事というなら、むしろジェーン・ブラックではなく竜胴寺家に依頼するほうが筋というものだ。

「どうです。ご理解いただけましたか？　私を助けて下さいますか」

スピースは、俺とおっさんを交互に見た。

「US二万ドルです、イーチに」

おっさんが俺に目配せした。俺とおっさんはスピースに聞こえない位置で話した。

「廃棄する」

おっさんはいった。

「いいすけど、特別回収、三が日は休みです」

「何？」

「案内きてたじゃないですか、暮れに」

おっさんは舌打ちした。

「いくら正月でも、三日、死体おいといたら、マズくないですか」

「しょうがないな」

「タケダさんに任せたらどうです？　ジェーン・ブラック雇ったの、あいつじゃないかと思うんですけど」

おっさんは俺をにらんだ。

「お前はよけいなことを考えなくていい」

「わかってます。わかってますけど、これであいつを放しちゃったら、あいつ俺たちの弱みを握ったつもりになりますよ。会社にバラすぞ、とかいって。殺すと処理が面倒だし。タケダさんなら、うまくやってくれるのじゃありませんか。USBメモリさえ見つければ、あいつの尻尾を握れるわけだし」

「お前は見つける自信があるのか」

「やってみないとわかりません」

おっさんは考えこんだ。

「わかった。今日中に見つけられたら、タケダに渡す。見つけられなかったら廃棄だ」

「了解です」

4

USBメモリは、トイレの手洗いの排水パイプの中に隠してあった。いろいろ捜したあげく見つけられなかった俺は、三〇四号のトイレで用を足し、手を洗った。「リバーサイドシャトウ」のトイレは水洗タンクが閉鎖式で、小さな手洗いが内部についている。その手洗いの水がやけに流れが悪いことに気づいたのだ。排水パイプやトイレ詰まりの修理は、管理人助手の仕事だ。排水管のU字部分に、小さな密封容器に入ったUSBメモリが入れられていた。トイレの手洗いなんて、使わなくても困らない。洗面所で手を洗えばすむからだ。

スピースのいないところで、白旗のおっさんに俺はUSBメモリを見せた。

「ありました」

おっさんは目をむいた。

「どこにあった？」

「トイレの手洗いの排水パイプです」

ちょっと感心したように俺を見つめた。

「よく見つかったな」

「もっと時間があれば、あいつだって見つけられたでしょう」

謙遜《けんそん》しておくことにした。

おっさんはタケダを呼んだ。事情を俺が〝通訳〟すると、

「面倒なもん押しつけるんじゃねえよ」

と怒りだしたが、スピースの弱みになるUSBメモリもついてくるとわかったとたん、

「しょうがねえな」

機嫌を直した。そこに管理室の館内電話が鳴った。三〇一からだった。

「はい」

受話器をとった俺に、竜胴寺さくらがいった。

「ダーリンをだして」

「三〇一です」

コーヒーを飲んでいたおっさんの顔が暗くなった。受話器をうけとる。

「管理人です」

竜胴寺さくらの話を聞いていたが、

「それはちょっと。勤務中ですので」

といった。

「いや、彼も別の仕事があって、難しいと思います」

俺はぴんときた。竜胴寺さくらは何かをおっさんに頼み、断わられたので俺をよこせといったにちがいない。

「大変だな、正月早々」

コーヒーを飲んでいたタケダが俺にいった。スピースは別の刑事に連行されていった。

「申しわけありません」

低い声をだして、おっさんは館内電話を切った。

「どいつもこいつもワガママな住人ばかりってわけだ」

タケダがからかった。

「竜胴寺さくらだ」

おっさんが答えると、タケダは目をみひらいた。

「お前、あの女とまだ――」

「ちがう。ただの住人だ」

「ヤバいぞ。ジェーン・ブラックが日本にいるってのに、もし鉢合わせしたらどうするつもりだ」

「どうにもならん。UAEのCO《シーオー》は、たぶんジェーンにいっている」

UAEの情報機関は竜胴寺さくらの命を狙っていて、それを外部の殺し屋であるジェーン・ブラックに依頼した可能性が高い、とおっさんは考えている。

「どうやら長居は無用だ。いつミサイルがここにぶちこまれてもおかしくない」

タケダはコーヒーカップをテーブルにおいた。真顔だった。

「そうなったらお前らは万々歳だ。かなりの数のワルがこの世から消える」

おっさんはむっつりと答えた。

「お前、そんな巻き添えをくっていいのか。ジェーン・ブラックがここを襲う前に逃げだせ」

タケダがいったので俺は驚いた。おっさんの身を心配している。

「他にいくところがない」

「馬鹿いうな。札つきのワルどもと枕を並べたいのか」

おっさんは俺に顎をしゃくった。

「こいつもいる」

「こんなクソガキ、ほっておけ」

「使えるぞ。USBメモリを見つけたのもこいつだ」

「そんなことはどうだっていい。お前まで犯罪者の仲間入りをするのか」

「俺はもう立派な犯罪者だ」

「ここは外とはちがう。忘れちまえ」

俺は立ちあがった。

「どこへいく」

タケダが訊ねた。

「俺のいないところで話してくれ」

「お前がいなけりゃ話が通じない。残れ」

「タケダ」

おっさんがいった。

「何だよ」

「こいつを祖父さんのところへ連れていけ」

俺を示した。

「何い」

「望月塔馬のところへ届けろ。新年のご挨拶だといってな」

「勝手に決めるなよ！」

俺はいった。おっさんとタケダが驚いたように俺を見た。

「俺がどこにいようと俺の勝手だ」

「ちょっと待てよ」

タケダがいった。

「うるせえ。お巡りにがたがたいわれたくないね。それに祖父ちゃんとの約束は一年だ。あと一ヵ月残ってる」

「死にたいのか」

おっさんが訊ねた。

「そんなわけないでしょう。だけど十一ヵ月我慢したんだ。あともう少しってところでケツを割りたくない」

「祖父さんが恐いのか。まあ、恐いだろうが」

タケダがにやついた。

「そんなことをいってるんじゃない。今逃げだしたら、今までの頑張りが何だったたってことになる」

「お前は充分よくやった。こんなに長生きした助手はいない」

「だったらあと一ヵ月、やらせて下さい」

おっさんとタケダは目を見交した。

「一ヵ月もここはもたない」

「じゃあそれまで」

「お前ら、そろいもそろって、いかれてるぞ。ジェーン・ブラックが竜胴寺さくらと殺し合いを始めたら、こんなマンション、ひとたまりもない」

タケダが大声をだした。おっさんを指さす。

「それに、お前はどうする気だ？　元女房の味方になるのか。それとも恋人だった女につくのか」

「どちらも昔とはちがう」

「お前とつきあうと、なぜ女はみんな狂暴になるんだ？」

おっさんはタケダをにらみつけた。

「そうだ。あんたが竜胴寺さくらをパクれよ。そうすりゃ、二人はぶつからない」

俺は思いついた。

「何の容疑で」

「ハンホヨウヒへ」

タケダとおっさんが同時にいった。

「いくらだってあるだろ、やってきたこと考えたら」

「お前は馬鹿か」

おっさんがいった。

「竜胴寺家はアンタッチャブルだ。日本の司法は手をだせない。これまで日本政府に依頼されて果たしてきた仕事を裁判でバラされたらどうする」

「きったねえ」

タケダが笑った。

「望月塔馬の孫がいえたセリフか」

その通りだ。俺は確かに世の中をなめきっていたかもしれない。

「いくぞ、クソガキ」

タケダがいって立ちあがった。

「嫌だ」

ここをでていける日を指折り数えて待っていた。だがこんな形ででていくのは御免だ。祖父ちゃんとの約束通り一年をきっちり勤めあげて、堂々とでていきたい。

「どうしようもない馬鹿だな、お前」

タケダが首をふった。にやにや笑っている。

「おい、どうする白旗、このクソガキはお前と心中したいらしいぞ」

俺はおっさんを見た。

「何とかなりますよ。いや、何とかしなきゃ。それが管理室の仕事じゃないすか」

おっさんは深々と息を吸いこんだ。

「どうなろうと俺は知らんぞ」

「使えなきゃどうせ廃棄されるじゃないすか」

確かに俺はおかしい。残るのを許されて喜んでいる。

管理室の電話が鳴った。外線からだ。

おっさんが顎をしゃくり、俺は受話器をとった。

「はい、『リバーサイドシャトウ』管理室です」

「四〇三を契約している者です。白旗さんをお願いします」

女の声がいった。俺は送話口をおさえ、おっさんをふりかえった。

「噂《うわさ》をすれば、です」

「ジェーンか」

俺は頷いた。おっさんは受話器をうけとった。

「電話をかわりました」

ジェーンの話を聞いていたが、いった。

「いや、できない話だ。それに彼女がうけいれるとも思えない」

俺とタケダはおっさんを見つめた。

「もちろん、そんなことになっては困る。問題の処理に、管理室を巻きこまないでくれ」

おっさんの表情が険しくなった。

「私は……どちらの味方もできない。住人の安全とプライバシーを守るのが私の仕事であって、それ以外のことはできない」

どんなやりとりをしているのか、俺には想像がついた。ジェーン・ブラックは竜胴寺さくらを「リバーサイドシャトウ」からだせ、といっているにちがいない。

「わかった」

おっさんは答え、受話器をおろした。俺とタケダを見やり、息を吐いた。

「明後日、ジェーン・ブラックがくる。それまでにさくらを退去させろといわれた」

「無理ですよね」

俺はいった。他人を巻きこみたがらないところは、まだジェーン・ブラックのほうがマシかもしれない。仕事のやりかたはやたら派手だが。

「しかたがない」

タケダがいった。

「ここの外で待ちかまえて、身柄を拘束し国外退去させられないか、やってみよう。ジェーン・ブラックなら何とかできるかもしれん」

おっさんは首をふった。

「彼女の邪魔はしないほうがいい。相手が警察でも容赦《ようしゃ》しない」

「武器をもっていたら、その容疑が使える」

おっさんは苦笑いを浮かべた。

「マンションの敷地内ではやるなよ」

「わかってるさ。お前らの仕事の邪魔はしない」

タケダはおっさんの肩を叩き、管理室をでていった。

「本当はいい人なんですかね」

俺はつぶやいた。

「あいつも馬鹿なんだ」

が、おっさんの答だった。

緊急避難通路

1

「おはよう!」

朝の館内巡回中だった俺は、明るい声にふりかえった。ジョギングウェアを着けた竜胴寺さくらがエレベータから降りてきたところだった。

一月三日の午前七時だ。夜が明けたばかりの外はえらく寒い。北日本では爆弾低気圧が発生し、東京は晴れるが北風が吹き荒れると、天気予報でいっていた。

「お、おはようございます」

さくらのウェアはまっ黒で、腰にポーチを留めていた。耳あてつきのイヤフォンを首にかけている。

「ジョギング、すか」

思わず俺は訊いた。

「そう。ちょっと寒いけど、体動かしたくなっちゃって。ダーリンは?」

「えっと、管理室です」

「じゃあ手をふったらわかるかしら。いってくるわね」

すごく爽《さわ》やかな笑顔を俺に向け、ロビーから走りでていった。はたから見れば、気さくな住人とマンション管理人の、健全で日常的な朝の風景といったところだ。

俺はガラス扉の向こうを走りさっていくさくらのうしろ姿を見つめた。

運命の日がきた。ジェーン・ブラックがこの「リバーサイドシャトウ」にやってくる。

ジェーンは、竜胴寺さくらの暗殺を請け負った殺し屋で、四〇二号室の住人だ。

一昨日《おととい》の元日、管理室に電話をしてきて、三〇一号室の竜胴寺さくらを「リバーサイドシャトウ」から退去させろと白旗のおっさんに要求した。竜胴寺家は江戸時代からつづくという、日本の殺し屋界の名門だ。そこに生まれたさくらは白旗のおっさんと結婚した頃から心のバランスを失い、自分の世界と現実の区別がつかなくなっている。

そのさくらを暗殺するにあたって「リバーサイドシャトウ」の他の住人や管理室を巻きこみたくないと、ジェーンは考えたようだ。

だがおっさんはそれを拒否した。「住人の安全とプライバシーを守る」管理室としては、どちらの味方もできないというわけだ。

その結果、何が起こるか。ジェーン・ブラックと竜胴寺さくらの全面対決だ。

かつておっさんの同僚だった、公安のいやみな刑事、タケダは、それを聞いて真顔で怯えた。派手なやりかたを好むジェーンは、ミサイルをこのマンションにぶちこむかもしれないというのだ。

対決を回避するには、ジェーンかさくらの身柄を拘束するのが一番だ。ただ政府の御用達殺し屋だった竜胴寺家の人間を逮捕はできない。そこで今日、この「リバーサイドシャトウ」に現われるであろうジェーンを、タケダは何らかの容疑で拘束し、国外退去させられないか試してみるといいだした。

おっさんは反対した。たとえ警察でも、ジェーンは仕事の邪魔をする人間には容赦しない。

さくらもジェーンもとてつもなく危険な殺人者なのだが、理解できないのはこの二人が今も白旗のおっさんに惚《ほ》れているということだ。さくらは以前、京都で中国人観光客の女の耳を削《そ》いだ。ジェーンと人ちがいしたのだ。おっさんはさくらとの離婚後、ジェーンとつきあっていたようだ。

さくらによって口を横一文字に裂かれる前、おっさんは「美声」だったらしい。女の耳を削いだのも、おっさんの口を切り裂いたのも、すべて嫉妬《しっと》が原因だ。

今、おっさんの近くにいるさくらは一見おだやかで明るくふるまっているが、殺したと信じるジェーンが実は生きていて、しかも自分の命を狙っていると知ったらいったいどんなことになるか、想像がつかないし、したくもない。

ジェーンがタケダにつかまることをひたすら俺は願っていた。あと一ヵ月生きのびられたら、祖父ちゃんとの約束も果たせる。

だがジェーンがこのマンションにやってくるという今日が、最大のピンチであることはまちがいなかった。

　さくらが戻ってきたのは、館内の巡回が終わった七時過ぎだった。本当はゴミだしの作業があるのだが三が日が終わる今日までは回収車もこない。

　というわけで、俺とおっさんは管理室でコーヒーを飲んでいた。

「ジェーンは本当にきますかね」

「いったことは実行する女だ」

　おっさんはむっつりと答えた。

「さくらさん、見ましたか。この寒いのにジョギングいくって張りきってました」

「帰ってきた」

　モニターに目を向けていたおっさんがいった。

　頬をまっ赤にしたさくらが扉を開けて入ってくる。

　さくらはそのまま管理室にあがってきた。手袋を外しながらいった。

「おはよう、ダーリン。わたしにもコーヒーを一杯、ごちそうして」

　俺はコーヒーを注ぎ、さくらに手渡した。

「寒かったろう」

　おっさんがいった。

「風はちょっと強いわね。あと刑事が張りこんでいた」

「敷地内で？」

「外よ」

「じゃ関係ない」

おっさんは答えた。さくらがこっちを見た。俺は急いでコーヒーを飲むフリをしてごまかした。

「気にしなくていいのね」

「正月を旅先で過した住人が何人か帰ってくる。警察はそういう連中の行確をしているんだろう」

「じゃいいわ。走ってる途中、ゴルフ練習場も見つけちゃった。久しぶりにクラブ振ってこようかしら。わたしのゴルフバッグはどこ？」

「地下のトランクルームです」

俺は答えた。さくらが偽名で入居契約をしたとき、本人抜きの引っ越しの荷物搬入に立ちあったのは俺だった。

「そう。コーヒーごちそうさま。またね、ダーリン」

さくらは空になったカップをおき、管理室をでていった。

「ゴルフか」

おっさんがつぶやいた。

「見ましたか？」

俺は訊ねた。

「何をだ」

「さくらさんの手袋です。血みたいな染みがついてました。転んだんですかね」

おっさんは俺を見つめていたが、不意に管理室の外線電話に手をのばした。番号を押し、でた相手に訊ねた。

「監視班の中に、連絡がとれなくなっている者はいないか」

2

「河原の草むらに死体がころがっていた。まだ配属になったばかりの奴なのに、喉をすっぱり、だ」

不機嫌な表情でタケダがいった。おっさんが問い合わせた十分後、刑事の死体が見つかったのだ。

「目撃者《モク》は？」

「いない。やり口は完全にプロで、遺留品《リュウ》もない。ただ、所持品の中から写真だけがなくなっていた。監視班全員にもたせた、ジェーン・ホワイトの写真だ」

「まずいっすよ」

俺はおっさんにいった。タケダが眉を吊りあげた。

「刑事が殺される以上にまずいことなんかあるのか、クソガキ」

「ジェーンが生きてるって、さくらさんにバレました」

「何だと？」

「その刑事を殺したのはさくらさんだ。所持品を調べて、刑事が張ってるのはジェーンだって気づいたにちがいない」

「ジェーンじゃないのか、殺したのは」

「さくらだと思う」

むっつりと白旗のおっさんがいった。

「今朝早く、ジョギングにいくとでていって、帰ってきたとき手袋に血がついているのをこいつが見た。さくらはナイフをいつももち歩いてる」

「なんで張りこんでる刑事を殺すんだ」

「さくらだからさ。あいつは異物を嫌う。お前らは異物だ」

「ふざけるな！」

「だったら逮捕しろ」

おっさんがいうと、タケダはぐっと頬をふくらませた。

「したってすぐに釈放だ。裁判なんかできるわけがない。これまでの殺しを洗いざらい喋られたら、歴代の総理は全員刑務所いきだ」

「それ以前に逮捕できないさ。あんたらが束になったってさくらさんには勝てない」

俺はいってやった。タケダは大きく息を吸いこんだ。

「竜胴寺さくらはどこだ？　部屋か」

「さっきゴルフの練習にいくってでてった。いつもの運転手が迎えにきた」

俺はいった。

「ゴルフだと？　このくそ寒いのにか」

「さくらは学生時代、関西女子アマチュアトーナメントで三位になったことがある」

おっさんがいうと、タケダは天井を見上げた。

「殺し屋なのにゴルフの名人かよ」

「竜胴寺家の人間は、子供の頃からスポーツと語学を叩《たた》きこまれるんだ」

「さくらさんを逮捕できるか？」

俺はタケダに訊ねた。

「お前の証言だけじゃ無理だ。防犯カメラも何もない川っぺりで殺されてる」

「監視は？」

おっさんが訊いた。

「つづけているが今は現場検証《ゲンケン》中だ。マスコミにはまだ情報を流してないが、そこら中に警官がいるから、ジェーンは近づかないさ」

タケダは答えた。

「現場検証はいつ終わる？」

「昼過ぎまでかかるな」

「終わったらこいつを連れていけ」

おっさんは俺をさした。

「なんで？」

「今日は旅行にでてた住人が多く帰ってくる。マンションの住人かどうか、こいつなら見分けられる。マンションに近づく車をいちいち止めていたら、張りこみをジェーンに気づかれるだろう」

タケダは俺を見やった。

「協力する気、あるか」

「あの二人が戦争を始めるよりマシだ。協力してやるよ」

俺は答えた。

午後三時を過ぎると、タケダが俺を迎えにきた。窓にまっ黒なシールを貼ったワンボックスカーに乗せられる。「リバーサイドシャトウ」のエントランスとつながった一本道の先、川沿いの道との分岐点にワンボックスカーは止まった。ごていねいに「ガス工事」という看板をおき、車が止まっていても怪しまれないようにユンボまであってヘルメットと作業衣姿の刑事が何人も立っている。

おっさんにいわれ、俺は抗弾ベストを着けていた。だがジェーンが抵抗したら、ベストくらいじゃ役に立たない。車に乗った男ひとり殺すのに、対戦車ロケット砲を使う女だ。

「この寒いのにまだ玉を打ってるのか」

「どこか買いものにでもいったんじゃないの。運転手つきの車ででかけたから」

俺は答えた。できればずっと帰ってこないほうがありがたい。最悪なのはマンション玄関での鉢合わせだ。

「おい」

タケダがいった。黒いアメ車のSUVが側道を降りてくる。俺は双眼鏡を目にあてた。運転席に女がいた。キャップをかぶり、革のジャケット姿だ。

「ジェーンだ」

タケダが無線機を口にあてた。

「確保しろ」

制服の警官二人がワンボックスからとびだし、SUVを止めた。おっさんの入れ知恵だった。制服を着ていない男は敵だと思われ、ジェーンに撃たれるかもしれない。ユンボが動き、SUVのうしろを押さえた。バックしても逃げられない。さらにヘルメットと作業衣の刑事がSUVをとり囲む。

タケダが開いたままのスライドドアから降りた。冷たい風が吹きこみ、車内の温度を一気に下げた。

「車を降りて下さい」

制服警官がいうのが聞こえた。

ジェーンはワンボックスから降りたタケダをじっと見ている。やがてあきらめたようにSUVのドアを開けた。

「彼があなたたちをよこしたのね」

タケダはそれには答えず、警官に合図をした。ジェーンは身体検査をうけた。

「何もありません」

「車内を調べろ」

刑事がSUVの中で這いつくばった。

「問題はないようです」

ジェーンは腰に手をあて、タケダを見つめた。

「通してくれる？」

タケダは首をふった。

「申しわけないが、それはできません。これからあなたを成田に連れていきます。香港でも台湾でも、あなたが選ぶ土地に向かう飛行機に乗せる」

「わたしはどこにもいかない。日本がいい」

ジェーンがいった。そのときジェーンの横に立っていた制服警官がぐらりと揺れた。背中からいきなり血煙があがり、仰向《あおむ》けに倒れこむ。川のほうでタン、という音がした。

何が起こったのかわからない。次にSUVのサイドウインドウが砕《くだ》けた。かたわらにいた刑事が万歳をして崩れ落ちた。

今度ははっきりと銃声だとわかった。

「狙撃されてるぞ」

タケダの言葉より早くジェーンが動いた。体を低くして、俺のいたワンボックスに転げこんでくる。

つっ立ってあたりを見回していた刑事のヘルメットがぐしゃっと潰れた。ものもいわずにぶっ倒れる。

「頭を下げなさいっ。下げて！」

ジェーンが俺に叫んだ。あわててそうした瞬間、ワンボックスの窓を弾丸が撃ち抜いた。反対側の窓にも穴を開け、弾丸はどこかに飛び去った。

「ライフルよ。あそこっ」

ジェーンが指さしたのは、多摩川の対岸だった。草むらしか見えない。

「退避！　退避！」

刑事が叫び、タケダも地面に伏せた。それでも弾丸は次々と飛来し、ＳＵＶやワンボックスに穴をうがった。

ジェーンがワンボックスをとびでた。伏せているタケダの背中を踏んでジャンプした。

「待て！」

いったタケダの鼻先で地面が爆《は》ぜ、小石がとんだ。タケダは頭を抱えた。

「ジェーンさん！」

俺は叫んだ。土手を駆けあがろうとしていたジェーンの動きが止まった。

「白旗さんを恨まないで！　マンションを守りたいだけなんだ」

ジェーンのかたわらの草がぱっと散った。

ジェーンは何も答えなかった。土手を越え、反対側の道路にひらりと降りたつと、その姿が見えなくなった。

3

「何発撃ったと思う？　二十発だぞ、二十発！　射的の人形みたいに警官を三人も殺しやがった」

タケダが怒鳴った。

「撃った地点はどこだ」

おっさんが訊ねた。俺は通訳した。

「川の向こうだ。ギリースーツってのか、ネットみたいのに葉っぱをくっつけたのと薬《やっ》莢《きょう》が大量に見つかった」

「対岸からだとすると、約六百メートルか。今日の風じゃ、さすがにジェーンだけを撃つのはできなかったか」

冷静におっさんが分析した。

「撃ったのはさくらだ」

「薬莢に指紋とかはなかったんですか」

俺が訊くと、

「お前は馬鹿か。プロの殺し屋がそんなもの残すわけないだろう」

タケダが吠えた。

「だからやめておけといったんだ」

おっさんがいった。

「お前が忠告したのはジェーンについてだ。竜胴寺さくらがこんな真似をするとはいってなかったぞ」

「張り込みの刑事がもっていた写真を見て、ジェーンがここにくるとさくらは知った。ゴルフの練習は、ライフルをもちだす口実だ」

「戦争が始まりますね」

俺はいった。

おっさんはタケダを見た。

「お前らはひきあげろ」

「何を馬鹿なことをいってる。四人も殺されているんだ」

「この先は四人じゃすまなくなる。それにひとりは捕まえたところで何もできない相手だ」

「裁判なんて関係ない。あの女だけは許さん」

「お前らでどうにかなる相手じゃない。勝負のカタがつくまでは巻き添えをくわないようにさがってろ」

「お前——」

タケダはおっさんをにらみつけた。

「すっかり裏の人間だな」

「ここにきたときからそうだ。今さら何をいってる」

おっさんはいい返した。タケダはぐっと奥歯をかみしめ、俺をにらんだ。

「クソガキ、お前も同じじゃか」

「俺の考えなんて知りたいのかよ。じゃあいうけど、マッポは引っこんでろ」

「一人前の口ききやがって。何があっても助けてやらねえからな」

タケダは立ちあがった。管理室の扉を蹴り開けるようにしてでていく。おっさんは無言でそれを見送ると、会社への報告用電話をとりあげた。

「ケース一の二が進行中です。家の使用許可を願います」

相手の返事に耳を傾け、

「了解しました。連絡を待ちます」

おっさんは電話を切った。

「家って何です?」

「住人専用の避難通路だ。多摩川との間に掘った地下トンネル出口に一軒家がある。その家の外はすぐに橋で神奈川に抜けられる。最悪の場合、その通路で住人を避難させる」

「でも二人とも今は外でしょう。ここに帰ってきますかね」

「お前はわかってない。あの二人は何のために殺しあっていると思う」

「何って……。ジェーンは契約で、さくらさんはヤキモチじゃないんですか」

「生き残ったほうは、それで何を得る？」

俺は考えた。白旗のおっさんか。だがおっさんは、二人とは〝終わって〟いる。

「ここに住むことができます、よね」

おっさんは頷いた。

「そうだ。逆にいえば、相手が生きている限り、ここには住めない」

「そんな重大なことなんですか」

「裏の人間じゃないお前にはわからん」

会社からの電話が鳴った。おっさんは顎をしゃくった。

「お前がでろ。会社の上の人間は、俺の言葉が通じない」

俺は受話器をとった。

「はい」

「その声は望月だな」

電話をかけてきた奴がいった。俺はぴんときた。俺をここにぶちこんだ野郎だ。祖父ちゃんのことを先生と呼び、俺を殺そうとしたが、チャンスをやるといった。

「そうです」

「十一ヵ月か。よくもったな」

「ご用件を」

「ケース一の二の件だ。片方は三〇一の住人だな。もう片方は？」

「四〇三号室です」

「何者だ」

「登録は黒小蘭ですが、ジェーン・ブラック」

男は沈黙した。

「夕方、三〇一号室の住人は、四〇三号室の住人を狙おうとして、警官を三人殺しました」

「マンション内でか」

「いえ。外の道路です」

「敷地外の問題は関係ない。二人の戦闘が敷地内でも継続すると考える理由をいえ」

「三〇一号、つまり竜胴寺さくらさんはジェーン・ブラックを昔から殺したがっていましたし、ジェーンは、さくらさんを殺すCO《シーオー》をUAEの情報機関と結んでいます」

「竜胴寺さくらがジェーン・ブラックを狙うのは、単なる私怨で、会社とは関係ないな」

何をいってるんだ、このオヤジは。

「そんな理屈は通りません」

「原因は白旗だろう。奴に説得させろ」

「不可能です」

「ならば管理人の資格がない。廃棄する」

「ふざけんな！」

俺は思わず怒鳴った。

「手前はご立派なオフィスでふんぞりかえりやがって。危ない目にもあわねえ、手もよごさねえ、それで馬鹿高い家賃とって経営者面《づら》かよ。ここがどんなとこなのか、本当にわかってんのか。毎日毎日、いつ殺されてもおかしくないんだぞ」

電話を叩き切られると思った。が、男はそうしなかった。それどころか、わっはっはと大笑いしやがった。俺はすっかり怒りを削がれた。

「望月拓馬、そこがどんなところだか私が知らないと思っているのか」

「あたり前だ。あんた、きたこともないだろうが」

「『リバーサイドシャトウ』は、会社にとって最初の賃貸物件じゃない。昔からあったんだよ、そういうアパートは」

「どういうことだ」

「極悪人の安全とプライバシーを守る専用住宅だ。初めて作られたのは昭和四十年代で、お前のお祖父さんが建てさせた。私はそこの二代目の管理人をつとめた」

俺は何もいえずにいた。こんなマンションが四十年以上も前から存在してたなんて思ってもいなかった。それも作らせたのは祖父ちゃんだという。

「――とにかく、白旗に竜胴寺さくらを説得させろ」

「ジェーン・ブラックはどうすんだよ。そっちも住人なんだ」

「どちらも入居規約に違反する行為があれば、退去してもらえ。それだけのことだ。あ、それと家の使用は許可する。以上だ」

電話は切れた。おっさんが訊ねた。

「何だといっていた？」

「家の使用は許可するそうです」

「それ以外は？」

「二人が入居規約に違反した場合は退去させろ、と」

おっさんは静かに息を吸いこんだ。さくらさんを説得しろなんて、そんな無茶をいえるわけがない。

「まずは避難通路の確認だ」

おっさんは低い声でいって立ちあがった。

「こい」

懐中電灯を手に、俺に命じた。

4

初めてここに連れてこられたときに通った、駐車場とつながる地下通路へとおっさんは降りた。巨大迷路のように直角に折れ曲がっている、一本道の通路だ。手前にはおっさんの私室がある。

私室を抜けてふたつ目の角でおっさんが立ち止まった。正面の壁に手をかけ、ぐっと押す。

壁がぐっと奥に入り、五十センチくらいのすきまができた。

おっさんが懐中電灯を点し、そのすきまに体をさし入れた。

「ついてこい」

下に降りる階段がつづいていた。腰をかがめなければ頭がぶつかるほど天井が低く、幅も一メートルあるかどうかだ。

湿ったコンクリートの匂いが鼻を突いた。

おっさんは懐中電灯で足もとを照らしながら階段を降りていく。俺は壁に片手で触れながらあとを追った。

階段は急で、建物にすれば三階ぶんくらい下っていた。おっさんの背中で先はまったく見えない。だからおっさんが止まったときは、思わず背中につきあたりそうになった。

おっさんの右手が階段の壁にあるスイッチボックスの蓋を開け、中のボタンを押した。オレンジ色の光が点った。

高さは二メートルくらい、幅は階段とかわらない、狭い通路がまっすぐにのびていた。天井に埋めこまれたオレンジのライトが、まっすぐ何百メートル、もしかすると一キロ以上、つづいている。閉所恐怖症にとっての悪夢みたいな景色だ。

「どこまでいってるんです？」

「多摩川にかかった鉄橋のすぐ近くだ。鉄橋の下に歩行者用の通路がある」

おっさんはいって足を踏みだした。俺はついていった。

「さっきの会社の奴がいってたんですけど、『リバーサイドシャトウ』の他にもこういうところがあったんだそうですね」

「知らん」

おっさんの返事はそっけなかった。

「そいつは会社が初めて作ったアパートの二代目の管理人だったそうです」

おっさんは返事をしなかった。

「てことは、白旗さんも会社で偉くなるんですか」

おっさんの背中が止まった。

「俺はちがう」

「でもエリートコースなのじゃないんですか。裏社会の」

フンとおっさんは鼻を鳴らした。

「何がエリートだ。ここが人でなしの巣窟だってことはお前にもわかっているだろうが」

「それでも秩序はありますよ。白旗さんのおかげで」

「だから何だ。互いに殺し合ったら会社は収入を失う。そのために管理人が必要なだけだ」

「じゃ、ずっとここにいるんですか」

「俺はここでしか生きられないし、他にいきたくない。お前とはちがう」

「さっきの話。さくらさんとジェーンがここに住むために戦ってるって、それといっしょですか」

おっさんがくるりと向きなおった。怒鳴られるかと思ったが、ちがった。

「どんな悪人でも、そこにいたら心が安まるという場所は欲しい。いや、悪ければ悪いほど、そういうところを求める。捕まらない、寝首をかかれない、そんな安心が欲しくて金を積むんだ。住人にとってここ以外にそんな場所があるとしたら、刑務所の独房くらいだ。だからここに住む権利を命がけで求める」

「でも二人とも金持じゃないですか。さくらさんなんか、すげえ実家なのでしょう」

「さくらの兄は、竜胴寺家を守るためなら妹を殺す。ジェーンだって、いつ過去のクライアントに口封じをされるかわからない。『リバーサイドシャトウ』は、裏の休戦地帯だ。ここにいる限り、誰も手をださない」

「必要悪ってやつですか」

「生意気なことをいうな」

おっさんは答えて、背を向けた。そのまま歩きだし、しばらくするといった。

「会社はおそらく近いうちにここを処分する。警官が何人も死んだ以上、タケダ以外の刑事もここに目をつける。そうなったら価値がない」

「白旗さんはどうするんです？」

「次にできる、こういうところで働く。だがそれは何年か先だ。お前の仕事は終わりだ」

「あとのひと月はないってことですか」

「ひと月もたたないうちにここは廃棄だ」

ようやく通路の終わりにきた。正面の壁から鉄のハシゴがつきでている。懐中電灯を俺に渡し、下から照らさせながら、おっさんはそれを登った。丸いハンドルのついた、潜水艦のハッチのような扉が天井についている。それをおっさんは回し、ぐっと押しあげた。暗闇がある。その暗闇の中におっさんは上半身をさしこみ、さらに両脚も消えた。

俺は声がかかるのを待った。が、おっさんはハッチの向こうに消えたまま何もいってこない。

不意にバタンとそのハッチが閉まった。

どうなってるんだ。

しかたなく俺は鉄のハシゴを登った。ハンドルをつかみ、上に押す。が、びくともしない。ハンドルを回すのかと思ったが、めいっぱい左に回っている。ハッチはぶあつく、声をあげても向こうに届きそうもない。

俺は息を吐いた。考えられるのは、おっさんに何かが起こったってことだ。そしてもしそうなら、理由はさくらさんかジェーンのどちらかだろう。

おっさんは俺を巻きこむまいとハッチを閉めたのだ。

であるなら、俺はここで待つか、管理室に戻るか、どちらかだ。

ハシゴを降りた。通路のほうを向き直り、凍りついた。

さくらがまっすぐ歩いてくる。手には管理室にあったショットガンをもっていた。

「さくらさん」

さくらはにこっと微笑んだ。世にも恐ろしい笑みだった。

「ダーリンは?」

「えっ。管理室にいませんでしたか」

俺はとっさにいった。

「いないからここにきたの」

さくらは昼の格好から革のツナギのような上下に着替えていた。ジェーンといい、女殺し屋はレザーファッションが好きなようだ。

「じゃ、俺はわかりません。俺はこの、通路のようすを確かめておけっていわれただけで」

懐中電灯をそれとなく示し、俺はいった。背中に汗が噴きでた。疑われたら、即あの世いきだ。

「そうなの、ふーん」

さくらは俺のかたわらに立ち、上を見た。香水の匂いが鼻にさしこんだ。

「この先は？」

俺は首をふった。

「ハッチが錆《さ》びてるみたいで開かないんです。それを報告しようと思って。でもいないんですか、白旗さん」

「いない。あの女に会いにいったのね」

「あの――」

「何？」

「白旗さんを助けてあげて下さい」

勇気をふりしぼって俺はいった。

「あの女から？」

「ちがいます。会社です。今度のことで、さくらさんを説得しろ、と白旗さんはいわれてるんです。もし説得できなかったら、殺されます」

「誰が殺すの？」

「会社が」

「わたしに手を引けってこと？」

俺は頷いた。自分を殺す契約をジェーンが請け負っていることをさくらは知らない筈だ。

「さくらさんとジェーンのトラブルは、白旗さんの責任だって会社は考えているんです」

さくらはじっと俺を見つめた。

「そうよ」

あっさりといった。

「あの人が悪い。でもあの人は殺さない。あの人に近づく女は皆、殺すけど」

「白旗さんが殺されてもいいんですか」

「あの女が先に死ねばいいだけじゃない」

「いや、そうはいきません。夕方、警官が何人か撃たれて死んで、会社はその責任も白旗さんにあるって」

こうなったら嘘八百を並べるしかない。

「あれは、照準補正ができてなかったのよね。久しぶりに使って」

そういう問題じゃないだろう。だが、

「わかった」

さくらはきっぱりいった。

「わたしが守ればいいのでしょ、ダーリンを」

「いや、それは……そんなこと無理じゃないですか」

ショットガンの銃口が顎の下にあてがわれた。

「どういう意味？　わたしを疑ってるの？」

「そ、そうじゃなくて、会社には、白旗さんも逆らえないです」

「そんなの、やってみなけりゃわからない」

そのときだった。いきなり頭上から女の声が響いた。

「あがってきなさい、竜胴寺さくら」

ジェーンだ。それを聞いた瞬間、さくらが銃口を上にさしあげ、引き金をひいた。

狭い通路での発射音はすさまじかった。俺は思わずしゃがみこんだ。頭痛がするほどの耳鳴りだ。鼓膜が破れたかもしれない。俺がすぐ足もとにいるってのに、さくらはたてつづけにショットガンを撃った。

俺は頭を抱えたまま上を見た。いつのまにかハッチが開いている。

さくらが何かをいって、俺の襟《えり》をつかんだ。懐中電灯を俺の手から奪い、上にいけと身振りで示す。ショットガンを投げ捨て、腰から元日に見た、ごついリボルバーを抜いた。

俺は手をあげた。わかった、わかりました、そういったが自分の声もガーンという耳鳴りに消されて聞こえない。

とにかくハシゴを登るしかない。が、上ではジェーンが待ちかまえている。

絶体絶命だ。

5

鉄のハシゴが汗でぬらついた。ハッチから頭をだした瞬間、ジェーンに吹っとばされる。だが登らなければ、さくらに下から撃たれる。

「望月です！　あがりますっ」

ちゃんといえているかどうかわからないが、俺は叫んだ。ハッチの手前で体が止まった。

下を見る。さくらがリボルバーの狙いを俺につけ、ハンマーを親指で起こすのが見えた。

俺は目をつぶり、頭をつきだした。遠くでバン、という音がして、目を開いた。遠くじゃなかった。一メートルも離れていない場所にジェーンがいて、サブマシンガンをかまえていた。その銃口が横を向いている。おっさんが手で払いのけたのだ。

ハッチからさしこむ光でそれらが見てとれた。

そこはがらんとした家の中だった。コンクリート敷きの床の中央にハッチがあり、窓はすべて雨戸が立てられている。家具はひとつもない。

白旗のおっさんとジェーンが並んで立っていた。俺は大急ぎでハッチから体をひっぱりあげた。少しだが聴力が戻っている。

「下にさくらさんが――」

「わかってる」

おっさんが答え、俺はジェーンを見た。

「どうしてここに？」

ジェーンは、誰、というようにおっさんを見やった。

「管理人助手だ」

「あなたの、助手？」

ジェーンはつぶやいて、あきれたように首をふった。

「さくらはエントランスを見張ってる。だからこの家からマンションに入ろうと思った」

「でもどうやってここのことがわかったんです？」

「あのマンションでさくらを暗殺する計画をたてた前任者の資料にあった」

サダムだ。二〇一号に爆薬をしかけ、三〇一号にいるさくらを部屋ごと吹っ飛ばそうとした。

「お前はここをでろ」

おっさんが首をぐいと傾けた。暗がりの中で、玄関らしき扉がその方角にある。

不意に白煙をひきながら、円筒型の缶がハッチからとびでてきた。

「フラッシュバン！」

ジェーンが叫んで目を閉じた。おっさんが俺の首根っこを押さえつける。俺は目をつぶった。

馬鹿でかい音と閃光が走った。光がおさまるのを待って見ると、ジェーンがフルオートにしたサブマシンガンをハッチに向けて撃ち始めた。

俺はおっさんにつきとばされるようにして玄関に走った。ジェーンが撃ちまくりながらあとを追ってくる。

玄関の扉はスティール製のえらく頑丈《がんじょう》な代物で、ボルト式のロックがふたつもついている。

俺とおっさんは二人がかりでそれを外した。

蝶番《ちょうつがい》が錆びているのか、なかなか開かない。

「――せっ」

おっさんがいって扉に肩をあてた。二人で渾身の力をこめると、ようやく十センチほど開いた。

「グレネード！」

ジェーンが叫ぶ。洋梨のような緑色の玉が床に落ちた。ジェーンが体ごと俺たちにぶつかり、扉がようやく開いて外に転げでた。

爆発が起きた。地面が揺れ、木くずやガラス片が降ってくる。

地面を転げ回ってその場を離れた。血まみれの顔をしたおっさんが俺の腕をつかみ、ひきずり起こした。

ふりかえると、元は家だったらしい木造の古い建物が半分へしゃげていた。

風が吹きつけ、ガタンガタンという音が聞こえた。ほんの二十メートル先に鉄橋があり、光を放つ電車が渡っている。

目を戻した。うつぶせに倒れたジェーンにおっさんがかがみこんでいる。革ジャケットの背に点々と穴が開いていた。

「ジェーン！」

おっさんが抱き起こした。ジェーンは目を閉じ、動かない。俺は駆けより、おっさんに手を貸した。

そこは「リバーサイドシャトウ」から直線で一キロないくらいの川べりだった。おっさんがいった通り、多摩川をまたぐ鉄橋がすぐそこに見える。あたりは緑の多い公園のようで、他に建物もなく、草むらが広がっていた。

ジェーンをひっぱって、家から少し離れた場所に寝かせた。

声が聞こえた。扉が大きく開いた家の玄関にさくらが立っていた。リボルバーをまっすぐ、こちらに向けている。

「どいて、ダーリン」

「その女を今片づけちゃうから」

さすがのさくらも髪が乱れ、額にすり傷やススがついていた。

「必要ない。もう死んでる」

ジェーンをかかえたままおっさんは答えた。

が、たれさがったジェーンの手がぴくりと動くのが、俺には見えた。

「そう？　でも顔を撃ちたいの」

さくらはいって、いきなり銃口を俺に向けた。

「どかないとこの坊やを撃っちゃう」

「ちょ、ちょっと――」

ジェーンの手が腰のベルトを探っていた。携帯電話を留めるようなケースがある。

「いいのね」

「わかった！」

おっさんはいって、立ちあがった。その瞬間、家が大爆発を起こした。さくらの体が宙を飛び、おっさんも俺も爆風に体が浮きあがった。一瞬で炎が家を包む。

飛んでいく意識の中で思った。ジェーンが家に爆薬をしかけていたのだ。腰のケースは点火装置だ。

「拓馬」

目を開けた。祖父ちゃんがいた。舌がぱんぱんに腫《は》れあがっていて、うまく動かない。

俺はゆっくり首を動かした。体中包帯だらけで、チューブがいっぱい刺さっている。

病院だ。

「水か」

祖父ちゃんが訊ね、俺は頷いた。水差しをとってくれ、飲もうとして顔も絆創膏《ばんそうこう》だらけだとわかった。

水を飲み、ようやく言葉がでた。

「おっさんは？」

「おっさん？」

「白旗さん」

祖父ちゃんは深々と息を吸いこんだ。

「生きている」

俺はほっと息を吐いた。

「さくらさんとジェーンは？」

「竜胴寺さくらなら遺体が川からあがった。ジェーン？　それは知らん。家のところで見つかったのは、お前と白旗だけだ」

あの傷で、ひとり脱出したというのか。化け物だな。

「よくがんばったな。報告は逐一《ちくいち》、うけていた。思ったよりお前には根性がある」

祖父ちゃんはいった。俺は病室の天井を見上げた。

「『リバーサイドシャトウ』は閉鎖する。住人は他の建物に移ってもらう予定だ」

「それはどこ？」

俺は祖父ちゃんに訊ねた。

「まだ決まっとらん」

「じゃあ、そこであと一ヵ月だ」

俺はいった。

「何？　何といった、今」

祖父ちゃんはよく聞こえなかったのか、俺に耳を近づけた。だが俺は、たったそれだけの会話でへとへとだった。疲れて口をきくのも億劫《おっくう》だ。

目を閉じた。口にできなかった言葉が頭の中でぐるぐる回っている。

次はもっとうまくやれる。

十一ヵ月の経験は無駄じゃないってことだ。

解説

薩田博之

本作『極悪専用』は、マンションの管理人とその助手を主人公に、その敷地内だけでの事件を描くという大沢（『やぶへび』・講談社文庫の解説でも触れましたが、大沢のマネージメント・オフィスに在籍していた私としては、さん等の敬称をつけるとやはり心持ちが悪いので敬称は略させていただきます）には珍しい設定の連作短編集です。

この設定が生まれたのは、飲み屋での「マンションの管理人を主人公にしたら面白いよね」という何気ない一言だったようです。一口にマンションといっても、都心のタワーマンションから、郊外のファミリーマンション、単身者が多く住むワンルームマンションなど形態は様々です。年齢、職業、国籍などが異なる多様な人間が共棲するマンションは、魅力的な事件現場に映ったのでしょう。

その時にどのようなマンション像があったのかは知るすべもありませんが、「オール讀物」での連載をスタートさせるにあたり出してきた答えが、世界中の極悪人がセーフハウス的に利用しているという特殊なマンションでした。

入居者のプライバシーは何があっても守り、武器、弾薬、毒物などの持ち込みは暗黙の了解で何でもありのトンデモマンション。その建物が多摩川沿いに建つのは、多摩川を越えると警視庁ではなく神奈川県警の管轄になるからというリアルさ。絶妙ですね。

しかしいざ書き始めてみると、後悔したと大沢は言います。なぜならマンション内とその敷地だけという限られた空間で物語を展開させる縛りを課したため、登場人物たちを動かすのに苦労したようです。それでも、魅力的な女殺し屋や、対戦車砲という大技をくりだし、一級のエンターテインメントに仕上がっています。

本作の主人公は裏社会の大物の孫であることを笠に着て、ヤンチャがすぎたためにこの最悪な環境に管理人助手として送り込まれた望月拓馬クンなのはいうまでもありませんが、もう一人、強烈な存在感の管理人・白旗がまた異彩を放っていて、ダブル主役といった趣があります。

ゴリラのような体つきに毛むくじゃらの太い腕。両頬には横一文字に切り裂かれた傷跡。そのために言語不明瞭。まるでフランケンシュタイン博士の作り出した怪物のような描写ですが、その白旗の切ない過去が物語の展開とリンクしていて、個人的には白旗が主人公だと思って読了しました。

作家が作品内において創造したキャラクターはいうまでもなく、実在の人物ではありません。キャラを練り上げていく過程で、実在の人物、あるタレントやアスリートなどを念頭におくことがあるかもしれませんが、その場合でも具体的な名をだすことはまずありません。

ただ白旗に関しては、実はモデルとなった人物がいるのです。姓をそのまま（漢字表記は変えています）使っていますが、有名人ではないので、読者には誰？という疑問しかないでしょう。作家と編集者の間のお遊びみたいなものだと思います。ゴリラかどうかはともかくいかつい体格はそのままですが、もちろん傷などありませんし言語不明瞭でもありません。

本作の場合は本人の了解もありますので問題は起こりませんが、作家の想像上の人物であるはずなのに、時として誤解によるトラブルが生ずることがあります。たまたま姓名が同じだった、容姿や性格の描写が自分そっくりだということで、勝手にオレを、私をモデルに使ったという思い込みによるトラブルです。信じられないでしょうがそういった抗議が稀にあります。実際、私もそういう電話を受けたことがあります。

そのため多くの書籍には「実在の人物、事件とは関係ない」という断り書きがあるのですが、思い込んでしまった人には通用しませんよね。

フィクションのジャンルとして、実際に起きた事件や、事象をあつかうことがあります。社会派や経済小説などが相当するかと思います。実際の事件をあつかうとフィクションとはいえ、実在の関係者のプライバシーに踏み込むこともあります。そこには常に「表現の自由とプライバシー」の問題が起きえます。三島由紀夫の『宴のあと』はその「表現の自由とプライバシー」が裁判にもちこまれ、初めてプライバシーの権利が認められた作品です。

さて話を本作にもどしましょう。

初めて本作のタイトルを聞いたとき、真っ先に頭に浮かんだのが、大沢が師と仰ぐ生島治郎氏の『悪人専用』でした。この作品は私が出版社在籍中、担当として文庫化したので記憶に残っていたのです。当然大沢の頭の中にもあったでしょうから、生島氏へのオマージュという思いがあったのではないでしょうか。タイトル繋がりでいうなら『ブラックチェンバー』(角川文庫)もまた、生島氏原作のテレビドラマシリーズのタイトルです。

このように生島氏の背中を追いかけて、本格ハードボイルドの担い手としてデビューしたわけですが、同時代は北方謙三、船戸与一、逢坂剛、志水辰夫各氏などの錚々たる顔ぶれが実力を遺憾なく発揮していました。よく軽妙洒脱な作品とか文章などといいますが、洒脱な文章を書かれる方はいらっしゃっても、軽妙なとなるとあまりいなかったように思います。

そのなかで、本作や『アルバイト探偵』シリーズ(角川、講談社文庫)、『らんぼう』(角川、新潮文庫)、『いやいやクリス』シリーズ(集英社文庫)などの軽妙路線(異論はあるでしょうが)を手掛けたのは、本人の志向もさることながら、ハードボイルドの可能性について模索していたからではないでしょうか。

ハードボイルドの定義には百人百様の考え方があります。大沢はよく「惻隠の情」という表現を用いますが、生き方であるということは共通していると感じます。

余談ですが、このようなとき「生き様」がよく使われますが、もともと「死に様」から派生した言葉であり、個人的にはあまり使いたくない言葉です。まあ日本語は生き物であり、日々変化していますので、こんなことに抵抗しても仕方ないとは思いますが。

本人が自身の分身であるという佐久間公の「探偵は職業ではない。生き方だ」という言葉がすべてを表しているとおもいます。本作にあてはめるなら「管理人は職業ではない。生き方だ」となるのでしょう。白旗はまさにそれを実践している人物ではないかと。だからこそ、白旗の生き方が拓馬に影響をあたえ管理人の仕事に責任がもてる大人に成長したのでしょう。

渋谷あたりによくいる世間を舐めきったような若者も、気弱で心優しいサラリーマン（『坂田勇吉』シリーズ・講談社文庫）もハードボイルドの主人公になりえると証明しているのです。

同時に大沢は『天使の牙』（角川文庫）、『相続人TOMOKO』（講談社文庫）、本作と同じ文春文庫からは『魔女』シリーズなどの女性を主人公にした作品も数多く発表していますし、『流れ星の冬』（双葉文庫）では老人を、といっても六十五歳ですが、主人公にすえています。大沢の手にかかれば、ハードボイルドの主人公に年齢、性別など関係ないということでしょう。そのうちに子供が主人公の作品が世にでるかもしれませんね。

大人も子供もタフでないと、生きづらい今、だから。

（フリー編集者）

初出「オール讀物」
極悪専用　二〇一〇年五月号
六〇三号室　二〇一一年一月号
日曜日は戦争　二〇一一年四月号
つかのまの……　二〇一一年十月号
闇の術師　二〇一二年四月号
最凶のお嬢様　二〇一二年十二月号
黒変　二〇一三年十一月号
二〇一号室　二〇一四年五月号
元日の来訪者　二〇一五年一月号
緊急避難通路　二〇一五年四月号

単行本　二〇一五年六月　文藝春秋刊
ノベルス版　二〇一七年六月　徳間書店刊

ＤＴＰ組版　萩原印刷

文春文庫

極《ごく》悪《あく》専《せん》用《よう》

定価はカバーに表示してあります

2018年6月10日　第1刷
2018年7月1日　第2刷

著　者　大《おお》沢《さわ》在《あり》昌《まさ》
発行者　花田朋子
発行所　株式会社 文藝春秋

東京都千代田区紀尾井町 3-23　〒102-8008
TEL　03・3265・1211㈹
文藝春秋ホームページ　http://www.bunshun.co.jp

落丁、乱丁本は、お手数ですが小社製作部宛お送り下さい。送料小社負担でお取替致します。

印刷・凸版印刷　製本・加藤製本

Printed in Japan
ISBN978-4-16-791078-5